Johanna Huda

Die Madonna von Montbazin

Nichts genügt dem, welchem genug zuwenig ist.
Epikur von Samos (341-271 v. Chr.),
griechischer Philosoph Epikur

Johanna Huda

Die Madonna von Montbazin

Capitaine Leroux' vierter Fall

ldib Verlag

Bibliografische Information der Deutschen Nationalbibliothek
Die Deutsche Nationalbibliothek verzeichnet diese
Publikation in der Deutschen Nationalbibliografie.
Detaillierte bibliografische Daten sind im Internet
über http://dnb.ddb.de abrufbar.

Oldib Verlag Oliver Bidlo
Waldeck 14, 45133 Essen
www.oldib-verlag.de, info@oldib-verlag.de
Umschlagbild: Johanna Huda
Herstellung: BoD, Norderstedt

ISBN 978-3-939556-73-2

Sonntag, 25. März

„Lass mich mit den scheiß Pheromonen in Ruhe! Ich will das Geld, das mir zusteht, nicht mehr und nicht weniger."
„Du bist so ein Idiot, warst du schon immer. Warum geht das nicht in deinen Dickschädel? Kannst du nicht wenigstens eine Zeitlang auf deinen Anteil verzichten? Du weißt doch genau, dass wir investieren müssen, um zu überleben"
„Und du? Du mit deinen neumodischen Ideen. Du bist ein Schaumschläger, willst wohl auf die Titelseite von Le Monde! Hätte mein Vater bloß die Finger von Isabeau gelassen."
„Lass meine Mutter aus dem Spiel, sonst…"
„Was sonst? Häh? Da fällt dir nichts mehr ein.
Nimm die Finger weg, bist du verrückt geworden?
Das wirst du mir büßen! Ja, lauf nur weg, du Feigling."

Montag, 26. März auf La Lumière

1

Im großen Bett des Gîtes Estanilles wälzte sich Mechthild von links nach rechts. Es war schon hell. Ein Sonnenstrahl zwängte sich durch den halb geöffneten, ungefärbten Leinenvorhang. Vereinzelt zwitscherten ein paar Vögel, sonst war es still, ungewohnt still. Kein Georg war neben ihr, kein gleichmäßiges Schnorcheln, kein schweres Atmen störte sie in ihren Gedanken. ‚Bestimmt ist er schon aufgestanden', dachte sie. Weiterschlafen, etwas Hübsches träumen, warmen Sand unter den Füßen spüren…

Plötzlich war er da, lehnte sich mit seinem jugendlichen Körper an sie und schob ihr ein Stück Pizza in den Mund. Sie kostete vorsichtig und lächelte. Pizza Hawaii. Selbstverständlich trug er die Piratenkleidung aus dem Film, das rote Seidentuch um den Kopf gewickelt, die schwarz glänzenden Augen mit Kajal umrahmt. Er redete erfrischend normal, glänzte weder durch Starallüren, noch gebärdete er sich prominent. Sie saßen mitten im Lärm auf Straßenbahnschienen, links von ihnen flatterte ein löchriges Zelt für Bauarbeiter im Wind. Sie fühlte sich geborgen in seiner Nähe, genoss es, mit ihm über Alltäglichkeiten zu plaudern und so etwas Profanes wie ein Stück Pizza zu essen. Sie vergaß alle gut aussehenden Männer, die bewundert und begehrt werden wollten und sich Frauen nahmen, wenn ihnen danach war, mit ihnen schliefen und sie am nächsten Morgen enttäuscht zurückließen, um nach Sardinien, Norwegen oder Lembeck aufzubrechen, wo die Liebe ihres Lebens mit einem gemeinsamen Kind auf sie wartete. Sie schaute *Johnny* auf die wohlgeformten, beschnäuzten Lippen und lauschte seiner angenehmen Stimme. ‚Ich werde nicht ans Aufwachen denken, was morgen ist, ist mir egal'! Die unwürdige Greisin von Brecht schaute um die Ecke und winkte mit ihrem Stock. Brechts ‚Greisin' war 64 Jahre alt und machte, was sie wollte. Im April hatte Mechthild ihren sechzigsten Geburtstag gefeiert. Eine Greisin! Schon mit vierunddreißig hatte sie begeistert ‚When I'm sixtyfour' geschmettert. „Hört, hört!", riefen ihre Enkelkinder. „Unsere Omi sitzt mit Johnny Depp auf der Straße und amüsiert sich! Komm, wir gehen nach Hause!“ Nach Hause? Sie war nicht zu Hause! Sie war wieder eingeschlafen. Mit einem Satz sprang sie aus dem Bett.

2 – Am gleichen Morgen in Mèze

Catherine Rozier angelte einen großen, braunen Umschlag aus ihrem Briefkasten. Der Absender war eindeutig. Aufgeregt nahm sie zwei Stufen auf einmal, um in ihre Zweizimmer-Wohnung in der Rue d'Ancienne zu gelangen. Sie grinste, als sie aus einem Augenwinkel heraus bemerkte, wie Madame Bruno, die im Erdgeschoß wohnte, ihre Wohnungstür einen Spalt breit öffnete. „Bon jour, Madame“, rief sie ihr fröhlich zu. „Soll ich Ihnen meine Post vorlesen, Madame Bruno?“, fragte sie spöttisch. Amüsiert hörte sie, wie Madame Bruno ihre Tür zuschlug. „Ist das Frühstücksfernsehen heute so langweilig?“, schickte sie ihr hinterher. Madame Bruno musste weit über achtzig sein, ihre beiden Töchter besuchten sie nur selten und mit den meisten ihrer Freundinnen hatte sie sich überworfen, soviel hatte Catherine dem Dorfklatsch entnommen. Madame Bruno lauschte an der Tür, wenn Catherine ihre Post holte, wenn sie vom Einkaufen oder spätabends nach Hause kam. ‚Ob sie Buch darüber führt, wer mich besucht und ob ich pünktlich zur Arbeit gehe?‘, dachte Catherine grinsend. Allerdings tat ihr Madame Bruno in ihrer Einsamkeit auch leid.
Jetzt endlich riss sie den braunen Umschlag auf, überflog die Zeilen, suchte den gefürchteten Satz und fand ihn auf Anhieb. „... müssen wir Ihnen leider mitteilen...“. Ihre Mundwinkel und Schultern sanken nach unten. Einen Augenblick später ballte sie unwillkürlich die Faust und schlug auf die Kommode ein. „Merde!“ Unmittelbar nach der Wut flossen die Tränen. Sie wollen mich nicht! Nachdem die Tränen verebbt waren, kehrte die Wut zurück. „Ich lasse mich nicht unterbuttern! Ich werde meine Bewerbung wiederholen.“ „Hah!“ Mit dem Kampfschrei einer Judoka betrat sie ihre winzige Küche, kochte sich einen schwarzen Tee, goss Milch in die Tasse und stellte sich an das Küchenfenster. Auf dem Place d'Anciennes, der direkt unter ihrem Fenster lag, tobten un-

gefähr zwanzig Kinder. Sie warteten laut schnatternd und sich gegenseitig schubsend darauf, in die Kunstschule eingelassen zu werden. Catherine lächelte. Ob sie jemals Kinder haben würde? Streckte ihr eine Freundin ein neu geborenes Baby entgegen, versetzte ihr das jedes Mal einen wehmütigen Stich. Für einen Moment träumte sie sich in eine unbestimmte Zukunft, dann gab sie sich einen Ruck und schob alle Gedanken an niedliche Babys an die Seite.

‚Ich will Fallanalytikerin werden', dachte sie trotzig und verbrannte sich prompt den Mund am Tee. ‚Du wirst umziehen müssen', meldete sich ein Stimmchen in ihrem Inneren. ‚Du musst dich von deinen Kollegen trennen', wisperte eine andere. ‚Meine Kollegen? Joseph wird es überleben.' Er liebte seinen Job, war glücklich mit Hélène verheiratet und hatte seit fünf Monaten eine entzückende kleine Tochter. ‚Willst du Marc sausen lassen?' Catherine seufzte. ‚Er ist intelligent, witzig, sieht verdammt gut aus, sei doch nicht blöd.' Catherine mochte ihn, sehr sogar. Ein düsterer Gedanke schob sich in ihr Zwiegespräch. Seine beiden Kinder kamen bald in die Pubertät. Würden sie sich ähnlich feindselig ihr gegenüber verhalten wie die beiden, mit denen ihre Freundin Ségolène zu kämpfen hatte? Diesmal pustete sie, bevor sie einen Schluck von dem Tee nahm. „Ach Giséle", seufzte Catherine und dachte an ihre verstorbene Geliebte. Für eine Sekunde streifte sie ein kühler Hauch. ‚Hockst du etwa als Geist auf der Fensterbank und machst dich über mich lustig?' Die Vorstellung, Giséle würde als winzige Elfe unter den Blättern einer Primel sitzen und sie beobachten, ließ sie ihre Enttäuschung vergessen und in heiteres Gelächter ausbrechen. „Schluss mit den Sentimentalitäten", schalt sie sich laut und machte sich auf den Weg zu ihrer Dienststelle.

3

„Georg?" Schlaftrunken schlich Mechthild mit nackten Füßen die Wendeltreppe nach unten. Sie hörte nichts, suchte den Schlüssel; er steckte in der Tür. Das Sofa war leer. „Georg?" Sie öffnete die Tür des Badezimmers. Hier war er auch nicht. Die große Wanduhr über der Küchenzeile tickte laut. Viertel nach acht. Das Baguette hing an der Tür. Heiß duschen. Kaffee kochen. Einen kühlen Kopf bewahren! Gestern war ihr den ganzen Tag schlecht gewesen und sie hatte sich schon nachmittags mit einer Wärmeflasche im Bett verkrochen. Wahrscheinlich hatte sie geschlafen wie ein Stein. In den Wochen vor ihrem Urlaub hatte sie mit der Theatergruppe ‚Matière Grise‘[1] fast jeden Tag für die Aufführung von ‚Notre Petite Ville‘[2] geprobt. Dreimal spielten sie vor einem ausverkauften Haus, danach war bei allen Beteiligten die große Leere eingetreten. Das war immer so, das kannte sie schon. Vielleicht hatte sie deshalb nichts mitbekommen? War Georg nach Séte unterwegs, um frische maquereau zu ersteigern? „Unsinn“, murmelte sie. Was sollten sie zu zweit mit einer ganzen Kiste Makrelen! Außerdem käme er ohne den Koch gar nicht in die Halle. Reizte ihn die quirlige Atmosphäre in der Markthalle von Mèze? Georg hatte beim letzten Einkauf erstaunt zugesehen, wie der Metzger vor seinen Augen frisches Gehacktes vom vorderen Bug des Rindes zubereitete. Oder hatte ihn plötzlich die Wanderlust überfallen? Mechthild konnte sich letzteres nur schwer vorstellen, aber sicher war sie sich nicht. Erst als sie die Mülltüten zur Straße bringen wollte und ihren Leihwagen auf dem Parkplatz entdeckte, wurde ihr mulmig zumute. Alarmiert eilte sie zur Rezeption und wandte sich an Beatrice Pelzer. „Bitte helfen Sie mir. Mein Mann ist verschwunden.“

4

„Do nothin‘ ‘till you hear from me“, plärrte Josephs Handy. „Bonjour Catherine! Was gibt’s?“ „Alles klar. Ich bin gleich da. Zehn Minuten.“ Hélène sah ihn fragend an. „Ein Mann wird vermisst. Ich muss los.“ Joseph holte seine Jacke von der Garderobe, küsste Hélène auf den Haaransatz, streichelte Leonie sanft über den Kopf und war schon zur Tür hinaus. „Guter Mann“, seufzte Hélène. „Leider nicht oft zu Hause.“

„Wer ist es?“, fragte Joseph Leroux, als er in seiner Dienststelle auf Catherine Rozier traf. „Wieder einmal ein deutscher Urlauber von La Lumière. Seine Frau hat ihn heute Morgen als vermisst gemeldet. Beatrice Pelzer hat uns informiert. Bestimmt hat er sich auswärts vergnügt und den Heimweg nicht mehr gefunden." Catherine machte eine wegwerfende Handbewegung und starrte auf ihren Bildschirm. „Wie bist du denn drauf? Geht es dir nicht gut?", fragte Joseph erstaunt. „Ich sehe mich schon in der Garrigue unter jeden Strauch kriechen und am Ende kommt der Kerl doch wieder fröhlich pfeifend um die Ecke und wir haben uns den..., ach du weißt schon, was ich meine."

„Catherine, das ist unser Job! Der Mann könnte entführt oder ertrunken sein. Vielleicht liegt er eingeklemmt unter einem Gesteinsbrocken im Cirque de Mourèze[3]. Du bist sonst mitfühlender. Also, was ist mit dir los?" Catherine unterdrückte ihre Tränen und schluckte. „Ich sollte härter auftreten!" Trotzig klickte sie mit der Maus auf den Löschbutton am Bildschirm. „Ich sollte meine Kompetenzen klarer formulieren und mich mehr in den Vordergrund drängen." Entschlossen drückte sie die Entfernen-Taste. Der markierte Absatz verschwand vom Bildschirm. „Vielleicht wäre ich dann bei meiner nächsten Bewerbung erfolgreicher." „Du hast dich ernsthaft beworben?" Joseph merkte gerade noch rechtzeitig, dass er beleidigt reagieren wollte. Catherine hatte schon einmal flüchtig erwähnt, dass sie eine Ausbildung als Fallanalytikerin anstrebe, aber diesen Wunsch hatte er nicht wirklich ernst genommen. Catherine Rozier war ihm vor zwei Jahren als Assistentin zugeteilt worden und er hatte sich an ihre humorvolle und manchmal schnippische, aber immer grundehrliche Art gewöhnt. Sie war sogar die Patentante seiner Tochter Leonie geworden. Ihm war klar, dass sie zu jung war, um in der Provinz zu verkommen. Trotzdem registrierte er mit einer gewissen Erleichterung, dass aus ihrer Bewerbung nichts geworden war. ‚Hör auf, dich wie ein Idiot zu benehmen!', schalt er sich. „Lass uns zu Madame Pelzer fahren", sagte er laut.

Er pfiff ‚Je vole' vor sich hin, während er Catherine zum Dienstwagen begleitete. „Du freust dich wohl sehr, dass sie mich nicht genommen haben", ärgerte sie sich. „Ach nein. Wir haben uns am

Wochenende ‚Verstehen Sie die Béliers' ausgeliehen. Seitdem geistert Louane durch meine Gehirnwindungen."
„Meinst du, wir sehen heute wieder Milane?", lenkte er ein, als sie den winzigen Hügel auf der Straße von Mèze nach Montagnac hinauffuhren. „Weiß nicht", antwortete Catherine einsilbig. Sie war mit ihren Gedanken weit weg. Marc hatte sie mit einem Workshop bei einem Falkner überrascht. Sie lächelte versonnen. Marc hatte irgendwann gefragt, ob sie an diesem Samstag etwas vorhabe. Er hatte die Adresse eines Falkners herausgefunden und sie dorthin begleitet. Sie staunte über Marcs Begeisterung, als sie sich gemeinsam inmitten von acht Menschen wiederfanden, die mehr über Greifvögel lernen wollten. „Was hast du gesagt? Entschuldige, ich war in Gedanken." „Ja, das ist mir aufgefallen. Haben die Gedanken einen Namen?", fragte Joseph. Er sah ihre abweisende Miene und fragte schnell hinterher: „Bin ich zu weit gegangen?" „Ist schon in Ordnung. Ich bin am Wochenende mit Marc zu einer Greifvogelschau nach Argelès-sur-Mer gefahren." „Olala!" Joseph schnalzte mit der Zunge. „Hundertsechzig Kilometer, nur um ein paar Vögel zu sehen? Das ist wahre Liebe." Catherine musste lachen. „Nicht für irgendwelche Vögel", sagte sie ernst. „Sie halten dort seltene Eulen und ich habe von einem Falkner gelernt, wie ich Bussarde abrichten kann. Und ganz nebenbei habe ich auch noch Nachhilfe in französischer Geschichte bekommen." „Ach so, eine Studienreise. War es sehr anstrengend?", fragte er und setzte ein mitleidiges Gesicht auf. „Um welche Geschichte ging es denn?" „Wenn mir nur die Hälfte von Marcs Vortrag wieder einfällt, bin ich zufrieden", lachte sie. „Bist du bereit?" Als Joseph nickte, legte sie los. „Nach dem spanischen Bürgerkrieg flüchteten 1939 mehr als hunderttausend Republikaner vor General Franco über die Grenze nach Frankreich. Sie wurden dort am Strand in Lagern zusammen gepfercht. Stell dir vor, sie hatten nicht einmal Sanitäranlagen." Catherine spürte erneut ihre Empörung. „Die Behörden haben sie links liegen lassen und sich erst um sie gekümmert, als sie halb verhungert waren." „Und dann?" Joseph ließ einen Drängler vorbeirasen. „Dann hat man ihnen zumindest Baracken zur

Verfügung gestellt." „Und warum hat man vorher nichts unternommen?", unterbrach Joseph. „Ach, die Behörden fühlten sich wahrscheinlich von der ‚Retirada' überfordert." „Davon habe ich ja noch nie etwas gehört", gestand Joseph. „Unrühmliche Taten fallen in den Geschichtsbüchern gerne unter den Tisch", meinte Catherine trocken. Mittlerweile fuhren sie schon über die kleine Straße, die nach wie vor durch mehr oder weniger große Schlaglöcher glänzte und zu La Lumière führte. „Das ist die reinste Buckelpiste", schimpfte Joseph. „Darüber regst du dich jedes Mal auf", neckte ihn Catherine. Sie genoss diesen kleinen Ausflug. Ihr Besuch auf Lumiére war vermutlich überflüssig, aber sie liebte den Anblick der Aleppokiefern zur Rechten und der noch kahlen Weinstöcke zur Linken.

Die Eingebung, dass es heute um nichts Ernstes ging, hatte sie nicht getrogen. Als sie auf die Rezeption zugingen, kam ihnen eine ziemlich zerknirscht wirkende Beatrice Pelzer entgegen. „Mon Capitaine. Lieutenant Rozier. Ich wollte Sie gerade anrufen", begann sie ungewohnt kleinlaut „Was ist passiert?", fragte Leroux. Beatrice druckste herum. „Nun ja, Sie sind völlig umsonst hierhergekommen. Alles hat sich in Wohlgefallen aufgelöst", gestand sie. „Der vermeintlich Abhandengekommene ist vor zehn Minuten wohlbehalten mit dem Taxi hier eingetroffen." „Und? Wo war er?", fragte Lieutenant Rozier belustigt. „Verschollen im Niemandsland", erwiderte Beatrice ironisch. „Er hat sich verlaufen und ist in der Nacht in einer abgelegenen Auberge gestrandet. Behauptet er jedenfalls", fügte sie augenzwinkernd hinzu. „Er hat seine Frau nicht angerufen?", Joseph Leroux schüttelte ungläubig den Kopf. Beatrice wirkte verlegen. „Nun ja. Ist Ihnen das noch nie passiert? Im entscheidenden Moment haben sie kein Netz, der Akku ist leer oder das Telefon hat sich wie von Geisterhand ausgeschaltet und man hat seine PIN vergessen." „Und warum ist er dann nicht schon gestern Abend auf die Idee gekommen, sich ein Taxi zu nehmen?", hakte Rozier nach. Beatrice zuckte mit den Schultern. „Jedenfalls hatte er offensichtlich kein Geld dabei."

„Hätte seine Frau ihn nicht auslösen können?“, wunderte sich Catherine. Beatrice grinste. „Er kannte offensichtlich auch die Mobilnummer seiner Frau nicht auswendig.“

„In der Regel hat man ja alle Telefonnummern im Handy gespeichert und kann sich an kaum eine erinnern. Auswendiglernen braucht man die Nummern heute nicht mehr.“

„Ich kenne alle Nummern meiner Freunde“, konterte Leroux. „Aber gut, dann ist unsere Arbeit hier erledigt. Wo ist eigentlich Mariella?“ Er hatte auf der Wache in letzter Minute noch einen Knabberstreifen für den Labrador eingesteckt. „Sie ist wieder einmal ausgebüchst. Wenn sie in der nächsten Stunde nicht auftaucht, muss ich sie suchen gehen. Ich hoffe, dass ich diesmal nicht mit dem Wagen im Matsch stecken bleibe. Trinken Sie noch einen Kaffee? Als Entschädigung sozusagen?“ „Wo wir schon einmal hier sind, gerne“, nickten beide Gendarmen.

Sie plauderten noch ein wenig über den ungewöhnlich kalten März, erinnerten sich an die extravaganten Künstler vom letzten Jahr, die in der hauseigenen Galerie eine Art Happening organisiert hatten und über den ehemaligen Staatspräsidenten, der vor kurzem zwei Nächte in der Zelle zubringen musste. „Es trifft also nicht immer nur die kleinen Bürgermeister, die die Hand aufgehalten haben“, kommentierte Beatrice. Sie wollte sich noch einmal entschuldigen, aber Joseph und Catherine winkten ab. „Eine willkommene Abwechslung im Behördenalltag. Wir stürzen uns jetzt wieder auf unsere verwaisten Akten.“ Leroux und Rozier hatten es nicht besonders eilig. Die Aussicht auf einen Nachmittag am Schreibtisch verlangsamte ihre Schritte. Die folgenden Stunden bescherten ihnen ganze Stapel staubtrockener Vernehmungsprotokolle, zwei oder drei Diebstahlsanzeigen und wie immer jede Menge amtlicher Bekanntmachungen. Brandneue Verhaltensvorschriften im Umgang mit mutmaßlichen Terroristen entpuppten sich als besonders umständlich und langatmig. Auf die Minute pünktlich klappten sie um fünf Uhr die Aktendeckel zu, schalteten die Computer aus und läuteten den Feierabend ein.

Dienstag, 27. März

1 – Am frühen Morgen, irgendwo in der Garrigue zwischen Mont Mèze und Montagnac

Eigentlich wollten sie ein Stück über die Via Domitia gehen, die sich zwischen Mèze und Montmèze zwischen wilden Büschen, Weinbergen und Wäldern befinden sollte. Antoine und Mireille befassten sich schon lange mit römischer Geschichte, sie wollten historische Luft atmen und sich an der ungezähmten Landschaft berauschen. Der Omnibus der Linie 104 hatte sie mitten auf der Strecke von Montagnac nach Mèze abgesetzt, aber nun irrten sie schon über eine Stunde auf sandigen Pfaden herum, ohne eine gallo-romanische Spur oder ein Zeichen phönizischer Seefahrer entdeckt zu haben. Und nun überkam Mireille ein unaufschiebbares Bedürfnis. Sie bat Antoine, ein Stück vorzugehen und auf nachfolgende Wanderer zu achten. Bald fand sie den richtigen Ort. Hier würde sie keiner sehen. Der struppige Wacholderbusch bot ausreichend Schutz vor neugierigen Blicken. Mireille seufzte, hockte sich hin und genoss die Erleichterung. Sie hätte morgens nicht so viel schwarzen Tee trinken sollen. Zum Glück steckten ein paar Taschentücher in ihrer Hosentasche. Sie zerrte ihre zu eng gewordene Jeans wieder hoch, rupfte ungeduldig an dem widerspenstigen Reißverschluss… und stutzte. Irgendetwas stimmte nicht. Sie drehte sich noch einmal um. Ihr Blick wanderte in den unter ihr liegenden Graben. Gläserne Augen starrten an ihr vorbei in den wolkenverhangenen Himmel. Sie lagen seltsam eingebettet in einem bleichen Gesicht, über das spinnwebartig getrockneter Schlamm kroch. Unbewusst hielt Mireille die Luft an, atmete dünn aus und horchte auf das aggressive Surren grün schillernder Schmeißfliegen. Das da unten war keine entsorgte Gliederpuppe. Mireilles Füße krallten sich in den getrockneten Lehmboden. Ihre Gedanken verklebten sich, wiederholten hartnäckig das Bild von dem Etwas. „Mireille!?" Antoines Stimme drang durch bleiernen Nebel. Sie starrte auf den leblosen Körper. Dem Mann war das verstaubte Hemd aus der Hose gerutscht. Eine Ratte huschte lautlos über den Fuß des Toten. In ihrem Kopf explodierte ein Schrei, doch aus ihrer Kehle kam nur ein klägliches Wimmern. Gerade noch rechtzeitig fing Antoine sie auf.

2 – In der Gendarmerie von Mèze

Am nächsten Morgen wurde es auch nicht besser. Joseph und Catherine löschten überflüssige Emails, legten neue Verzeichnisse an und scherzten mit dem IT-Kollegen Claude, als der auf einen Sprung vorbeischaute. „Hast du eine neue Freundin?“, fragte Catherine scheinheilig. „Wie kommst du darauf?“, fragte Claude misstrauisch. „Du trägst in letzter Zeit so elegante Hosen.“ Claude tippte mit seinem Zeigefinger an sein rechtes Auge und sagte beleidigt: „Bettele du mal wieder um eine Info aus dem Darknet.“ „Aber die Hosen machen wirklich eine gute Figur“, verteidigte sich Catherine. Claude verschwand und Catherine richtete ihren Blick wieder auf den Bildschirm. Nach einiger Zeit begannen ihre Augen zu tränen. Sie blickte auf und warf unvermittelt in den Raum: „Joseph, wirst du bald zum Kommandanten befördert?“ Joseph drehte seinen Flachbildschirm zur Seite und sah sie verwundert an. „Ist die Erde eine Scheibe?“, konterte er und nahm einen Telefonanruf entgegen.

„Diesmal kein Scherz?… Halten Sie die Herrschaften fest… Ja, wir sind schon auf dem Weg.“ Er legte auf. „Arbeit“, rief er. Er grinste breit. „Du wirst es nicht glauben. Lumière! Sie haben wieder einen Toten gefunden.“ „Wieso wieder? Der letzte lag im Park von Marseillan. Und die Frau davor haben wir am Canal du Midi aus dem Schrott gefischt. Mann oder Frau?“ „Ein Mann.“

Beim Einsteigen fiel Joseph sein Missgeschick vom Vorabend ein. „Stell dir vor, gestern habe ich mich an einem Wildschweinbraten versucht. Ich wollte ihn nach dem Anbraten mit einem Schluck Rotwein ablöschen und habe wahllos eine Flasche aus unserem Weinregal gegriffen. Als Hélène das Etikett sah, ist sie fast in Ohnmacht gefallen.“ „Lass mich raten. Es war der Wein, der für euren fünfzehnten Hochzeitstag bestimmt war.“ Joseph schüttelte den

Kopf. „Falsch geraten. Der Wein stammte von ihrer Freundin Nicoletta, und die kauft nur Edeltropfen." Sie krochen hinter einem Convoi Exceptionnel[4] her. Catherine bemerkte ein etwas abseits von der Straße gelegenes Geschäft mit Honigprodukten aus der Umgebung. Sie nahm sich vor, bei nächster Gelegenheit das Angebot dieses Ladens zu sichten. „Ich hatte ja keine Ahnung, welche Schätze wir in unserem Haus horten", nahm Joseph sein Gespräch wieder auf. „Ja, und? Was hast du gemacht? Später im Netz geforscht, worin du das Wildschwein gebadet hast." „Voll ins Schwarze getroffen", lachte Joseph. „Aber ich habe wirklich spaßeshalber nachgeschaut. Gut, dass ich nicht die ganze Flasche über das Schwein gegossen habe." „Nun mach es nicht so spannend. Wie viel?" „Das willst du nicht wirklich wissen." „Doch, will ich." Sie bogen in die bekannte Stolperstrecke ein, die zu dem besonders bei deutschen Urlaubern beliebten Anwesen namens La Lumière führte. Auch nach zahlreichen Eingaben hatten sich die Gemeinden Montagnac und Montmèze nicht auf einen Kompromiss einigen können, wer für das Verfüllen der wagenradgroßen Schlaglöcher zuständig sei. Joseph Leroux machte sich heute allerdings einen Spaß daraus, die auffälligen Krater in Schlangenlinien zu umfahren. Lachend sagte er zu Catherine: „Das günstigste Angebot lag bei neunundfünfzig." „Euro?" „Natürlich. Meinst du, die akzeptieren Kopeken?" „Ach! Neuerdings wird doch auch in Kryptowährung gehandelt." „Beim Wein? Soweit kommt es noch. Jedenfalls haben wir danach jeden einzelnen Tropfen genossen." Joseph schaute immer noch ganz andächtig drein. „Hast du die Flasche wenigstens fotografiert? Welcher war es denn?", forschte Catherine weiter. „Ach, irgend so ein Grand Cru von 2005." „Das nenne ich mal einen echten Weinkenner", spottete Catherine. „Und ja, ich habe die Flasche fotografiert", beschwerte sich Joseph. „Wenn du willst, zeige ich dir das Bild später. Vielleicht schenkt Marc dir eine zum Geburtstag." Joseph nahm Catherines Protest augenzwinkernd in Kauf.

Im Büro der Pelzers saßen zwei zerzaust wirkende Wanderer. Sie wirkten fremd in der Umgebung von La Lumière und schienen sich sichtlich unwohl zu fühlen. Die blasse Frau knetete fortwährend ihre Hände oder zupfte an ihren Haaren. Der Mann schaute sich verlegen an der Rezeption um, sein Blick wanderte vom Bücherschrank zu den aus Strandgut entstandenen Objekten, zu seinen Schuhen und wieder zu den großformatigen Kunstplakaten an der Wand. Als Joseph und Catherine eintrafen, sprangen beide auf und wollten berichten. „Wir haben einen toten Mann gefunden", stieß die Frau aus. „Er lag im Graben… mit Schlamm bedeckt!" „Fliegen, da waren so viele Fliegen." Die Frau war kurz davor zu hyperventilieren. Ihre Augen flackerten nervös. Ihr verlaufener Lidschatten verriet, dass sie geweint hatte. Beiden stand das Entsetzen über den gruseligen Fund ins Gesicht geschrieben.

„Dürfen wir uns vorstellen? Capitaine Leroux, Lieutenant Rozier, Gendarmerie Mèze. Wo liegt der Tote?", fragte Leroux sachlich. „Dort hinten." Der Mann zeigte mit der rechten Hand ins Nirgendwo. „Zwischen den Weinbergen im Gestrüpp. Nein! An einem Bach unter einer Brücke, in der Nähe der Abtei. Leider haben wir den Meilenstein Nummer 38 von der alten Römerstraße nicht gefunden, unser GPS hat uns im Stich gelassen. Danach sind wir querfeldein gelaufen und haben irgendwann diese Gebäude entdeckt. Wir wollten die Gendarmerie benachrichtigen."
„Das brauchen sie nun nicht mehr. Und nun bitte ich um Ihre Namen", sagte Leroux sanft. „Oh, oh", stammelte der Mann. „Antoine Ceccotti. Das ist meine Frau Mireille." „Finden Sie den Weg dorthin zurück?" „Wir geben uns Mühe." „Bitte, kann ich hier bleiben?", flehte Mireille. „Ich glaube nicht, dass ich diesen Anblick noch einmal ertrage." Leroux und Rozier wechselten schnell einen Blick und nickten dann übereinstimmend. „Wir brauchen trotzdem Ihre Personalien", klärte Catherine Rozier sie auf. Mireille Ceccotti sagte leise: „Ja, natürlich."
„Kommen Sie", sagten die Gendarmen zu Monsieur Ceccotti.

3

Bevor sie aufbrachen, warnte Beatrice sie wieder einmal vor umherschweifenden Jägern. „Am besten wird es sein, wenn Sie Ihre Warnwesten anziehen. Erst am letzten Sonntag hat ein Mann versehentlich einem Treiber ins Bein geschossen." Joseph Leroux taten die Jäger leid. Ständig wurde auf ihnen herumgehackt. Trotzdem konnte er es sich nicht verkneifen, einen alten Witz zum Besten zu geben. „Ein kurzsichtiger Jäger geht nach beendeter Pirsch ins Bistrot..." Weiter kam er nicht. Catherine winkte ab. „Die alte Kamelle", sagte sie. Auch für Beatrice war diese Geschichte nicht neu. Als es in diesem Augenblick zweimal hintereinander knallte, meinte Beatrice: „Habe ich es nicht gesagt?" Catherine versprach, laut und deutlich die Marseillaise zu singen, damit die Jäger sie von den Wildschweinen unterscheiden könnten. „Seien Sie trotzdem vorsichtig. Die sind wegen der vielen Naturschützer äußerst gereizt." Catherine verzog missmutig das Gesicht. Aber Beatrice schob noch hinterher, dass manche Männer das Jagen mehr liebten als ihre Frauen. „Und manche Männer lieben ihre Autos mehr als ihre Frau. Neulich sah ich einen Mann, der einen Schmutzfleck auf seinem Auto mit dem Kleid seiner Braut entfernte", warf Catherine ein. „Mit dem ganzen Kleid?", fragte Leroux entsetzt. „Nein, nur mit einem Zipfel, aber das reicht, findest du nicht?" „Stimmt, das ist nicht lustig", musste Joseph zugeben. „Trotzdem, der Wald gilt als das letzte Vergnügungsviertel des kleinen Mannes. ‚La chasse populaire[5]' lässt sich hier keiner nehmen." „Also gut, wir halten uns zurück und kümmern uns nur um den toten Mann", versprach Catherine. In diesem Augenblick lief ihnen Bernard Pelzer über den Weg, wie immer in Eile.

„Capitaine, wenn Sie hier sind, bedeutet das in der Regel nichts Gutes, habe ich Recht?" „Ja, leider. Wir bilden gerade einen Suchtrupp. Irgendwo dahinten im Gelände muss ein Toter liegen." „Nicht schon wieder", stöhnte Bernard. „Müssen Sie weit laufen?" „Wissen wir noch nicht", echoten Leroux und Rozier wie aus einem Munde. Sie schauten Monsieur Ceccotti fragend an. „Mindestens zwanzig Minuten."

„Warten Sie, ich hole meinen Geländewagen und fahre Sie", bot Bernard ihnen an. Kurz darauf quietschten die Reifen seines zitronengelben Citroën Mehari und sie quetschten sich in den altmodischen Kasten. Ceccotti wies ihnen die Richtung.

4

Mittlerweile hatte sich der Himmel wieder in ein strahlendes Blau getaucht. Es versprach, ein herrlicher Frühlingstag zu werden, obwohl es für diese Jahreszeit deutlich zu kühl war. „Unser Präsident gibt mächtig Gas, finden Sie nicht", sagte Leroux. „Wir werden sehen", gab Bernard unverbindlich zurück. Joseph schaute sich interessiert ein Feld an, das im letzten Jahr ziemlich verwahrlost ausgesehen hatte. Jetzt war es mit langen, schnurgeraden Zellophan-Linien geschmückt. „Bauen die jetzt Spargel statt Wein an?", fragte Leroux verwundert. Bernard lachte. „Nein, das sind Melonen, nicht so viel Arbeit, bessere Erträge, mehr Geld." „Und das Meer von Weiß zwischen den verbliebenen Weinreben, ist das Wiesenschaumkraut?", unterbrach Catherine das Gespräch. „Das ist es, in der Tat. Das wächst nur, wenn keine Pestizide eingesetzt werden."
„Hier müssen wir abbiegen." Ceccotti wies nach links. Hohe, dicht stehende Schilfpflanzen bogen sich im leichten Wind und schränkten die Sicht ein. Der Weg wurde steiniger, aber dem Mehari machte das nichts aus. „Da vorne ist es." Aufgeregt wies Ceccotti auf die Brücke. Bernard kannte die Stelle. „Mariella wirft sich bei heißem Wetter dort gerne in den Bach."
Sie sprangen aus dem Wagen. Massive Natursteine standen wie Bollwerke links und rechts des Weges. Von dort aus ging es ungefähr eineinhalb Meter in die Tiefe. Direkt unterhalb der ungesicherten Brücke ragte ein quaderförmiger Stein in die Höhe, darauf lag ein Mann, der offensichtlich nicht mehr lebte.

„Wir müssen Eugène Fournier und Doktor Letailleur benachrichtigen." Catherine übernahm das und zückte ihr Handy. „Ist er unglücklich gestürzt oder hat jemand nachgeholfen?", fragte sich Leroux laut. Catherine wählte zum dritten Mal abwechselnd die

Nummern des Gerichtsmediziners und der Spurensicherung. „Mist!“, schimpfte sie. „Was ist los?“, erkundigte sich Leroux. „Ich habe hier draußen kein Netz.“ Ärgerlich trat sie den bröckeligen Lehmboden mit Füßen. „Soll ich es versuchen?“, bot Bernard an. „Na, haben Sie mehr Glück als wir?“, zweifelte Leroux. „Das nicht“, lachte Bernard. „Aber wenn Sie mir die Nummern der Herren geben, fahre ich zurück und versuche sie über unser Festnetz zu erreichen.“ „Auch eine Idee“, lobte Leroux und bat Bernard, nicht nur Fournier und Letailleur, sondern auch den Staatsanwalt Marc Majory über den vorliegenden Leichenfund zu informieren. Er wusste, dass Marc sofort alles Notwendige in die Wege leiten würde.

„Kann ich Monsieur Ceccotti mitnehmen oder wird er hier noch gebraucht?“ „Nehmen Sie ihn mit“, sagte Leroux und zu Ceccotti gewandt: „Sie sollten allerdings warten, bis wir zurück zur Rezeption kommen. Wir müssen noch Ihre Personalien aufnehmen.“ Bernard schwang sich in den Mehari und Ceccotti setzte sich auf den Beifahrersitz.

5

Vorsichtig, einen Fuß vor den anderen setzend, stiegen Leroux und Catherine nach unten zum spärlich fließenden Bach. Am Vorabend hatte es geregnet, so dass die wenigen Steine, die im Lehm steckten, ziemlich glitschig waren.

Auf den ersten Blick ließen sich bei dem Toten keine Spuren von Fremdeinwirkung ausmachen. „Möglicherweise ist er doch von der Brücke gestürzt und hat sich das Genick gebrochen“, äußerte Leroux. Sie zogen sich Handschuhe über und Leroux drehte vorsichtig den Kopf des Toten zur Seite. „Schau an“, sagte er und deutete auf eine Stelle oberhalb des rechten Ohres. „Hier hat der Täter die Waffe aufgesetzt.“ Catherine beugte sich vorsichtig herunter. „Ja, das Stanzmuster sieht aus wie von einer Beretta 8 mm.“ „Könnte auch von einer Luger 08 sein. Das müssen die Kriminaltechniker klären.“ „Also doch ein Mord.“

Sie blieben eine Weile stumm, hingen ihren Gedanken nach, überlegten, was der Tote von sich preisgab. Der Körper des Mannes erinnerte vage an einen Metzgershund, schwerfällig, schwammig, grob. „Mitte bis Ende fünfzig?", murmelte Catherine. „Könnte sein. Franzose, Beamter, ledig, altmodisch", ergänzte Leroux. „Beamter? Ledig? Wie kommst du zu dem Schluss?", fragte Catherine. „Schau dir seine Hände an, keine Schrunden, die Nägel ordentlich gefeilt, zwischen dem ersten und dem zweiten Glied des Mittelfingers leichte Druckstellen, solche Hände hat kein Handarbeiter." „Was ist mit dem Mittelfinger?" „Da, wo der Kugelschreiber drückt. Wer noch mit der Hand schreibt, muss altmodisch sein, oder?" „Und woher weiß Hercule Poirot, dass der Mann ledig ist?", wollte Catherine wissen. Leroux zeigte auf die Füße. „Die Socken. Er hat zwei verschiedene Socken an. Einen hellgrauen, einen anthrazitfarbenen."

Catherine hielt den Daumen hoch. „Bravo, mon Capitaine. Bravo." „Und wandern wollte er hier auch nicht." An seinen Füßen steckten abgetragene Lederschuhe, aber die glatten Sohlen sahen neu aus, frische Schrammen an der Seite, wahrscheinlich von den Steinen. Sie nahmen sich Zeit und prägten sich weitere Einzelheiten ein. Der Mann war höchstens einen Meter fünfundsechzig groß. Einige graue Strähnen waren nicht mehr akkurat nach hinten gekämmt und fielen einzeln mal über die Stirn, mal zur Seite, auf der Kopfhaut waren Schuppen zu erkennen. Helle Augen starrten in den Himmel, sein schmaler Mund stand offen. Er schien im Leben kein Kind von Fröhlichkeit gewesen zu sein. Leroux durchsuchte die Jacke des Mannes. „Keine Papiere, ein zerknitterter Zwanziger in der Innentasche, kein Telefon. Warum sollte er es uns auch zu einfach machen." Das Polyesterhemd war aus der Hose gerutscht und offenbarte ein Stück seines teigigen Bauches.

„Wie ist er in diese Einöde gekommen?" „Vielleicht hat ihn jemand mitgenommen?" „Gibt es keinen Autoschlüssel?" „Mal sehen." Joseph griff in die graue Hosentasche und beförderte tatsächlich einen Schlüssel zu Tage. „Ein Peugeot, der muss zu finden sein. Catherine, mach bitte ein Foto von dem Mann. Wir sollten so schnell wie möglich seine Identität herausfinden, damit wir mit der Suche anfangen können." Catherine stakste vorsichtig um den Mann herum und machte aus verschiedenen Perspektiven Fotos. Der Versuch, die Fotos von Ort und Stelle weiterzuleiten, scheiterte erwartungsgemäß. „Hier ist so gut wie kein Empfang. Ich gehe ein paar Schritte in Richtung der Abtei. Vielleicht kann ich die Aufnahmen von dort an Marc schicken."

Lieutenant Catherine Rozier ging bis zur Straße nach Villeveyrac, aber einen besseren Netzempfang hatte sie trotzdem nicht. „Da verlässt man sich auf die Technik und dann", ärgerte sie sich. Gegenüber lag die ehemalige Zisterzienserabtei Abbaye de Charlieu im Sonnenlicht. Sie wurde mittlerweile als Weingut fortgeführt. Catherine hatte es immer noch nicht geschafft, eine Führung mitzumachen. Dies stand jedoch ganz oben auf ihrer To-Do-Liste. Erst recht, nachdem sie gesehen hatte, dass dort eine Folge ihrer Lieblingsfernsehserie gedreht worden war. Der biologische Rotwein, der hier produzierte wurde, sollte phantastisch schmecken. Der Kräutergarten wurde in etlichen Reiseführern aufs höchste gelobt. Wenn dieser Fall abgeschlossen wäre…

Auf dem Parkplatz schräg gegenüber der Abtei standen etliche Fahrzeuge. Catherine entdeckte auch einen dunkelblauen Peugeot älterer Bauart. Vorsichtshalber machte sie ein Foto.

6

In der Zwischenzeit hatte Bernard den Geländewagen der Spurensicherung zum Tatort gelotst. Das Öffnen der Wagentür leitete für alle eine Überraschung ein. Statt des stets miesepetrigen Eugène Fournier federte eine kleine, drahtige Person mit kurz geschnittenen dunklen Haaren aus dem Wagen, eilte energischen Schrittes auf die beiden Gendarmen zu und drückte ihnen kräftig die Hand. „Sie haben Monsieur Fournier erwartet, stimmt's?", stellte sie amüsiert fest. Ihre tiefblauen Augen blitzten und bildeten einen reizvollen Kontrast zu ihrem hellbeigen Teint. „Colette Caumel", stellte sie sich mit einer Stimme vor, die Catherine sofort an Juliette Greco erinnerte. Sie heftete ihren leichten Silberblick auf Catherine.

Beeindruckt von Colettes Ausstrahlung stellte sie sich vor: „Catherine Rozier und das ist Capitaine Joseph Leroux. Wir sind von der Gendarmerie Mèze. Ist der Kollege Fournier krank oder hat er Urlaub?“
„Monsieur Fournier hatte großes Pech. Ein Anfänger im Petanque hat ihm eine Kugel direkt gegen sein Knie geworfen.“ Erneut blitzten ihre Augen, als sie amüsiert fortfuhr: „Der wollte sich bestimmt mit einem Carreau profilieren und hat sein Ziel arg verfehlt. Monsieur Fournier ist wortwörtlich in die Knie gegangen.“
„Wird er lange ausfallen?“, fragte Leroux. „In unserer Abteilung gehen wir von mindestens zwei Monaten aus. Wenn noch eine Rehabilitationsmaßnahme dazukommt, wer weiß.“ Sie vollendete den Satz nicht, sondern streifte sich die Einmalhandschuhe über. „Ich werde Sie unverzüglich über unsere Ergebnisse informieren“, versprach sie den beiden Gendarmen. Bevor sie sich zielstrebig an die Untersuchung des Toten und der Umgebung machte, drehte sie sich noch einmal um und zwinkerte Catherine zu.
Joseph zupfte Catherine am Ärmel. „Wir müssen los und sollten schnellstens herausfinden, wer der Tote ist. Außerdem warten Monsieur Ceccotti und seine Gattin auf uns.“ Catherine eilte hinter Leroux her. „Sagt ihr bitte den Kollegen Bescheid, dass wir hier noch nicht fertig sind?“, rief Colette ihnen hinterher. „Machen wir.“ Bernard hatte sich im Hintergrund gehalten und bat nun Joseph und Catherine, in seinem Mehari Platz zu nehmen. Die beiden quetschten sich auf die Rücksitze. Mitten auf der Fahrt fiel Catherine wieder der Peugeot ein. „Wir müssen zurück!“, stieß sie hervor. Augenblicklich hielt Bernard an. „Ich habe auf dem Parkplatz von der Abbaye de Charlieu einen dunkelblauen Peugeot gesehen. Wir müssen prüfen, ob er dem Toten gehört.“ „Ein Versuch ist es wert“, bestärkte Joseph.
Bernard wendete den Mehari und sie fuhren zurück. Der Schlüssel passte – nicht. „Wäre ja zu schön gewesen“, stöhnten die beiden Gendarmen. Schweigend ließen sie sich von Bernard zur Rezeption bringen. Sie nahmen die Personalien der Wanderer auf und fuhren danach zurück nach Méze.

Mittwoch, 28. März – vormittags

1

„Luis, weißt du, wo Basile steckt?" Luis krächzte ratlos. „Auch gut, dann frühstücke ich eben alleine", sagte Yvonne. „B'jour! B'jour!", krähte Luis und stocherte geschäftig mit seinem spitzen Schnabel nach Störenfrieden in seinem Gefieder. Yvonne drehte das Radio eine Spur lauter. Sie schubste die Tageszeitung in die äußerste Ecke des Küchentisches. Dann füllte sie Wasser und Kaffeepulver in dic Cafetiere ein, schraubte Ober- und Unterteil zusammen und stellte sie auf die Herdplatte. Sie erfreute sich jeden Tag an dem Ding, das ihre Chefin ihr aus Italien mitgebracht hatte. „Der Präsident kündigt harte Sparmaßnahmen an", sagte der Nachrichtensprecher von Radio France. Yvonne suchte sich einen anderen Sender. „Sparen, sparen, sparen!", schimpfte sie verbittert. „Immer sollen die kleinen Leute sparen." Luis bekam eine neue Knabberstange aus der Schublade, die mit einem lauten Knall wieder zuflog. Auf der Fensterbank verteilten sich kleine, grauschwarze Federn. „Warum verlierst du nur so viele Federn?", fragte sie den Vogel bekümmert. „Fehlen dir Vitamine?" Luis legte den Kopf schief und beäugte seine Madame. Er kletterte behände am Gitter auf und ab, krächzte begeistert und machte sich dann über die Knabberei her.
„No, je'ne regrette rien", schmetterte Edith Piaf aus dem Lautsprecher des Radios und Yvonne sang mit. Basile konnte Chansons nicht leiden, französische schon gar nicht, und wenn Yvonne es wagte in seiner Gegenwart mitzusingen, regte er sich noch mehr auf. Dann hielt er sich demonstrativ die Ohren zu und meckerte: „Du krächzt schlimmer als dein Vogel." Also blieb sie stumm, solange Basile im Haus war.

„Meinst du, dass Basile auf einem Lehrgang ist?" Luis legte den Kopf schräg und schaute sie aufmerksam an. „Ach, bestimmt ist er wieder irgendwohin abgeordnet worden." Sie zog schnell eine leichte Strickjacke über und dachte nicht weiter über Basiles Abwesenheit nach. Bei der Bäckerei um die Ecke kaufte sie ein Baguette.

„Wie geht's?", erkundigte sich die Bäckerin Jeanne. „Gut. Und selbst? Viel zu tun?" „Noch nicht." „Ach, geben Sie mir bitte noch ein Croissant." „Gibt es etwas zu feiern?", scherzte Jeanne. Yvonne schüttelte schnell den Kopf, zahlte und verließ eilig den Laden. Zu Hause setzte sie sich an den verwaisten Küchentisch, strich dick Butter auf das knusprige Baguette und nahm einen ganzen Teelöffel Aprikosenmarmelade dazu. Sie warf einen Blick auf die Titelseite des Midi Libre. Ein Terroranschlag in Mailand, ein Mord in Bordeaux und ein Schiffsunglück in Calais. Ganz klein ein Bericht über die Firma Nestlé, die den Bürgern der Stadt Vittel das Wasser abgräbt und über die Chefin der lokalen Wasserkommission, die mit einem Manager von Nestlé verheiratet ist. Sie schob die Blätter beiseite und gönnte sich das zusätzliche Croissant. Dann erinnerte sie sich an die Rätsel. Das Sudoku auf der letzten Seite hatte sie nach drei Minuten gelöst. Bei einem zweiten Kaffee nahm sie sich den Block mit den schwierigeren Rätseln von der Fensterbank. „Schaffst d' nicht, schaffst d' nicht", krakeelte Luis und hockte sich in die Ecke seines Käfigs. Verbissen suchte Yvonne die fehlenden Zahlen, aber sie schaffte es nicht ohne zu schummeln. Frustriert schob sie den Block zurück und ging ins fensterlose Badezimmer. Ihr Spiegelbild bestätigte, dass ihre grauer werdenden Haare ordentlich lagen. Den Kamm mit dem abgebrochenen Stiel und den winzigen Schuppen zwischen den Zähnen warf sie in den Abfalleimer. Ihre geröteten Augenlider und die geplatzten Äderchen auf ihren Wangen verdeckte sie mit einem Tupfer Make-up. Erschrocken blickte sie auf die Uhr. Schnell zog sie sich die Strickjacke über, vergaß nicht den Strauß Feldblumen, den sie abends noch gepflückt hatte und verließ das Haus. „R'voir", schrie ihr die Dohle hinterher.

2

Emile Rude war seit fünf Uhr morgens auf den Beinen. Nach dem ersten Kaffee hatte er die Temperaturen in seinen Weinkellern kontrolliert, persönlich den Crémant gerüttelt und mit seinen Mitarbeitern alle nötigen Arbeiten des Tages besprochen. „Jules, du solltest den Syrah biegen und binden. Gabriel, kümmerst du dich um den Mourvèdre? Das abgeschnittene Rebholz muss zerkleinert und in den Boden eingearbeitet werden. Danach macht ihr weiter mit dem Einsetzen der neuen Rebstöcke. Ich kümmere mich später um die Bodenanalyse. Soweit alles klar?" Emile schaute in die zustimmenden Gesichter von Jules und Gabriel, drehte sich um und ging in sein Büro. Emile bezahlte seine Arbeiter ordentlich, aber mehr als zwei festangestellte Helfer konnte er sich nicht leisten, noch nicht. Er hatte Großes vor. Bevor er zum Telefonhörer griff, dachte er an seinen Bruder. „Dieser Kleingeist", fluchte er leise.

3

So etwas hatte Doktor Letailleur in den zwanzig Jahren seiner Berufstätigkeit eher selten gesehen. Der leblose Mensch auf seinem Tisch war nicht nur extrem blass, untersetzt und fleischig, er wies auch an einigen Stellen des Körpers Verletzungen auf, die nicht von einem Sturz oder einer Prügelei stammen konnten. Er winkte seine Praktikantin herbei, die ihm drei Wochen lang über die Schulter schauen wollte. „Madame Bertrand. Schauen Sie sich das an." „Sagen Sie doch bitte lieber Monique zu mir", sagte die Angesprochene. „Gerne", lächelte Doktor Letailleur. Er deutete auf die Brustwarzen des Mannes und wartete ab, welche Schlüsse die Studentin ziehen würde. Monique Bertrand rückte ihre runde Brille zurecht und strich sich die lockigen Haare aus dem Gesicht. Die ausgefransten, blutunterlaufenen Warzen machten sie zunächst sprachlos. „Worauf ist das zurückzuführen?", fragte sie schließlich. „Das", sagte Letailleur, „lässt auf eine Leidenschaft für..." Er unterbrach sich, „auf Paraphilie[6] schließen." Letailleur betrachtete die pflaumenfarbenen Verfärbungen in der Magengegend. „Manche Menschen entwickeln sexuelle Erregung nur, wenn sie gequält werden. Die Folgen können wir an diesem Toten gut studieren." Er entfernte das weiße Tuch vollständig. „Wenn Sie in diesem Beruf arbeiten wollen, haben Sie es mit dem ganzen Menschen zu tun." Die Hoden des Mannes waren mehrfach durchstochen und wiesen ebenfalls bläuliche Stellen auf.

Monique Bertrand hatte die letzten sechs Jahre ihrer Schulzeit in einem Internat zugebracht. Sie hatte sich nie sonderlich an den Pornos ergötzt, die über das Internet oder die Handys kursierten. Mit ihrem Freund Frederic hatte sie ganz normalen Sex. „Sie meinen, der Mann war ein Masochist?" Doktor Letailleur zuckte mit den Schultern. „Die Art der Verletzungen lässt diesen Schluss eindeutig zu. Im Übrigen müssen wir als Gerichtsmediziner die kleinsten Details beachten. Hausärzte schauen oft nur durch die Tür des Schlafzimmers, sehen den Toten im Bett liegen und bescheinigen einen natürlichen Tod." Letailleur lächelte milde, als er den leicht verwirrten Blick in ihren Augen sah. „Ja, aber…", wandte Bertrand ein. „Wir benutzen die Lupe", dozierte er weiter, „wenn es sein muss, schauen wir unter jedes Pflästerchen. Sehen Sie hier die Schrammen an der linken Schläfe? Die könnten von einem Aufprall auf einen harten Gegenstand stammen", klärte Letailleur sie auf. „Und hier…", er wies auf die rechte Schläfe des Mannes, „sehen wir ein Einschussloch. Der Mann ist eindeutig von einer anderen Person getötet worden. Hätte er sich selbst die Waffe an die Schläfe gesetzt, würden wir Schmauchspuren an den Händen finden. Ergo hat ihm jemand eine Waffe direkt aufgesetzt und dann abgedrückt." „Es gibt kein Austrittsloch, richtig?", bemerkte Monique. „Das ist richtig. Die Kugel muss noch im Schädel stecken und den werde ich jetzt öffnen."

Monique kämpfte mit aufsteigender Übelkeit. Krampfhaft versuchte sie, sich alles zu merken. „Ein aufgesetzter Schuss? Glauben Sie, es war die Mafia?", fragte sie gepresst.

„Wir sind nicht für solche Spekulationen zuständig. Wir untersuchen, analysieren." Nach einer Pause fuhr er fort: „Bleiben Sie hier, wenn ich das Schädeldach absäge?", fragte er. „Weiß ich nicht", stotterte Bertrand und stürzte kurz darauf zur Tür hinaus. „Habe

ich mir gedacht“, murmelte Letailleur. Ob die zierliche, junge Frau mit den ernsten Augen tatsächlich die harte Laufbahn der Gerichtsmedizinerin einschlagen würde? Nachdem er die kleine Kugel entfernt hatte, setzte er das Schädeldach sorgfältig wieder auf, fixierte es und zog die hinten gelösten Hautlappen mit dem schütteren Haar wieder über den Schädel.
Die Kugel ließ er in eine Plastikhülle fallen. Letailleur nahm an, dass es sich um ein Kaliber 7,65 mm handelte, aber die exakte Bestimmung überließ er dem Kriminaltechniker. Er ließ den Toten in den Kühlraum schieben und begab sich an seinen Schreibtisch. Nachdem er den Obduktionsbericht diktiert hatte, rief er Leroux an und gab ihm vorab die wichtigsten Ergebnisse durch. Er versprach, den kompletten Bericht zu schicken, sobald er fertig geschrieben war.

4

Von ihrem Haus aus brauchte Yvonne Rude mit ihrem Mofa, einer Mobylette aus dem Jahr 1979, fünfzehn Minuten, um zur Auberge zu gelangen. „Hast du es nötig bei diesen aufgeblasenen Snobs putzen zu gehen?“, hatte Basile geschnaubt, als sie die Stellenanzeige in der Zeitung rot angestrichen hatte. „Bei dreihundert Euro Haushaltsgeld im Monat kann es nicht schaden“, hatte Yvonne kaum hörbar geknurrt. Basile hatte es trotzdem vernommen und wusste darauf nichts zu erwidern. Er hatte seinen Kopf schnell wieder in die Midi Libre vergraben.
Heute fuhr Yvonne gut gelaunt nach Cournonsec zur Auberge Saint Gilles, die sich hinter einer hohen, gepflegten Glanzmispelhecke versteckte. Die Knattergeräusche ihrer Mobylette überlagerten ihr laut geschallertes „Milord“. Am Abend würde sie als Edith Piaf mit Georges Moustaki am Place Pigalle in Paris singen. Der Schlussapplaus war überwältigend, sie verbeugte sich mehrmals hintereinander und wäre an der Rue de la Davalade fast mit einem Fußgänger kollidiert, der gerade die Straße überqueren wollte. „Pass doch auf, wo du fährst“, brüllte er ihr hinterher und drohte mit seiner geballten Faust.

Beschämt schaute Yvonne auf die Straße und versuchte, mit ihrer Mobylette den bösen Blicken des Fußgängers so schnell wie möglich zu entkommen, aber mehr als 25 km/h schaffte die alte Dame nicht.
Unterwegs begleiteten sie würzig-herbe Aromen von Rosmarin, Kiefern und Zypressen. Über den fernen Ausläufern der Cevennen leuchteten zarte Federwolken. Sobald sie den Eingang der Auberge erreicht hatte, stieg sie ab, tippte die Zahlenkombination am Tor ein und schob hastig ihr Moped über den Kiesweg zur Seitentür. Bevor sie sich jedoch an die Arbeit machte, huschte sie schnell zu der weißen Madonna, die auf der gegenüberliegenden Straßenseite über den Ort wachte und steckte die Feldblumen in eine Vase. Eilig kehrte sie zurück und zog sich den geblümten Kittel über, der dort am Haken hing.

5

Nicole Richard fielen ständig die langen, schwarzen Fransen ihres Ponys ins Gesicht, während sie sich über ihre Einnahmenaufstellung beugte. Nachdem sie Yvonne begrüßt hatte, rechnete sie gerade die Ausgaben für Putzmittel zusammen, als Stéphane ins Büro kam. „Brauchst du noch etwas vom Markt?", fragte er. Nicole winkte ab. „Nein danke, Chico hat mir die Liste gegeben, es ist alles komplett. Ach doch, wenn der Stand mit den Seifen heute da ist, kannst du mir zehn Marseiller Cannelle mitbringen?" „Mache ich", sagte Stéphane und verschwand. Nicole widmete sich sofort wieder den Zahlenkolonnen. Die Auberge lief prächtig. Dank zahlreicher Bewertungen in Internetportalen konnte ihr Haus mit vier von fünf Sternen punkten. Schon im März kamen regelmäßig Gäste, die die zentrale Lage und das gehobene Ambiente schätzten. Buchungsanfragen gab es bereits für das Frühjahr des nächsten Jahres. Langsam rechneten sich die Investitionen in die liebevoll und aufwendig gestaltete Inneneinrichtung. Die Zeit der schwarzen Zahlen rückte näher.
Nicole stand auf, streckte den Rücken durch und ging zum Fenster. Stolz blickte sie in ihren planvoll angelegten Garten. Nico-

le stammte aus einem gutbürgerlichen Elternhaus in der Vendée, sie liebte geordnetes Grün, chaotischen Naturgärten konnte sie nichts abgewinnen. In ihrem Garten konkurrierten exotische Pflanzen und veredelte Sträucher mit einheimischen Gewächsen. Pfeifensträucher, Römische Kamille und Dichter-Narzissen würden im Sommer die Luft mit ihren süßen Aromen anreichern. Lächelnd kehrte Nicole zu ihren Büchern zurück. Mit der Auberge hatte sie ihren Lebenstraum verwirklicht.

6

Marc Majory hatte sich vormittags frei genommen. Neugierig machte er sich auf den Weg nach Villeneuvette. Vor ein paar Tagen hatte ihm der Advokat Molina mitgeteilt, dass seine Tante Rose gestorben war und ihm eine Wohnung hinterlassen hatte. Als kleiner Junge war er mit seinen Eltern ein paar Mal sonntags dort gewesen. Das war in den achtziger Jahren des letzten Jahrhunderts gewesen und er hatte sich während der Besuche ziemlich schnell gelangweilt. Seine Tante war ihm damals wie eine Hexe aus den Märchen vorgekommen. Ihre langen, roten Haare versteckte sie unter einem bunten Seidentuch, ihr bodenlanger Kaftan schlabberte an ihr herum und zwischen ihren Fingern klemmte stets eine Zigarette. Sie hatte mit lauter schrägen Gesellen in einer Art Kommune gewohnt. Marc musste unwillkürlich grinsen, als ihm wieder der Mann mit den Glubschaugen einfiel, der zu jeder Tages- und Nachtzeit mit einem Teddy unter dem Arm herumgelaufen war und Weisheiten von Epikur rezitiert hatte. In seinen Augen waren die Kinder damals genauso seltsam gewesen wie ihre Eltern. Deshalb war er lieber alleine in den Mauern der alten Tuchmanufaktur herumgeklettert, obwohl das streng verboten war. Ob der riesige Brunnen noch dort stand? Heute wohnten in dem winzigen Örtchen nur noch wenige, versprengte Künstler, insgesamt höchstens dreißig Leute, die die Siedlung liebevoll instand hielten. Dort also hatte ihm Tante Rose eine Wohnung hinterlassen. Heute wollte er entscheiden, ob er sie verkaufen oder behalten wollte.

Er parkte seinen Wagen und schritt zügig durch das imposante Tor mit dem verblassten Schriftzug „Honneur au Travail“[7]. Das Restaurant, in dem er sich mit dem Anwalt verabredet hatte, fand er direkt dahinter. Er eilte die Treppen herunter und fand Monsieur Molina draußen auf der von Glyzinien überdachten Terrasse sitzend. „Welch ein herrlicher Anblick“, rief Marc aus und meinte damit weniger den schmalbrüstigen Advokaten als die üppige, rosa blühende Ranke, die einen betörenden Duft verströmte. Kaum hatte sich Marc mit Molina bekannt gemacht, als eine kleine Tempelglocke ihn über eine Nachricht auf seinem Smartphone informierte. Catherine? „Sie entschuldigen mich eine Sekunde? Etwas Dienstliches.“ Das Bild eines toten Mannes erschien auf dem Display und Catherines Frage, ob er einer Veröffentlichung des Fotos zustimme. Enttäuscht antwortete er knapp: „Geht in Ordnung“ und wandte sich wieder dem Advokaten zu. Nachdem sie sich formell vorgestellt hatten, zeigte Marc dem Notar aus einem Impuls heraus das Foto. „Kennen Sie diesen Mann zufälligerweise?“ Der hochgewachsene Notar warf einen Blick auf das Bild, dann schüttelte er bedauernd den Kopf. „Tut mir sehr leid. Zuerst dachte ich, ich würde den Mann erkennen, aber ich glaube nicht, dass er es ist.“ „Vielleicht doch? Meine Kollegen könnten das diskret prüfen.“ „Ich bin mir nicht sicher, aber es könnte sich um einen Beamten handeln.“ Marc stöhnte. „Beamte gibt es wie Sand am Meer. Über vierundzwanzig Prozent unserer Erwerbstätigen sind Beamte. Vielleicht in der Justiz?“ Der Notar bedauerte, er könne sich nicht erinnern. „Gut, falls Ihnen doch etwas einfällt, Sie haben meine Mobilnummer.“ Nach einem Kaffee verließen sie das Lokal, um einen Blick auf die Wohnung zu werfen. Sie befand sich direkt gegenüber des Restaurants im Erdgeschoß eines zweistöckigen Gebäudes. ‚Der Putz des Hauses könnte mal wieder angestrichen werden‘, dachte Marc. Die hellgrünen Holzfensterläden verwehrten einen Blick ins Innere des Hauses, doch die weiße Eingangstür machte einen einladenden Eindruck. ‚Vielleicht sollte ich mich aufs Land verziehen‘, überlegte Marc. Montpellier platzte aus

allen Nähten, erlebte gerade einen irrsinnigen Bauboom und wurde immer lärmiger.
Die Bewohner der Nachbarwohnungen hatten rund um eine Platane im Innenhof, alte Weinfässer und Steintröge mit blühenden Pulsatilla und Adonisröschen bepflanzt. Palmen und dickblättrige Gewächse schmückten deren Hauseingänge.
‚Könnte es sich hier leben lassen?' Marc war sich nicht sicher. Was Catherine dazu sagen würde? Nachdenklich schlenderte er zurück zu seinem Wagen.

7

Die Herrin schaute auf die Uhr. Sie wartete bereits seit einer halben Stunde und wurde allmählich ungehalten. Mittwochs war sein Tag. An jedem letzten Mittwoch des Monats kam er um Punkt siebzehn Uhr, keine Sekunde später. Sie hatte alles vorbereitet, die Handschellen und Fesseln griffbereit nebeneinander aufgereiht, die Gewichte, die sie an seinen Testikeln befestigen würde, warteten brav im Regal. Der für das Reinigen ihres Reiches zuständige Putzsklave hatte den gynäkologischen Stuhl desinfiziert und blitzeblank gewienert. Er hatte auch die Augenbinde ordentlich zurechtgelegt. Die Seile hingen locker von der Decke.
Es sah ihm nicht ähnlich, sich zu verspäten. Sie würde ihn noch härter bestrafen müssen als sonst. Fünf Minuten, dann würde sie ihn zum Teufel jagen.

Donnerstag, 29. März

1

„Hat Madame Caumel sich schon gemeldet?“, fragte Leroux seine Kollegin. „Nein, hat sie nicht“, gab Catherine zurück. „Soll ich sie anrufen?“ „Ja, mache das. Was ist mit Marc?“ „Wir können die Handyfotos von dem Toten sofort veröffentlichen. Marc hat mir eine Kurznachricht geschickt. Ich habe schon das beste Foto herausgesucht und überarbeitet. Ich bin gerade dabei, es an alle Dienststellen der umliegenden Departements zu verschicken. Ich habe darum gebeten, das Foto auch in der örtlichen Presse zu veröffentlichen.“ Joseph nickte zustimmend. Dann wählte sie die Nummer von Eugène Fournier. „Colette Caumel, bon jour“, meldete sich die Vertretung mit munterer Stimme. „Madame Caumel, haben Sie schon verwertbare Spuren im Fall des anonymen Toten?“ „Ein paar schon“, erklärte Caumel mit hörbarem Stolz. „Doktor Letailleur hat uns die Kugel übergeben. Es handelt sich um eine 7,65 mm und sie stammt mit ziemlicher Sicherheit aus dem Modell einer alten Luger, die von der Schweizer Armee verwendet wurde. Jetzt müssen Sie nur noch die dazu passende Pistole finden. Es müsste sich um ein Modell mit der Bezeichnung ‚Waffenfabrik Bern‘ handeln. Dürfte für Sie eine Kleinigkeit sein, nicht wahr?“ Catherine sah Colette bildhaft vor sich, wie sie am Schreibtisch saß und spitzbübisch in die Ferne schaute. „Was haben Sie sonst noch herausgefunden?“ „Ist das etwa nichts?“, erwiderte Caumel mit gespielter Empörung. „Also, wir haben eine Blutspurmusteranalyse am Tatort gemacht und mit den uns vorliegenden Daten verglichen. Leider haben wir keine Übereinstimmungen gefunden. Auch die wenigen Fasern geben keinen Aufschluss über den Täter. Jedenfalls vermuten wir, dass er zuerst erschossen und dann von der Brücke hinuntergestoßen wurde. Wir haben die Ergebnisse zusammengefasst, ich schicke sie Ihnen per Mail.“ „Aber den Todeszeitpunkt konnten Sie doch feststellen?“, hakte Catherine nach. „Ja, natürlich, das hätte ich Ihnen als Erstes sagen müssen. Er hat dort wahrscheinlich schon seit Sonntag, mindestens aber mehr als

36 Stunden gelegen." „Danke, das hört sich nach Arbeit an." „Ja, das sehe ich genauso", pflichtete Colette Caumel ihr bei. „Vielleicht haben sie Glück und der Täter läuft Ihnen über den Weg oder stellt sich freiwillig. Ich wünsche Ihnen jedenfalls eine erfolgreiche Fahndung." „Herzlichen Dank, das können wir immer gut gebrauchen." Catherine legte auf und informierte Joseph über das Gespräch. Anschließend erinnerte sie ihn anlässlich einer aktuellen Randnotiz in der Midi Libre an einen ihrer letzten, spektakulären Fälle, in dem sich alles um gefälschte Medikamente, Bitcoins und das Darknet gedreht hatte. Leroux, der seit Wochen die morgendliche Lektüre der Tageszeitung vernachlässigt hatte, horchte auf. „Bitcoins?", fragte er und gähnte herzhaft. Catherine lächelte verständnisvoll. „Nachdem man für ein Bitcoin im Dezember 2017 stolze 15500 Euro zahlen musste, ist die Kryptowährung im November 2018 um 75 Prozent auf 3850 Euro abgestürzt. Ein Investmentguru soll mittlerweile nur noch von Shitcoins reden." Joseph Leroux, der das System der digitalen Währungen noch nie verstanden hatte, grinste schadenfroh.
„Und ich dachte, es sei etwas Schlimmes passiert. Wir armen Gendarmen können uns sowieso keine Bitcoins leisten, und selbst ein kleiner Drogendealer kann bei derartig astronomischen Summen nicht mithalten."

Leroux' Telefon surrte leise, auf dem Display stand „Anonym". „Gendarmerie Nationale in Mèze, Leroux", meldete er sich. „Basile Rude, Montbazin", sagte eine männliche Stimme, offensichtlich verstellt. Der Anrufer legte sofort wieder auf. „Die Telefonüberwachung", schrie Leroux geistesgegenwärtig. Catherine schaltete sofort, rannte zu den Kollegen der Technik und rief. „Der Anruf! Woher kam der?" Die Techniker verzehrten gerade ihre mitgebrachten Baguettes, heißer Kaffee dampfte aus ihren Bechern. Sie starrten Catherine überrascht an. „Hallo! Aufwachen!" Catherine hatte sich immer noch nicht an das gemächlichere Arbeitstempo des Südens gewöhnt. Ein jüngerer Beamter schaute sie genervt an, dann raffte er sich auf und bewegte den Mauszeiger auf dem

Bildschirm. „Wann war das?“, fragte er gelangweilt. „Jetzt eben, also vor zwei, drei Minuten.“ „Hier“, sagte er und zeigte auf eine Datenzeile. „Montbazin. Bar-Tabac Paris.“
Catherine hob anerkennend den rechten Daumen. Der junge Gendarm sagte nur lapidar: „Keine Ursache.“ „Danke trotzdem“, sagte Catherine und eilte zurück.
„Montbazin“, teilte Leroux mit. „Die Bar-Tabac Paris. Was hat der Anrufer überhaupt gemeint? Heißt er selber Basile Rude oder ist das der Name des Toten?“ „Oder war das vielleicht ein Scherzkeks?“ „Woher sollte er überhaupt von dem Toten wissen. Wir haben heute erst die Nachricht an die Departements durchgegeben.“ „Das ist in der Tat seltsam. Das kann nur einer von der Presse sein.“ „Aber warum nennt er nicht seinen Namen? Ob er den Mann auch privat kennt? Wir sollten hinfahren und es herausfinden. Eine kleine Exkursion ins Hinterland kann nicht schaden.“

2

Leroux und Catherine schauten sich die Karte des L'Herault an. „Hier ist es. Der Ort scheint winzig zu sein, da sollte es kein Problem sein, die Bar Tabac zu finden. In solch einem Dorf kennt jeder jeden.“ „Und in der Mairie wissen sie vielleicht etwas über Basile Rude.“ „Ja, falls das keine falsche Fährte ist“, gab Catherine zu bedenken. Sie steckte eine Fotografie des Toten ein, streifte ihre Uniformjacke über und folgte Joseph auf den Parkplatz. Vor dem Kreisverkehr in Mèze staute sich der Verkehr, das war für sie nichts Neues. „Lass uns die Abkürzung nehmen“, schlug Catherine vor. „Gute Idee, wir wenden.“ Sie schlängelten sich durch die engen, von knospenden Oleanderbüschen gesäumten Nebenstraßen. Von da an kamen sie zügig bis nach Gigean, wo sie über eine kleinere Straße direkt nach Montbazin gelangten.

Gleich nachdem sie über eine Brücke den Ortseingang von Montbazin erreicht hatten, entdeckten sie einen Parkplatz. „Schau einmal, was wir dort haben.“ Leroux zeigte auf das Schild „Bar Tabac“, das an der Ecke eines dreistöckigen Hauses aus den sechziger

Jahren hing. Drei Stufen führten zu einer überdachten Terrasse, auf der drei ältere Männer wild gestikulierten und sich an Lautstärke gegenseitig übertrumpften. „Bei der miserablen Wetterlage wird es in diesem Jahr nichts mit dem Wein!" „Deswegen bauen so viele jetzt Melonen an!" „Das liegt doch an der EU. Sobald die eine neue Verordnung herausbringen, müssen alle nach ihrer Pfeife tanzen." Als sie sahen, dass die Gendarmen auf sie zukamen, verstummte das Gespräch. Drei misstrauische Augenpaare richteten sich auf die Hüter des Gesetzes.

„Entschuldigung. Hat jemand von Ihnen vor einer halben Stunde bei uns angerufen und uns über Basile Rude informiert?", fragte Leroux in amtlichem Ton. Es dauerte einen Augenblick, bevor sie die Sprache wiederfanden, dann redeten alle gleichzeitig und alle durcheinander. „Bitte sagen Sie einfach nur, ob einer von Ihnen bei uns Bescheid gesagt hat!" Alle drei schüttelten die Köpfe. „Wir waren das nicht!", sagten sie im Chor. „Aber irgendjemand scheint aus dieser Bar Tabac angerufen zu haben", mischte sich Catherine ein. „Das kann nur unser Schreiberling gewesen sein", spuckte ein bärtiger Mann mit zerfurchtem Gesicht aus. „Und wie heißt der Schreiberling?", hakte Catherine nach.

„Olivier."

„Mit Nachnamen?" „Weißt du, wie der mit Nachnamen heißt?", wandte sich der Bärtige an seinen Tischnachbarn. „Ich glaube Porter."

„Und wo ist der jetzt?" Allgemeines Achselzucken. „Vielleicht nach Montpellier gefahren?" Leroux und Rozier gaben auf. „Wo finden wir die Mairie?"

„Die Treppen rauf, durch das Tor, dann links!" „Merci vielmals, das finden wir!" Aufgeregtes Stimmengewirr begleitete ihren Gang die Treppe hinauf.

„Wie gut, dass es noch nicht so heiß ist. Im Sommer wird es nicht so leicht sein, den Berg hoch zu kraxeln", stöhnte Joseph, als sie die Rue de Marché entlang gingen und auf die Treppen zusteuerten. „Du bist doch kein Rentner!", warf ihm Catherine an den

Kopf. „Aber ich habe heute müde Knochen“, klagte Joseph und schlich hinter ihr her.
Die imposante Mairie konnte kein Mensch verfehlen. Selbst in einem solch überschaubaren Dorf wie Montabazin reckte sie sich imposant in die Höhe und behauptete sich neben der Eglise Saint Pierre, einer historischen Kapelle aus dem 11. Jahrhundert. Drinnen herrschte eine gelassene Atmosphäre. Catherine staunte über das moderne Interieur, das im krassen Gegensatz zu der altehrwürdigen Fassade stand. Eine elegante, in ein dunkelblaues Kostüm gekleidete Dame trat auf sie zu. „Sie wünschen?“ An dem Revers ihrer Jacke befand sich ein Schildchen mit ihrem Namen. „Madame Garcia, wissen Sie, ob dieser Mann hier in Montbazin wohnt?“ Madame Garcia warf einen prüfenden Blick auf das Foto. Nach einigen Sekunden schüttelte sie den Kopf. „Tut mir leid, ich bin erst vor einem Monat hierher versetzt worden und kenne noch nicht alle Bewohner, aber ich frage die Kollegin. Darf ich?“ Sie zeigte das Foto einer jüngeren Frau, die in der hinteren Ecke des Raumes eifrig an ihrem PC arbeitete. Diese schaute sich das Bild an, nickte und erklärte etwas. Dann kam sie zusammen mit Madame Garcia an den Beratertresen und stellte sich als Sibel Thomas vor. „Ist Basile etwas zugestoßen?“ Sie schaute in die ernsten Gesichter von Leroux und Rozier und hielt sich erschrocken die Hand vor den Mund. „Basile und weiter?“, fragte Leroux. „Oh Pardon, Basile Rude.“ Catherine wartete einen Augenblick, bevor sie nachhakte. „Sie sind sich ganz sicher, dass es sich bei diesem Mann um Monsieur Rude handelt?“ „Absolut sicher“, erwiderte Madame Thomas. „Hatte er einen Unfall?“ Joseph Leroux erklärte ihr, dass Monsieur Rude tot sei. Leider müsse man davon ausgehen, dass es kein Unfall gewesen sei. Er fragte, ob Madame Thomas ihnen sagen könne, wo Basile Rude wohne und ob er Angehörige habe. „Bitte, was? Seine Anschrift? Ja, Moment. Er wohnt einen Katzensprung von hier entfernt, am Place du Marché. Sie müssten auf dem Weg hierher daran vorbeigekommen sein!“ Madame Thomas hielt sich erneut die Hand vor den Mund und rief verzweifelt: „Wer tut so etwas?“ In ihrem entsetzten Gesicht stand geschrieben, dass solch

eine Tat nur in der Großstadt geschehen könne, nicht jedoch in einem abgelegenen Dörfchen wie dem ihren. Leroux beruhigte sie. „Das kommt bestimmt nicht jeden Tag vor." Und er wiederholte die Frage, ob Rude verheiratet sei. „Ja, er... Seine Frau Yvonne... er ist verheiratet. Ich meine, sie wohnt auch dort." „Woher kennen Sie Basile Rude?" „Ich bin Mitglied in einem philatelistischen Verein. Basile Rude ist dort ebenfalls Mitglied und außerdem verwaltet er die Kasse." Catherine bat Madame Thomas, ihnen die Hausnummer der Rudes zu nennen. „Oh, die fällt mir vor Schreck nicht ein. Aber es ist das Haus mit dem senfgelben Anstrich, das können Sie gar nicht verfehlen." „Danke, das finden wir. Falls Ihnen noch etwas Wichtiges einfällt, lasse ich Ihnen meine Karte hier." Sie verabschiedeten sich, betraten den Place de la Mairie, wandten sich nach rechts und fanden den Place du Marché unterhalb der ersten Treppe. Joseph und Catherine fiel ein besonders schönes Haus mit einem fantastischen Ausblick auf gegenüberliegende Berge auf. „Schau mal dort oben, das Zeichen über der Haustür, kennst du das?" Catherine sah Joseph fragend an. „Es ist das okzitanische Kreuz, es stellt ein Sonnenrad mit zwölf Speichen dar, die die zwölf Häuser der Tierkreiszeichen symbolisieren." „Interessant. Davon abgesehen, wer überbringt heute die schlechte Nachricht, du oder ich?" fragte Catherine.

3

Mechthild fotografierte in ihrer Freizeit gerne. Zurzeit war keine Fotoausstellung vor ihr sicher. „Georg, in Sète gibt es eine Galerie, die im Augenblick hochkarätige Porträtfotos zeigt. Ich würde sie mir gerne anschauen." Georg, seit einiger Zeit von Psoaris heimgesucht, studierte gerade hingebungsvoll vegane Rezepte. „Was hältst du von Chinakohlgemüse mit Birne und Sesam?" „Mmmh, hört sich gut an. Können wir trotzdem in die Ausstellung gehen?" Mechthild legte ihm den Prospekt auf das Kohlrezept; sie hatte ihn morgens in der Rezeption von La Lumière gefunden. Georg warf einen kurzen Blick darauf, brummte ein unverständliches „Ja, ja" und notierte auf einem Blatt Papier ‚Chinakohl, Birne'... „Sag mal, gibt es hier irgendwo einen Lorbeerbaum? Ich brauche ein einzelnes Lorbeerblatt!" Mechthild war kurz davor, ein Glas gegen die Wand zu werfen, aber sie wollte kein neues kaufen. Georg notierte ‚Sesam'. „Wir brauchen neues Olivenöl", sagte er zu seiner Frau. Die rollte mit den Augen und hielt ihm den Autoschlüssel vor die Nase. Er seufzte. „Museen, Galerien, können wir nicht mal zur Abwechslung eine Bootsausstellung besuchen?" „Nun mach nicht so ein Gesicht!" Mechthild ignorierte seinen Missmut. „Gut, dann schaue ich mir eben diese Porträts an! Aber noch lieber würde ich einkaufen. Wann willst du denn los?" „Jetzt", strahlte Mechthild und gab ihm einen schmatzenden Kuss auf die Wange. „Du kannst mich ruhig richtig küssen", schmollte Georg. „Lieber nicht", sagte sie und grinste. „Wenn wir erst damit anfangen..." Sie vollendete den Satz nicht, sondern suchte ihre Handtasche, kontrollierte deren Inhalt und zog ihre Lippen nach.

Sie kamen ohne größere Staus in Sète an und fanden überraschenderweise sofort einen Parkplatz in der Nähe der Rue Garenne. Die Galerie „Le Visage" schmiegte sich ebenerdig zwischen zwei schäbige Gebäude mit runzeliger Fassade. Die Galerie selbst schien vor kurzem renoviert worden zu sein. Der ockergelbe Anstrich leuchtete in der Sonne und sicherte dem Haus eine Sonderstellung in der Straße. Große Fenster ließen Licht in das gewölbeartige Innere fluten und eine ebenerdige Glastür erlaubte erste Blicke auf die dahinter liegenden Kunstwerke. An weißen Wänden warteten großformatige Schwarz-weiß-Porträts auf die Betrachter; der Ausstellungstitel verriet, dass es sich um „Menschen der Region" handelte. Der Inhaber der Galerie kam freundlich lächelnd auf Mechthild und Georg zu. „Messieurs dames! Was kann ich für Sie tun?" „Wir würden uns gerne die Fotos anschauen", sagte Mechthild schlicht. Sie blieb vor dem Bild eines etwa achtjährigen Mädchens stehen. Kluge Augen sogen die Blicke des Betrachters magisch in sich auf. Dem Fotografen war es gelungen, die Seele des Kindes einzufangen. Tief beeindruckt schlenderte sie zum nächsten Bild, auf dem die Hände einer Marktverkäuferin zu sehen waren. Sie schienen zu sprechen, erzählten davon, dass sich die Verkäuferin ganz dem Auswählen der schönsten Äpfel widmete. Mechthild ging weiter, aber das nächste Bild verwirrte sie. Sie musste mehrmals hinsehen, um ihre Verstörung zu begreifen. Das Foto zeigte den Rücken eines unbekleideten Mannes, der in gekrümmter Haltung auf einer Art Streckbank saß. Er hatte sein Gesicht in den Händen vergraben. „Georg, ist das nicht ein mittelalterliches Folterinstrument?" Georg schaute das Foto an. „Ja, ist es. Dem Armen scheint es nicht so gut zu gehen", sagte er ungerührt und ging zum nächsten Foto. Mechthild suchte den Titel des Bildes. ‚Der Untertan!' War das nicht ein Roman von Heinrich Mann? Mechthild ging zu dem Galeristen und fragte: „Bitte, welcher Fotograf hat diese Bilder gemacht und wo kann ich etwas über ihn erfahren?" Der Besitzer lächelte milde. „Über sie. Der Fotograf ist eine Frau und heißt Nicole Richard. Ich habe hier ihre Biografie aufgehängt." Er wies mit seiner rechten Hand auf die Wand neben seinem gläsernen Stehpult, wo ihre wichtigsten Arbeiten, ihr Werdegang und die Preise für die Fotos auf einem Plakat aufgelistet waren. „Frau Richards arbeitet seit Jahren als künstlerische Fotografin. Wenn Sie noch mehr von ihren Arbeiten sehen wollen, sollten Sie einen Termin mit ihr vereinbaren. Sie betreibt auch eine beliebte Auberge in Cournonsec", erklärte der Galerist weiter. „Das wäre wirklich sehr spannend. Haben Sie eine Visitenkarte der Künstlerin?" Der Galerist reichte ihr ein schwarz-weiß gestaltetes Hochglanz-Kärtchen und wünschte dem Ehepaar eine interessante Begegnung mit Madame Richard. Mechthild schaute sich suchend nach Georg um. Der stand vor dem Porträt eines alten Ehepaares, das sich liebevoll anblickte und dabei in den Arm genommen hatte. „Als ob das die Wirklichkeit wiedergeben würde", murmelte er kopfschüttelnd. „Hat nicht gerade wieder eine 72-jährige Frau ihren 83-jährigen Ehemann vergiftet?"

„Wie schade, dass es in unserer Wohnung kein freies Plätzchen mehr gibt", bedauerte Mechthild. „Jetzt lass uns gehen und schauen, ob wir irgendwo einen ordentlichen Kaffee bekommen", brummte Georg. Mechthild knuffte ihn in die Seite. „Einen or-

dentlichen Kaffee bekommst du hier überall.“ Sie verabschiedeten sich und traten auf die belebte Rue Garenne. Fast hätte ein junger Mann mit Kopfhörern sie über den Haufen gerannt. Er blickte starr auf sein Handy. Dass Mechthild und Georg ihm in letzter Sekunde geschickt auswichen, bekam er nicht mit.
„Rechts oder links, das ist hier die Frage“, zitierte Georg den berühmten Dichter. „Ich bin für links“, entschied Mechthild. Sie erreichten die Innenstadt nach zehn Minuten. „Eine Creperie“, rief Mechthild entzückt. „Das Restaurant dort drüben sieht mir solider aus“, warf Georg ein. „Solides bekommen wir auch in Solingen“, scherzte Mechthild. „Außerdem wolltest du nur einen Kaffee.“
Letztlich entschieden sie sich für ein Café, bei dem trotz der niedrigen Temperaturen einige Tische draußen standen. So konnten sie ihren Kaffee mit Blick auf einen großen, platanenumsäumten Marktplatz genießen, auf dem die ersten Boule-Spieler für einen angekündigten Wettbewerb trainieren. Mechthild überzeugte Georg davon, dass sie der Fotografin an einem der nächsten Tage einen Besuch abstatten könnten. Sie holte das Kärtchen aus ihrer Handtasche, sah auf die Adresse und sagte plötzlich: „Sag mal Georg, ist das nicht der gleiche Ort, in dem du dich nachts verlaufen hast?“

5

‚Wir müssen Ihnen leider eine traurige Mitteilung überbringen. Nein, das klingt hölzern. Ich versuche es noch einmal anders.‘ Auf dem kurzen Weg zum Place du Marché spielte Catherine in Gedanken durch, wie sie die schreckliche Nachricht am besten formulieren sollte. ‚Madame Rude, es tut mir sehr leid, aber…‘ So auch nicht. ‚Dürfen wir hereinkommen?‘ Ach was. Wenn zwei Gendarmen in Uniform plötzlich vor der Haustür standen, wusste jeder Bescheid, dass etwas Schreckliches passiert sein musste.
Aber auf die Reaktion von Yvonne Rude waren Leroux und Rozier nicht vorbereitet. Sie klingelten, eine mittelgroße Frau mit dauergewellten, mausgrauen Haaren und argwöhnischem Blick öffnete ihnen die Tür. „Madame Rude?“, fragte Catherine. Die Frau starrte

sie sekundenlang an, verfiel dann in meckerndes Gelächter und schleuderte ihnen entgegen: „Sie sollten sich besser verkleiden. Und zum letzten Mal: Ich werde mich nicht den Zeugen Jehovas anschließen. Und Ihr Käseblättchen können Sie auch behalten!" Mit lautem Knall flog die Tür zu. Leroux und Rozier schauten sich verblüfft an. Wäre die Angelegenheit nicht so ernst gewesen, säßen sie jetzt auf den Treppenstufen und hätten laut gelacht. Stattdessen drückten sie noch einmal auf die Klingel und ließen den Zeigefinger so lange auf dem Knopf liegen, bis Madame Rude wieder im Türrahmen erschien. „Was wollen Sie?", schnaubte Yvonne Rude verärgert. „Wir sind keine verkleideten Zeugen Jehovas, wir sind von der Gendarmerie Nationale in Mèze." Statt jeder weiteren Erklärung hielten Leroux und Rozier ihre Dienstausweise in die Höhe. Madame Rude schaute erst auf die Ausweise, dann irritiert die Gendarmen an. „Wir machen keinen Spaß. Dürfen wir hereinkommen?", fragte Leroux ernst. „Bitte! Treten Sie ein." Verunsichert drehte sie sich um und ging vor ihnen her. Catherine bemerkte, dass sie von den Knien her leicht in sich zusammen gesackt war. Yvonne Rude hielt ihnen die Tür zu einer kleinen, schmucklosen Küche auf, in der die Farben beige und braun dominierten. Allerdings nahm ein großer, goldglänzender Vogelkäfig die gesamte Fensterbank ein. Links und rechts neben dem Ungetüm waberten zahlreiche winzige, schwarze Federn. In dem Vogelbauer selbst hockte eine gewöhnliche Dohle, deren Nackenfedern rostrot eingefärbt waren. „B'jour", krächzte der Vogel und schaute die beiden Gendarmen aus schwarzen Knopfaugen an. „Nehmen Sie Platz", forderte Yvonne Rude sie auf.

Sie selbst setzte sich auf die Kante eines schlichten, hellen Holzstuhls, faltete die Hände ineinander und legte sie auf den schmalen Küchentisch. Ängstlich schaute sie erst zu Leroux, dann zu Rozier. Catherine zeigte ihr das Foto. „B'sill, B'sill", krächzte der Vogel sofort heiser und flatterte aufgeregt von seiner Stange an das Seitengitter des Käfigs und wieder zurück. „Ist das Ihr Ehemann?", fragte Catherine. „Was hat er denn angestellt?", flüsterte sie in einem

Tonfall, als befürchte sie, Basile habe die Fahne vom Rathaus geklaut. War sie kurzsichtig oder hatte sie nicht richtig hingeschaut? „Madame Rude, es tut uns leid, aber Ihr Mann ist tot." „Mort, mort", krächzte der Vogel. „Tot?", wisperte sie ungläubig. Sie blickte stumpf auf dem Tisch umher, suchte nach einem Krümel, fand ihn, wischte ihn weg. „Was ist passiert? Basile trinkt doch nicht. Ist er gestürzt? Wo ist er?" Sie schaute die Gendarmen verstört an. Catherine fragte sich, wo ihre Aufmüpfigkeit von vorhin geblieben war. „Excuse moi, wir müssen davon ausgehen, dass Ihr Ehemann erschossen worden ist", klärte Leroux sie mit sanftem Tonfall auf. Von einem Moment zum anderen schien sich Yvonne einen Ruck zu geben. „Basile ist ein guter Mann", sagte sie mit fester Stimme. „Hatte Ihr Mann Feinde?" „Feinde?" Sie schüttelte den Kopf. „Basile hat keine Feinde." Wieder leise fügte sie hinzu: „Basile hat auch keine Freunde." Nach einer Weile fragte Catherine behutsam: „Was hat Ihr Mann beruflich gemacht?" „Basile arbeitet in der Préfecture de l'Hérault. Warum fragen Sie das?" „Verstehen Sie bitte, wir tragen alle Informationen zusammen. Wir wollen herausbekommen, was passiert ist", erklärte Leroux. „Aha", war alles, was sie dazu sagte. „Er arbeitete in Montpellier, nehme ich an. Oder war er in der Sous-Préfecture von Béziers beschäftigt?", setzte Catherine nach. „Nein, nein, er arbeitet in Montpellier." Catherine machte einen neuen Anlauf. „Womit hat sich Ihr Mann in der Préfecture beschäftigt? Ich meine, was war sein Arbeitsgebiet?" Es dauerte einen Augenblick, bevor Yvonne seufzend antwortete. „Er war, also ehrlich…" Sie verstummte und blickte an die Decke. „Eigentlich weiß ich nicht genau, was er gemacht hat. Er hat mir nie etwas von seiner Arbeit erzählt. Aber er ist jeden Morgen um Punkt 7.30 Uhr aus dem Haus gegangen und jeden Abend um fünf Uhr zurückgekommen." Der Vogel schrie: „Cin'! Cin'[8]!" Die schmale Frau knetete ihre Hände. Alle Farbe war aus ihrem Gesicht gewichen. „Außer mittwochs, da war er immer bei den Philatelisten und kam erst um kurz nach sieben." „Madame Rude, wann haben Sie Ihren Mann zuletzt gesehen?", erkundigte sich Catherine. Auf Yvonnes Stirn bildeten sich steile Falten. Wie aus einem Traum erwachend, fragte sie plötzlich: „Möchten Sie ein Glas Wasser? Sonntag! Am Sonntagmittag ist er weggefahren." Sie kratzte sich gedankenverloren am Hinterkopf. „D'eau, d'eau", schrie der Vogel. „Nun halt' endlich deinen Schnabel", rief Yvonne verärgert. Sie hängte ein dunkelblaues Leinentuch über den Käfig. Fortan verhielt sich der Vogel ruhig. „Entschuldigen Sie, wollten Sie nun Wasser?", erkundigte sich Madame Rude. Die Gendarmen verneinten. „Hat Ihr Mann gesagt, wohin er wollte?" Yvonne schüttelte den Kopf. „Hat er sich mit jemandem getroffen?" Hilflos zuckte Madame Rude mit den Schultern. „Nein! Er hat nichts gesagt. Hat seine Jacke genommen und ist gegangen." „Mit welchem Wagen war Ihr Mann unterwegs?" „Basile fährt einen alten Peugeot." „Welche Farbe hat das Fahrzeug und kennen Sie zufällig das Kennzeichen?" „Der Peugeot ist grau und das Kennzeichen lautet 34-VZ-68. Ich kann mir das so genau merken, weil mein Großvater 1934 geboren ist und meine Schwester am 6. August Geburtstag hat." Zum ersten Mal in diesem Gespräch lächelte Yvonne Rude still in sich hinein. Catherine notierte sich die Angaben und vermerkte daneben: Wagen suchen! „Sind Sie nicht stutzig geworden, als Ihr Mann am Sonntagabend nicht nach Hause kam?" Joseph wusste, dass Hélène Himmel und Hölle in Bewegung setzen würde, wenn er so lange fortbliebe. Yvonne Rude machte sich noch kleiner. „Wir haben separate Schlafzimmer", flüsterte sie. „Und dann bin ich auch noch vor dem Fernseher eingenickt. Ich dachte, er habe mich nicht wecken wollen." „Und am Montag haben Sie auch nichts bemerkt?" Yvonne schaute auf den Boden. Joseph und Catherine sahen sich an und warteten. Plötzlich sagte Yvonne mit zittriger Stimme: „Ich hatte in den letzten Wochen so ein komisches Gefühl." Sie fuhr sich mit der Zunge über die spröden Lippen. „Eigentlich hatte ich überhaupt keinen Grund, aber ich dachte… ich dachte, er habe vielleicht eine Geliebte." „Aber Sie sagten, er sei immer pünktlich nach Hause gekommen?", warf Catherine ein. „Ja", sagte sie gedehnt. „Ich sagte doch, es war nur so ein Gefühl." Für eine Sekunde schien ihr Kampfgeist wieder geweckt. „Mich hätten doch alle für verrückt erklärt, wenn ich das erzählt hätte", brach es aus ihr heraus. „Aber trotzdem, manchmal dachte ich, ich meinte, also irgendwie hat er sich in letzter Zeit so komisch verhalten!" „Können Sie das näher beschreiben?" Yvonne schüttelte den Kopf. „Weshalb dachten Sie, er verbringe plötzlich drei ganze Tage bei einer Geliebten? Haben Sie denn nicht versucht, ihn auf seiner Arbeitsstelle zu erreichen?" Yvonne biss sich auf die Unterlippe und knetete wieder ihre Hände. Sie erweckte bei Catherine den Eindruck eines kleinen Mädchens, das sich in seine Lauernuss zurückzog, wenn es nicht mehr weiter wusste. Sie schien sich zu weigern, das Verschwinden ihres Mannes zu realisieren.

Joseph Leroux nahm einen neuen Anlauf. „Madame Rude, besitzt Ihr Mann ein Handy?" „Ja", antwortete sie gedehnt. „Aber es liegt meistens in der Schublade." „Könnten Sie für uns nachschauen, ob es jetzt auch dort liegt?", bat Catherine. Yvonne nickte, stand wortlos auf und ging durch den schmalen Flur in eines der beiden Schlafzimmer. Währenddessen wanderte Catherines Blick zu einer verblassten, gerahmten Fotografie an der Wand. Das Bild eines Hochzeitspaares: der Bräutigam blickte unbewegt in die Kamera, die junge Frau schaute ergeben von der Seite her zu ihm auf. ‚Der schönste Tag im Leben einer Frau', sinnierte Catherine. Joseph war ihrem Blick gefolgt und erriet ihre Gedanken. „Und auch der letzte schönste", führte er den Satz laut fort. Sie verkniffen sich weitere Kommentare, denn das leicht knarzende Geräusch einer herausgezogenen Schublade durchbrach die Stille. Rascheln von Papier, Gegenstände wurden hin- und hergeschoben, die Schublade wieder geschlossen. Yvonne kam zurück. „Er scheint es mitgenommen zu haben!", sagte sie. „Oder es liegt in seinem Büro. Ich weiß es nicht." „In dem Fall brauchen wir die Nummer, damit wir es orten können." „Ich muss erst nachschauen, ich kann mir die Nummer nicht merken." Yvonne ging in die Diele, holte ein zerfleddertes Heftchen und schlug die erste Seite auf. Vom Kühlschrank rupfte sie ein ordentlich zurecht geschnittenes Papier und schrieb die Nummer auf. Dann sackte sie wieder auf den Stuhl. Catherine steckte den Zettel mit der krakeligen Schrift ein und Leroux war

nahe daran, die Befragung zu beenden. Aus einem Impuls heraus fragte er: „Haben Sie Kinder?" Yvonnes Blick verschleierte sich. Sie schwieg und er wollte sie nicht weiter mit dieser Frage quälen.
„Hatte Ihr Mann Verwandte?"
„Nur einen jüngeren Bruder, die Schwester ist kurz nach der Geburt gestorben."
„Wie war das Verhältnis zu seinem Bruder?"
„Nicht sehr gut! Sie haben sich höchstens einmal im Monat gesehen. Wenn er dann zurückkam, war er meistens schlecht gelaunt."
„Wo wohnt der Bruder?"
„Soweit ich weiß irgendwo in der Nähe des Parks von Besilles, ich war nie dort", entschuldigte sich Yvonne.
„Der Bruder heißt?", warf Leroux ein. „Emile! Emile Rude. Kann ich ihn noch einmal sehen?"
„Sie meinen Ihren Mann? Das müssen Sie sogar!" Er wartete einen Moment ab, bevor er sagte: „Sie müssen ihn identifizieren. Er befindet sich momentan in der Pathologie in Montpellier. Wären Sie morgen früh so weit, uns dorthin zu begleiten?" „Ja, ich glaube schon. Aber jetzt fällt mir doch ein, was Basile in der Préfecture macht. Er bearbeitet Bauanträge, kontrolliert die Sicherheit am Bau und so weiter." Nach einer Pause fuhr sie lebhafter fort: „Er hat sich einmal fürchterlich über fehlende Balkone aufgeregt. Aber das ist schon lange her. Wann holen Sie mich morgen früh ab?"
„Wir sind um 9.00 Uhr bei Ihnen, ist das in Ordnung für Sie?" Yvonne überlegte. „Wären wir mittags zurück? Ich habe Madame Richard versprochen, ihr morgen auszuhelfen." „Das können wir so einrichten, Madame Rude", versicherte Catherine. „Gut", sagte Yvonne leise. „Haben Sie jemanden, der Sie in den nächsten Tagen unterstützt?", erkundigte sich Catherine mitfühlend. „Ich rufe meine Schwester an", sagte Yvonne müde. „Gut, wir gehen. Bis morgen", verabschiedeten sich Catherine und Joseph. „Gut", flüsterte Yvonne.

Freitag, 30. März

1

Catherine machte sich sehr früh auf den Weg zum Dienst. Sie liebte die kühle Morgenluft und den verschlafenen Anblick des kleinen Städtchens. Nur wenige ältere Männer saßen bereits in der einzig geöffneten Bar am Marktplatz und genehmigten sich neben einem kleinen Café schon einen Pastis. Allen Gesundheitswarnungen zum Trotz hing in dem einen oder anderen Mundwinkel eine Zigarette. Dabei lamentierten sie lautstark über die von der Regierung beschlossenen Rentenkürzungen. Catherine ging flotten Schrittes zum Parkplatz am Étang de Thau. Sie wollte gerade in ihren Wagen steigen, als ein Typ mit schulterlangem, fettigem Haar sie am Ärmel zupfte. Sie wirbelte herum. In der linken Hand hielt der Mann eine halb gerauchte Fluppe. „Wer sind Sie und was wollen Sie von mir?", fragte sie den Mann ungehalten. Spöttische Augen blitzten in einem gebräunten Gesicht. „Lieutenant Rozier?" Überrumpelt blieb sie eine Antwort schuldig. Der Mann zückte sein Smartphone und tippte auf den Auslöser. „Spinnen Sie? Das löschen Sie auf der Stelle!", giftete Catherine. „Habe ich mir doch gedacht!", triumphierte der Mann. „So, wie Sie reagieren, sind Sie von der Gendarmerie. Sie haben drüben in Montagnac einen Toten gefunden, richtig? Wissen Sie schon, wer es ist?" „Sie können mich mal", fauchte Catherine, stieg in ihren Wagen und knallte die Tür hinter sich zu. „Diese Pressefritzen haben mir gerade noch gefehlt", schimpfte sie wütend und fuhr los. Aufgebracht stürmte sie in ihr gemeinsames Büro und stellte die Handtasche heftig auf den Schreibtisch. Verwundert schaute Leroux sie an. Er war ebenfalls gerade zur Tür hineingekommen. „Eben hat mich ein Reporter angerempelt und einen Schnappschuss von mir gemacht. Er hatte Wind von unserem Toten bekommen. Möchte wissen, was die sich für eine Story zurecht schneidern." „Ausatmen", empfahl Joseph grinsend. Er schob Catherine ein herrlich duftendes Croissant auf den Schreibtisch. „Ach Joseph", beschwerte sich Catherine. „Wenn du mich dauernd mit Gebäck fütterst, gehe ich noch auseinander wie ein Hefekuchen.“ „Ach, das bisschen Hüftgold steckst du doch locker weg. Und du brauchst auch nicht mit Papierkugeln nach mir zu werfen“, scherzte er und duckte sich, weil das zerknüllte Blatt bereits durch die Luft sauste. „Weißt du, was Prinz Philipp neulich gesagt hat? Ich wette, du weißt es nicht! Es gebe mittlerweile Hunde, die das Essen für Magersüchtige übernähmen!“ Catherine musste unfreiwillig lachen. „Wo hast du das bloß wieder aufgeschnappt?“ „Habe ich heute Morgen auf der Fahrt im Radio gehört“, meinte Leroux lapidar. „Im Übrigen bin ich nicht magersüchtig“, belehrte ihn Catherine.

Ihre schlechte Laune verflog, als sie ihre Mails durchsah. „Peuchère!“[9], rief sie aus und las mit wachsendem Erstaunen den Bericht des Gerichtsmediziners Letailleur. „So sah der gar nicht aus“, murmelte sie, als sie von den blauen Flecken und Einstichen las. „Wer sieht nicht so aus?“, wollte Leroux wissen. „Lies lieber selbst den Bericht von unserem Doktor.“ Joseph öffnete das entsprechende Dokument und begann zu lesen. „Schau einer an! Es gibt also auch im l'Herault Menschen, die auf Sado-Maso stehen. Aber ich habe bisher angenommen, dass diese Menschen sich ohne sichtbare Spuren quälen lassen.“ „Es gibt sicher nicht nur eine Spielart“, bemerkte Catherine trocken. „Da fällt mir wieder der Masseur ein, bei dem ich letzte Woche war…“ Sie verdrehte die Augen, bevor sie den Satz vollendete. „Folter kann nicht schlimmer sein. Als ich aus der Praxis kam, wäre ich fast in Ohnmacht gefallen.“ „So schlimm?“ „Da gehe ich jedenfalls kein zweites Mal hin.“ „Scheint dir trotzdem gut bekommen zu sein“, lästerte Joseph. „Du wirkst ganz munter.“

„Machst du dich über mich lustig?“ Spielerisch drohte Catherine ihm mit dem Finger. Joseph lenkte das Gespräch wieder in ernste Bahnen. „Ob Yvonne über seine Neigungen Bescheid weiß?“ „Das wage ich zu bezweifeln“, merkte Catherine an. „Dann sollten wir aufpassen, dass wir uns gleich nicht verplappern.“ Joseph verzog keine Miene. „Ist es denn schon soweit?“, fragte er, als Catherine Anstalten machte, aufzubrechen. „Hast du neuerdings auch keine Uhr mehr?“, zog sie ihren Chef auf. „Hab‘ sie verlegt“, gestand

Joseph. „Haben sich die Ballistiker schon gemeldet?“ „Caumel vermutet, dass die Kugel aus einer Waffe stammt, die früher von der Schweizer Armee benutzt wurde. Fragt sich natürlich, wie die hier ins Languedoc kommt.“ „Wir sollten abwarten, was unsere Fachleute herausfinden und uns dann über die Herkunft den Kopf zerbrechen.“

2

Kurz, bevor sie den Place du Marché erreichten, kam ihnen Yvonne Rude bereits in einem ältlichen Kostüm entgegen. Auf dem Kopf trug sie ein altbackenes Hütchen, das jeden Moment herunterzurutschen drohte. Auch die schwarze Handtasche hatte schon bessere Zeiten gesehen. ‚Verdienen unsere Staatsdiener wo wenig?‘, schoss es Catherine durch den Kopf. „Guten Morgen, Madame Rude“, grüßte Leroux. Madame Rude nickte nur. Leroux hielt ihr die Tür des Wagens auf und sie stieg ein. Im Gegensatz zum vergangenen Tag wirkte sie kein bisschen nervös. Auch ihre Augen waren nicht übermäßig gerötet. Ob sie doch mehr wusste, als sie zugegeben hatte?
Als sie Basile dann aus der Schublade zogen und das weiße Laken zurückschlugen, schluchzte Yvonne kurz auf. Catherine drückte ihr ein Taschentuch in die Hand. Yvonne nickte mit dem Kopf, aber sie blieb weiterhin tapfer.
„Madame Rude, begleiten Sie uns noch auf einen Kaffee? Das wird Ihnen nach diesem Ereignis vielleicht helfen“, fragte Leroux. Yvonne Rude sagte kein Wort, nickte aber kurz. Catherine schaute Leroux irritiert an. Der gab ihr mit einem Augenzwinkern zu verstehen, dass er sich etwas davon versprach, Yvonne Rude nicht in den Räumen der Gendarmerie zu befragen. Sie fanden in der Rue Vanneau ein unspektakuläres Café und suchten sich einen geschützten Platz im hinteren Teil des Raumes aus. „Möchten Sie ein Wasser zu Ihrem Kaffee?“, fragte Leroux höflich. „Nein danke“, lehnte Yvonne ab. „Hat Basile schon immer Briefmarken gesammelt?“, erkundigte sich Catherine beiläufig. „Ja, das hat er“, setzte Yvonne an. „Schon als Jugendlicher besaß er eine Menge Al-

ben." Verträumt rührte sie den Zucker in ihrem Kaffee um. „Wir sind uns näher gekommen, als er mir seine Sammlung zeigte." Sie lächelte verlegen. Leroux raunte ein leises „Aha" und gab Yvonne Rude zu verstehen, dass er ihr zuhörte. „Heute ist es ja nicht mehr so einfach, ständig an neue Briefmarken zu kommen. Kaum jemand schreibt noch Postkarten oder gar Briefe aus dem Urlaub und die amtlichen Schreiben sind meistens nur mit einem Aufdruck versehen", klagte sie. „Aber im Verein ist er noch an neue Briefmarken gekommen?" „Natürlich", antwortete Yvonne bestimmt. „Sie haben im Internet geforscht und sich mit anderen Clubs im In- und Ausland verständigt. Manchmal sind sie sogar zu Börsen gefahren." „Gibt es dort nicht nur besonders kostspielige Exemplare?" Yvonne druckste herum. Schließlich gab sie zu: „Ja, schon! Aber Basile war ansonsten sehr bescheiden. Er hat immer seinen alten Anzug getragen und neue Oberhemden durfte ich ihm auch nicht kaufen." Leroux wartete eine Weile. „Gab es jemanden bei den Philatelisten, mit dem Basile sich besonders gut verstand?" Yvonne dachte nach. „Nein, ich glaube nicht. Er hat jedenfalls nie jemanden erwähnt. Warum quälen Sie mich damit? Ich habe Ihnen doch schon gesagt, dass Basile keine Freundschaften pflegte!" Vorwurfsvoll nahm sie einen Schluck Kaffee. „Haben Sie nicht davon gesprochen, dass Basile möglicherweise eine Geliebte hatte?" Yvonne verschluckte sich. Ein karamellbrauner Sprühregen verteilte sich gleichmäßig auf Lerouxs Hemd. „Entschuldigen Sie bitte. Das tut mir leid!" Sie war von ihrem Missgeschick peinlich berührt und wusste nicht, in welche Ecke des Raumes sie schauen sollte. „Meine Frau bringt die Hemden in die Reinigung, das kann jedem passieren", beruhigte Leroux sie. „Wirklich?", fragte sie verstört. Als Leroux nickte, stieß sie hervor: „Basile! Eine Geliebte! Ja, ich hatte mir so etwas eingebildet. Wissen Sie, ich habe mit meiner Chefin darüber geredet und die hat mir die Augen geöffnet." Catherine blickte alarmiert zu Joseph herüber. „Madame Richard hat Recht", setzte Yvonne ihren Monolog fort. „Basile hätte sich niemals die Zeit für eine Geliebte genommen und er hätte auch keine bekommen. Er hätte sich ein Hotelzimmer

mieten, ihr Geschenke machen und sie in Restaurants einladen müssen." Etwas Absurderes konnte sie sich offensichtlich nicht vorstellen. „Mich hat er in unserem ganzen Leben ein einziges Mal ausgeführt. Damals auf unserer dreitägigen Hochzeitsreise in die Pyrenäen." Yvonne lachte laut. „Im Zweifel hätte er versucht, ihr einen billigen Rotwein in einer Kristallkaraffe zu präsentieren. Glauben Sie im Ernst, dass eine Frau darauf reinfallen würde?"
Catherine dachte an ihren Onkel Alphonse, der genau mit dieser Methode versucht hatte, Eindruck auf Frauen zu machen. Und Leroux war versucht, Basiles Geheimnis zu offenbaren. Yvonne schien ihm nicht die Frau zu sein, die ihn an die Heizung fesseln oder mit Nähnadeln traktieren würde. „Könnten Sie mich jetzt nach Hause bringen? Ich muss ab mittags arbeiten und habe noch kein Essen vorbereitet", sagte Yvonne beinahe flehentlich. Catherine und Leroux nickten. Leroux würde Yvonne zu einem anderen Zeitpunkt aufklären müssen. Auf der Rückfahrt schwieg Yvonne. Bevor sie ausstieg, fragte Catherine: „Wissen Sie, wen wir beim Philatelisten-Club befragen können?" Yvonne schüttelte den Kopf: „Ich habe keine Ahnung!"

3

„Die Mitarbeiterin in der Mairie kannte Basile aus dem Verein", erinnerte sich Leroux. „Wir befragen sie noch einmal." „Michelle Thomas, ja sicher", antwortete Catherine. Sie ließen den Dienstwagen stehen und gingen die paar Meter zu Fuß zur Mairie. „Ob Madame Thomas heute im Dienst ist?", orakelte Leroux. „Warum sollte sie nicht im Dienst sein?"
„Laut Statistik ist jeder französische Beamte im Jahr 23,6 Tage krank und in der Region Montpellier sogar 39 Tage. Vielleicht erwischen wir gerade heute solch einen Krankentag."
„Da habe ich ja Glück, dass du heute im Dienst bist", flachste Catherine. „Eine Flasche Pastis, wenn ich recht habe", setzte Leroux nach. „Musst du in das allgemeine Geheul über die faulen Beamten einfallen?", schalt ihn Catherine. „Würden Krankenhäuser und Polizei privatisiert, würden wir nur noch zur Bewachung von To-

tal, Sanofi und AXA herangezogen. Das willst du auch nicht."
Durch ihren kleinen Streit abgelenkt, hatten sie nicht bemerkt, dass ihnen schon seit dem Verlassen der Rue du Marché ein Mann auf den Fersen war.

Michelle Thomas war weder krank noch hatte sie Urlaub, sie war nicht einmal zu einer Fortbildung abgeordnet. „Wette verloren", grinste Catherine. „Weiß ich selber", konterte Leroux und hielt den Zeigefinger an den Mund.

Michelle Thomas war genauso freundlich wie beim letzten Mal. „Über Tote soll man nicht schlecht reden, aber Freunde? Nein, mit Basile konnte man nicht befreundet sein."

Der Mann, der sie bis in die Mairie verfolgt hatte, schien sich für Kläranlagen zu interessieren. Er verschanzte sich hinter einem Prospekthalter und studierte interessiert ein Formular.

„War Monsieur Rude jeden Mittwoch im Club?", forschte Catherine. Michelle überlegte einen Augenblick. „Am letzten Mittwoch im Monat fehlte er meistens, aber an den anderen Tagen war er schon vor allen anderen da. Als Kassierer war er äußerst genau."

„Gab es vielleicht Rivalitäten innerhalb des Clubs? Streit?" Michelle zögerte mit ihrer Antwort. „Streit nicht so direkt, aber einige Mitglieder fanden Basile übertrieben korrekt und haben ihn dafür angegriffen." „Inwiefern?", hakte Catherine nach.

Gleichzeitig folgte sie dem Blick von Michelle Thomas, die eine Person hinter ihnen entdeckt hatte. Catherine erkannte ihn sofort. „Schnüffeln Sie uns hinterher?", blaffte sie den Reporter an. „Verschwinden Sie sofort! Wenn Sie irgendetwas von dem Gehörten in ihrem Sensationsblättchen veröffentlichen, gehe ich Ihnen persönlich an die Gurgel!" Der Mann grinste unverschämt, machte sich aber postwendend aus dem Staub. Joseph Leroux glaubte, sich verhört zu haben. „Catherine! War das der Presseheini?" „Schmeißfliegen", grummelte Catherine statt einer Antwort und wandte sich wieder an Michelle Thomas. „Können wir fortfahren?" Michelle Thomas nickte verständnisvoll. „Es gab ein paar Mitglieder, die es immer wieder vergaßen, ihren Monatsbeitrag pünktlich zu überweisen. Basile hat ihnen Mahnungen geschickt und angedroht,

Gebühren zu erheben. Das kam bei den übrigen Clubmitgliedern nicht sehr gut an." „Verstehe", kommentierte Catherine. „Ist es richtig, dass Sie manchmal gemeinsam zu einer Philatelisten-Börse gefahren sind?", wollte Leroux wissen. „Ja schon, aber höchstens einmal im Jahr." Leroux erinnerte sich: „Als Jungen in der dritten Klasse sind wir mal diesem Hobby nachgegangen. Da war es das Größte, wenn ich mal eine Briefmarke aus Kanada oder Madagaskar ergattern konnte. Zahlt man auf solchen Börsen nicht ungeheuer viel für die Marken?" „Das kommt ganz darauf an. Im Durchschnitt bekommen sie eine Rarität schon für zwanzig oder dreißig Euro." Lächelnd schwärmte sie: „Ich habe mir einmal eine besonders schöne Danziger Marke von 1929 geleistet. Dafür habe ich 35 Euro ausgegeben." Dann wurde sie wieder ernst. „Aber was haben die Briefmarken mit Basiles Tod zu tun?" „Wir müssen uns ein Bild von dem lebenden Basil Rude machen. Es ist wie bei einem Puzzle, am Ende fügen wir alle Informationen zusammen und finden vielleicht die Lösung des Rätsels. Danke für Ihre Hilfe."

4

„Am letzten Mittwoch im Monat also!" Bereits wieder unterwegs, sprach Catherine aus was sie beide dachten. „Wir müssen unbedingt den Bruder befragen. Bin gespannt, was für ein Typ Mensch das ist. Am besten teilen wir uns auf. Kümmerst du dich um die Damen mit den speziellen Fähigkeiten?", bat Joseph. „Soll ich die alle abklappern und fragen, ob eine von ihnen diesen Mann bearbeitet hat?", brauste Catherine auf. „So viele können es nicht sein. Außerdem hast du einen guten Draht zu Frauen. Vielleicht hast du Glück und sie weihen dich in ihre Berufsgeheimnisse ein." „Was ist das denn für ein Quatsch? Soll ich auch fragen, was eine Sitzung kostet und einen Termin für dich vereinbaren?" „Ach, Catherine. Manchmal verstehst du mich einfach nicht." „Was gibt es daran nicht zu verstehen", schmollte Catherine. Vor ihnen zog wieder einmal ein Schwertransporter ein Boot über Land und bremste sie aus. Sehnsüchtig schaute Joseph aus dem Fenster und sah die Austernbänke des Étang de Thau. Das Meer glänzte schwach in der niedrig stehenden Sonne. „Mit Leonie fühle ich mich manchmal überfordert. Ich muss alles richtig machen, sonst geht sie eines Tages zum Therapeuten und beschwert sich über ihren liederlichen Vater, der sie vernachlässigt hat und nicht genügend fördert und überhaupt." „Ach weißt du was", tröstete Catherine ihn, „du gibst dein Bestes. Wenn du es besser wüsstest, würdest du es auch besser machen." „Weise Worte! Ich staune", gab Joseph zu. „Sag es schon. Das hättest du einer kinderlosen Frau nicht zugetraut." Catherine legte den Kopf schief und schaute ihn von der Seite an. Joseph lachte. „Ich glaube, wir müssen mal wieder zusammen essen", schlug er vor. „Stimmt! Gestern hat Marc angerufen. Er will uns am Wochenende eine Wohnung in Villeneuvette zeigen, bekommen wir das hin?" „Warum nicht? Ich gehe von nachmittags aus, richtig?" Catherine nickte. „Ich rufe Hélène an, sie verwaltet unseren Terminkalender."

Auf der Avenue de Montpellier staute sich wie immer der Verkehr vor der Ampel. Rein zufällig schaute Catherine für eine Sekunde aus dem Fenster auf das Barque Bleue, wo Coquillages[10] verkauft wurden. Colette Caumel stand dort eng umschlungen mit einer hochgewachsenen blonden Frau und schien sich angeregt zu unterhalten. ‚Habe ich mir gleich gedacht'. Catherine schmunzelte innerlich und überlegte, was sie empfunden hätte, wenn sie nicht mit Marc liiert gewesen wäre. Colette Caumel war von ihrer ganzen Ausstrahlung her der Typ, der ihr gefiel. Trotzdem war sie froh, dass sie nunmehr in keine Herz-Schmerz-Geschichte schlitterte. Tränen, Eifersucht und nächtelange Diskussionen konnte sie im Augenblick nicht brauchen. Morgen früh würde Marc ihr etwas Schönes zeigen.

Samstag, 31. März

Am frühen Nachmittag stand ein strahlender und vergnügter Marc mit einem Strauß bunter Tulpen vor ihrer Tür und Catherine genoss das warme Gefühl, das sie in ihrer Brust verspürte. „Die sind toll. Danke“, sagte sie, nachdem sie sich auf beide Wangen und den Mund geküsst hatten. „Hast du etwa schon wieder ein neues Eau de Toilette?“, neckte sie ihn und suchte eine passende Glasvase aus ihrem Schrank. „Ach, weißt du, manchmal muss ich den Aktenstaub mit einem netten Aroma überlagern. Gefällt es dir?“ Catherine schnupperte an seiner Wange und sogleich begann es in ihrem Körper angenehm zu kribbeln. Wie von Magneten gezogen, verhakten sie sich und blieben aneinander kleben. Erleichtert küsste Marc ihren Mund. „Gut, dass ich früher hier war“, sagte er. „Aber wir sollten Joseph und Hélène nicht warten lassen. Wer weiß, wie es Leonie heute geht. Als ich mich vorgestern nach ihr erkundigte, war sie recht weinerlich gestimmt.“ Er wiederholte seinen Kuss und legte beide Hände um ihre schlanke Taille. „Lass uns gehen“, flüsterte sie. „Brauche ich eine Jacke?“ „Ja, du solltest eine mitnehmen. Aber wenn du frieren solltest, wärme ich dich.“ „Jaja, großer starker Mann schützt kleine arme Frau“, grinste sie. Aber dann sprang sie behände wie ein junges Reh die Treppe hinunter und pfiff das Lied aus dem Film Titanic „My Heart will go on“.

„Wie seid ihr denn heute drauf?“, wunderten sich Joseph und Hélène, als sie kurz darauf mit blendender Laune bei ihnen vor der Tür standen. „Wochenende“, trällerte Catherine statt einer Antwort. Das Ehepaar Leroux schaute sich stirnrunzelnd an. Ohne einen weiteren Kommentar trugen sie den Schalensitz mit der schlafenden Leonie in Marcs Auto. Marc drehte Jaques Brel leiser. „Wo kutschierst du uns hin?“, fragte Hélène gespannt. „Villeneuvette – sagt dir das etwas?“, antwortete Marc.

Hélène wusste einiges darüber zu sagen. „Die alte königliche Tuchmanufaktur! Sie wurde von Minister Colbert gegründet, damit Ludwig der Vierzehnte sich immer rechtzeitig mit neuen Uniformen für seine Soldaten eindecken konnte. Später übernahm die

Familie Maistre die Manufaktur. Der Patron Casimir Maistre hat sich rührend um seine Leute gekümert." „Und wie?", wollte Catherine wissen, als sie bereits durch Montagnac gefahren waren. „Er baute den Arbeitern und ihren Familien direkt neben der Fabrik Häuser. Sie waren schon damals sozialversichert und ihre Kinder durften bis zu ihrem zwölften Lebensjahr zur Schule gehen." Bei Pézenas nahmen sie die Autobahn. „Ja, und weiter?", erkundigte sich Joseph. „Ach, das Übliche. Firmen aus dem Ausland konnten die Stoffe billiger produzieren und die Fabrik musste in den fünfziger Jahren des letzten Jahrhunderts schließen." „Woher weißt du das alles?", staunte Catherine. Hélène lachte. „Ich bin vor zwei Jahren mit meiner Schulklasse dort gewesen, da habe ich mich vorher ausführlich mit der Geschichte vertraut gemacht."

Nach ungefähr vierzig Minuten stellten sie den Wagen auf einem großen Parkplatz ab. Catherine fielen gleich die rosa schimmernden Knospen der Bäume auf, die den grauen Schotterplatz umringten. „Die sehen ja zauberhaft aus", begeisterte sie sich. „Hélène, du kennst sicher auch diese Bäume!" „Oh ja", sagte Hélène. „Es handelt sich um einen chinesischen Judasbaum. Leider wird er bis zu 2,50 Metern hoch, deswegen habe ich ihn nicht bei uns angepflanzt." „Die muss ich unbedingt fotografieren." Catherine tippte auf den Auslöser, setzte den Belichtungswert herunter und machte ein Bild. Die anderen waren bereits vorausgegangen.

Als Catherine durch das imposante Tor trat, fühlte sie sich in das letzte Jahrhundert versetzt. Der winzige Ort vermittelte etwas in sich Geschlossenes, Familiäres, fern jeder Hektik. Marc ging zielstrebig auf ein Haus zu, das zu einem L-förmigen Ensemble gehörte. „Voila! Hier sind wir", verkündete Marc stolz und steckte den Schlüssel in die Haustür. „Bist du umgezogen?", fragten Joseph und Hélène verblüfft. „Noch nicht", grinste Marc. „Aber vielleicht kommt das noch." Verstohlen warf er einen Seitenblick auf Catherine. „Solch eine alte Laterne habe ich zuletzt in einem Heimatmuseum gesehen", staunte sie gerade.

„Ich weiß noch nicht, ob ich jeden Tag von hier bis Montpellier fahren möchte. Jeden Morgen und jeden Abend mindestens 45

Minuten, ohne Stau versteht sich." Nachdenklich blickte er seine Freunde an. „Aber du könntest es für die Wochenenden reservieren", schlug Hélène vor.
„Seid ihr bei der Untersuchung des Mordes schon weitergekommen?", lenkte Marc ein. „Frag besser nicht", sagte Leroux. „Wir stochern nach wie vor im Nebel."
Die beiden Frauen waren in den Flur getreten. Leicht modrige Luft empfing sie, aber das störte nicht einmal Leonie, die sich verschlafen die Äuglein rieb. „Grgrgr", gurgelte sie und hielt sich mit ihren pummeligen Händchen an Hélène fest. Marc führte sie in die großzügig geschnittene Küche, die auch eine Essecke beherbergte. „Wenn man hier ein paar hellere Möbel hineinstellen und die Wände neu streichen würde, könnte es ganz gemütlich werden, was meint ihr?" Er wartete gespannt auf die Reaktion seiner Freunde und fuhr nebenbei mit dem Finger über die dicke Staubschicht, die es sich auf dem dunklen Holztisch bequem gemacht hatte.
„Wie kommst du an eine solche Wohnung?", wollte Joseph wissen.
„Von meiner Tante Rose geerbt", antwortete Marc. „Du bist ein echter Glückspilz." Catherine schaute ihn herausfordernd an. Marc zuckte mit den Schultern und beschäftigte sich intensiv mit den Spinnweben, die sich in allen Ecken breitgemacht hatten. In einer kleineren Stube stand eine vorsintflutliche Singer-Nähmaschine mit Gusseisengestell, die noch mit einem Pedal betrieben werden musste. „Ob die noch funktioniert?", wollte Catherine gerade fragen, als plötzlich ein wütendes Gebell durch den Raum flatterte. Beide Frauen kreischten im Duett, während Joseph und Marc verdattert den kleinen grau-braunen Steinkauz orteten, der hektisch nach einer Fluchtmöglichkeit suchte. Sie entdeckten das zerbrochene obere Viertel einer Fensterscheibe. Vermutlich war der Kleine deshalb hier eingedrungen. Jetzt saß er nervös auf einem Regal, in dem allerlei Garne, Spulen, Gummilitzen und Knöpfe in Gläsern standen. Als Catherine sich von ihrem ersten Schrecken erholt hatte, begutachtete sie den winzigen Steinkauz, der sie aus sicherer Entfernung nervös beäugte. Sie öffnete das Fenster weit und er flog augenblicklich mit einem heiseren ‚kwiu-kwiu' in die Freiheit.

„Wohnt deine Tante schon lange nicht mehr hier?", fragte Hélène.
„Sie ist schon vor zwei Jahren gestorben. Ihr wisst ja, wie lange der Papierkrieg dauert. Der Notar hat mich letzte Woche informiert, dass ich jetzt das Erbe antreten kann."
„Vielleicht kannst du die Wohnung im Sommer an Feriengäste vermieten und in der übrigen Zeit für die Wochenenden benutzen?", schlug Hélène vor.
„Ich weiß jetzt schon, wo wir demnächst unsere dienstfreien Stunden verbringen", prophezeite Joseph. „Glaube ich auch", lachte Catherine und sah sich schon im Winter mit einem dicken Buch vor dem Kachelofen sitzen. „Hoffentlich halten sich die Überstunden wegen unseres neuen Falles in Grenzen." „Ja, und beim Ausmisten, Abschleifen und Polieren kann sich unser überstrapazierter Kopf erholen", ulkte Joseph.
Euphorisch trennten sie sich von dem romantischen Gemäuer. Marc bestand darauf, sie nach einem Rundgang durch das Dorf auf ein Getränk einzuladen. Auf der von Glyzinien überwucherten Terrasse des Hotels La Source prosteten sie sich mit einem kühlen Viognier zu. Der Blick auf den Mimosen bestandenen Pool ließ sie vom Sommer träumen. Danach überboten sie sich gegenseitig mit Ideen, wie die Wohnung gestaltet werden könnte. Als Leonie unleidlich wurde, fuhren sie zurück und setzten die Kleinfamilie Leroux vor ihrem Haus ab.
„Hast du Bleistift und Papier im Haus?", fragte Marc. „Du willst zeichnen?" Catherine fuhr ihm mit dem Zeigefinger durch die wuseligen Locken. „Auch", sagte Marc verschmitzt und grinste. „Und wenn ich meinen Anspitzer verlegt habe?", neckte ihn Catherine. „Dann male ich mit Senf, Ketchup und Kaffeemehl. Der moderne Künstler schreckt vor nichts zurück." „Wenn du meinst", kicherte Catherine.
Sie hatten noch nicht ganz Catherines winzige Diele erreicht, als sich ihre Lippen, Münder und Hände ineinander verwoben. Sie steuerten schrittweise auf Catherines romantisches Bett zu. Für den Rest des Abends vergaßen sie Papier, Bleistift und Anspitzer.

Montag, 2. April

1

Yvonne hatte ihnen nicht gesagt, dass Emile Rude ein Weingut und mehrere Weinberge zwischen Bessilles und Villeveyrac besaß. Sie hatte auch nicht erwähnt, dass Basile an dem Unternehmen beteiligt war. „Kommen Sie am besten mittags. Wir könnten in der Abbaye de Charlieu eine Kleinigkeit essen und uns ausführlich unterhalten“, hatte Emile dem Capitaine angeboten. Leroux willigte ein.

Um kurz vor dreizehn Uhr eilte dem Capitaine im Eingang eines versteckt gelegenen Weingutes ein ungewöhnlich großer, athletisch gebauter Mann entgegen. Dunkles, glattes Haar, Drei-Tage-Bart und ein fester Händedruck. „Es ist schon lange her, dass ich einem echten Gendarmen begegnet bin“, eröffnete Emile das Gespräch mit einer angenehm tiefen Stimme. „Außer bei Verkehrskontrollen natürlich“, fügte er mit dröhnendem Lachen hinzu. „Was führt Sie zu mir?“ „Ich möchte mit Ihnen über Ihren Bruder sprechen“, eröffnete Leroux das Gespräch. „Ach, mein Bruder“, winkte Rude ab. „Lassen Sie uns das auf dem Weg zur Abbaye besprechen.“ Sie legten die kurze Strecke mit dem Jeep des Hausherrn zurück. Unterwegs konnte sich Rude nicht zurückhalten. „Hat er Ihnen eine Baugenehmigung verweigert?“ „Würde er das tun?“, entgegnete Leroux. „Sicher!“, lachte Emile. „Wenn Basile etwas findet, was nicht den Bauvorschriften entspricht, ist er unerbittlich. Er bringt Architekten und Bauherrn gleichermaßen mit seiner übertriebenen Pingeligkeit auf die Palme. Glauben Sie mir, ich kenne in Montpellier genug Leute, die ihm liebend gerne den Hals umdrehen würden.“ „Soso“, murmelte Joseph. „Meinen Sie das im Ernst?“, fragte er laut und schaute Emile durchdringend an. „Ich glaube nicht, dass jemand so weit gehen würde. Aber vor ein paar Monaten hat ihm jemand einen Haufen Pferdemist vor die Haustür gekippt.“ „So schlimm?“, staunte Leroux. „Sie wollen Beispiele hören?“, fragte Emile. „Nennen wir ihn Monsieur X. Monsieur X will am Rande von Montpellier ein leerstehendes Restaurant übernehmen und wieder mit Leben füllen. Er muss sich dafür einen Haufen Geld von der Bank leihen. Soweit alles klar?" Als Leroux nickte, fuhr er fort. „Bevor er mit der Renovierung anfangen kann, vergehen sieben Monate. Solange prüft mein liebster Bruder, ob die Fensteröffnungen groß genug sind, ob die Höhendifferenz zwischen Eingangsstufe und dem Restboden die vorgeschriebenen 1,5 cm nicht übersteigt und so weiter. Dann steht er endlich vor der Eröffnung, hat alle wichtigen Leute der Umgebung eingeladen und die Blumen für die Dekoration im Keller gelagert, da kommt mein Bruder zur Ortsbesichtigung und entdeckt, dass es keine separate Toilette für die Mitarbeiter gibt. Also verständigt er den Bürgermeister, der sieht sich gezwungen, einen sofortigen Stopp des Betriebes zu verhängen und der Mann kann die Gäste wieder nach Hause schicken. Was glauben Sie wohl, welche Flüche dieser Mann ausstößt? Das wollen Sie nicht wissen."

Inzwischen waren sie bei der Abbaye angekommen und steuerten auf die dazugehörige Auberge zu, die ein ansprechendes Mittagsmenü offerierte. Leroux orderte einen frischen Seeteufel mit kräftiger Knoblauchmayonnaise, Emile Rude bevorzugte eine Wildschweinkeule mit Bohnen. Dazu ließen sie sich den markanten Rotwein der Klosterbrüder schmecken. „Sie trinken den Wein der Konkurrenz?", bemerkte Leroux verwundert. „Ja, das mache ich", schmunzelte Emile. „Wir sind dabei, unsere Produktion umzustellen. Sind Sie an Einzelheiten interessiert?", fragte er. Leroux ermutige ihn. „Gerne! Früher habe ich davon geträumt, einen eigenen Weinberg zu bewirtschaften. Also, ich höre!"
„Wenn wir auch noch in ein paar Jahren Wein produzieren und vor allem verkaufen wollen, bleibt uns nichts anderes übrig, als auf Qualität zu setzen." Er nippte an dem bauchigen Glas. „In der Zwischenzeit fallen die Erträge nicht so üppig aus, aber diese Durststrecke müssen wir überstehen, wenn wir nicht vom Markt verschwinden wollen." „Ist das sehr kompliziert?", hakte Leroux nach. Rude lachte. „Wie viel wollen Sie hören?" Als Leroux keine Anstalten machte, ihn zu unterbrechen, legte er los. „Wir müssen

den Boden kultivieren, speziellen Dung einbringen und neue Rebstöcke anpflanzen, zum Beispiel Cinsault, Carignan und Grenache, die alten müssen wir komplett herausreißen." Versonnen blickte er der hübschen Kellnerin hinterher, die ihnen das Besteck brachte und eine lässige Eleganz ausstrahlte. Dann konzentrierte er sich wieder auf den Capitaine.

„Wir stellen zum Beispiel eigene Kräuterpräparate her. Unseren Hauptfeind, den gemeinen Traubenwickler, müssen wir gezielt bekämpfen. Pheromone halten ihn in Schach, aber das bedeutet eine Mordshandarbeit." „Pheromone?"

Emile blühte auf und erklärte Leroux, was es mit den Pheromonen auf sich habe. „Das sind die Duftstoffe des Traubenwicklerweibchens, die werden in Ampullen auf dem ganzen Weinberg verteilt, das heißt, es riecht überall nach Traubenwicklerinnen." Er lachte über seine Wortschöpfung. Als er sah, dass Leroux den Witz nicht verstand, fuhr er fort.

„Das verwirrte Männchen irrt blind im Weinberg umher und findet keine Frau." „Ich stelle mir gerade vor, wie das bei uns Menschen wäre", lachte Leroux. „Tausende von Pheromonen verwirrte Männer irren blind durch Montpellier." Das reizte auch Emile Rude zum Lachen. Er nahm diesmal einen ordentlichen Schluck aus seinem Glas. „Interessant", sagte Leroux. „Vielen Dank für Ihre Erklärung. Warum führen Sie eigentlich das Weingut fort und nicht Ihr Bruder? War das von vorneherein so geplant?" Gleichmütig außerte Emile: „Mein älterer Bruder hatte nie Ambitionen, das Weingut zu übernehmen. Er saß schon immer gerne in der Stube und verkroch sich hinter seinen Büchern. Als unser Vater starb, war er längst bei der Präfektur angestellt. Diesen Job wollte er auch nicht aufgeben und so ist mir die ganze Arbeit zugefallen." „Müssen Sie ihm etwas vom Gewinn abgeben?" Leroux sah eine leichte Röte in Emiles Gesicht aufsteigen.

„Ja, natürlich! Ich wollte ihn am Anfang auszahlen, aber das hat er abgelehnt. Jetzt hält er regelmäßig die Hand auf." Emile nahm erneut einen Schluck aus seinem Glas. „Und glauben Sie bloß nicht, dass er seiner Yvonne etwas von den zusätzlichen Moneten abgibt, geizig wie er ist. Die Arme muss ja bei anderen Leuten putzen gehen, damit sie sich mal eine Topfblume kaufen kann." „Trägt er das Geld zur Bank?", forschte Leroux. „Ich glaube eher, er vergräbt es im Garten." Emiles Zähne knirschten. „Hatten Sie in der letzten Zeit Ärger mit ihm?" „Aber sicher", rutschte es Emile heraus. „Wir haben ein Dauerthema. Qualität hat seinen Preis, das sagte ich doch schon. Er will alles beim Alten belassen und keinen Cent für Investitionen ausgeben. Wenn es nach seinem Willen ginge, quetschen wir den Weinberg bis auf den letzten Tropfen aus. Das ist so kurzsichtig. Aber er lässt sich nicht umstimmen, in dem Punkt ist er total vernagelt!" Bei den letzten Sätzen hatte sich sein Gesicht dunkelrot verfärbt. „Haben Sie ihn deswegen umgebracht?", fragte Leroux unvermittelt. Emile schaute ihn entgeistert an. „Ich? Ihn umgebracht? Das hätte er wohl gerne. Gemeinsam mit ihm ins Verderben, so weit kommt es noch." Er lachte hysterisch. Dann wurde er ernst. „Warum fragen Sie das? Er ist doch nicht etwa tot! Sie scherzen, nicht wahr?" Nachdenklich fügte er hinzu: „Andererseits, warum sollten Sie sonst hier sein?" Plötzlich sah er aus, als würde ihm ein Licht aufgehen. „Ihr Interesse am Weinbau war nur vorgeschoben. Sie wollten mich zum Reden bringen und darauf warten, ob ich mich verplappere." „Ich scherze nicht mit solchen Botschaften", erwiderte Leroux ernst. „Und ich fand Ihre Erklärungen sehr spannend. Ihr Bruder ist wirklich umgebracht worden. Seine Frau? Hat die Sie nicht benachrichtigt?" Leroux forschte aufmerksam in Emiles Zügen.

Der war mittlerweile bleich geworden und schüttelte ungläubig den Kopf. „Nein, nein. Das kann nicht sein." Nach einer Pause sagte er: „Mit Yvonne habe ich schon seit Ewigkeiten nicht mehr gesprochen."

Leroux insistierte: „Sie hatten also keinen handfesten Streit mit ihm?" „Nein!", empörte sich Emile. „Ich werde doch meinen Bruder nicht umbringen!" Empört sprang er auf. „Halt, warten Sie einen Augenblick." Leroux' Worte klangen eher nach einem Befehl denn nach einer Bitte. „Haben Sie eine Waffe?" „Was soll das jetzt wieder? Natürlich habe ich ein Gewehr. Hier auf dem Land hat jeder Weinbauer ein Gewehr. Immer wieder machen sich Wildschweine breit, wenn man nicht aufpasst. Soll ich tatenlos zusehen, wie sie meine Weinberge verwüsten?“ Er ließ sich müde auf den Stuhl fallen. „Eine Pistole haben Sie nicht?“ „Nein!“ Emiles Faust sauste auf den Tisch. „Ich habe keine Pistole und zum letzten Mal: ich habe meinen Bruder nicht umgebracht“. Energisch griff er sein Portemonnaie und ging zur Theke. „Sie sollten besser in der Stadt bleiben“, rief ihm Leroux hinterher. Emile würdigte ihn keines Blickes, zahlte alles und stürmte aus dem Lokal. Leroux blieb, wo er war. Nach wenigen Minuten kam Emile zurück und entschuldigte sich für sein Benehmen. „Die Pferde sind mit mir durchgegangen, es tut mir leid. Wenn Sie solch einen Bruder gehabt hätten, würden Sie mein Verhalten vielleicht verstehen. Ich fahre Sie selbstverständlich zurück.“ Er lächelte unbeholfen und begleitete Leroux zu seinem Jeep. „Halten Sie sich für weitere Fragen bereit“, sagte Leroux, als Rude ihn am Eingang des Weingutes absetzte.

2

Catherine saß fassungslos vor dem Bildschirm. Sie hatte „Dominatrice“[11] in die Suchmaske eingegeben in der Meinung, drei oder vier Damen in der näheren Umgebung zu finden, die solche Dienste anboten. Stattdessen erschienen allein auf der ersten Seite die Adressen von zehn Frauen und Männern. „Fordernde und strenge Herrin, befürwortet unterwürfige Männer. Ich bin sadistisch und pervers.“ Wow! Catherine brauchte einen Kaffee. Es gab mehrere Offerten aus Capestang, zwei aus Lunel. Sollte sie ihre Suche mit den Postleitzahlen beginnen? Das Departement L'Herault verfügte über mehr als vierzig Escort-Services und es gab ein umfangreiches Angebot an SM-Diensten sowohl von Frauen als auch von Männern. Auf ihrem Handy hatte sie einen Routenplaner installiert, den schickte sie auf die Reise. Von Montpellier Innenstadt bis Montbazin brauchte man ohne großartigen Verkehr (sie musste bei dem Wort lachen) zweiunddreißig Minuten. Das hätte Basile gut schaffen können. Yvonne hatte behauptet, er sei mittwochs immer um kurz nach sieben Uhr erschienen. Catherine gab die Post-

leitzahl 34310, Department l'Herault ein. Capestang, 85 Kilometer, das konnte sie ausschließen. Sie strich Capestang von ihrer Liste. Lunel, von dem Ort hatte sie noch nie etwas gehört. Zum Glück stand auch hier die Postleitzahl dabei. Bis Lunel brauchte man von Montpellier aus 29 Minuten, aber zurück 44 Minuten, also Fehlanzeige. Bis Sète 40 Minuten, zurück 19 Minuten. Konnten Routenplaner träumen? Nie und nimmer war man in dieser Zeit in Sète. Sie entschied sich für Montpellier, dort würde sie anfangen. Sie kreiste ihre Suche ein und schrieb „Dominatrice Montpellier" in die Suchleiste. Neunundzwanzig Escort- und Sexstudios verblieben und buhlten um zahlungswillige Sklaven. ‚Stand irgendjemand noch auf Blümchensex? Musste sie alle anrufen und herausfinden, bei wem sich Basile Rude die Hoden abquetschen ließ? Gelassen hatte. Das musste doch wehtun. Wer brauchte solchen Schmerz, um sexuelle Lust zu empfinden?' Der Angebotsfülle nach zu urteilen mehr Menschen als sie bisher angenommen hatte. Sie stellte ihre privaten Überlegungen zurück und schaute sich die erste Anzeige an. „Liebst du das Außergewöhnliche? Berührbare und nahbare Dominanz! Mistress Barbara entführt Dich in die faszinierend bizarre Welt! Sie ist versiert in sämtlichen Spielarten, ihr Spezialgebiet als ehemalige Intensivkrankenschwester ist…" Die zweite: „Göttliche Herrin gesucht! Bin männlich – 24 Jahre alt, praktiziere gerne hart oder weich. Initiationen für Anfänger. Ich bin grausam und sadistisch." Die dritte: „Ich werde Dich mit den Waffen meiner Dominanz benutzen. Eine teuflische Mixtur aus dominanter Konsequenz und lustvoller Erregung. Füge Dich meinen Befehlen…" Ihr wurde schwindelig.
Nirgendwo fand sie eine Telefonnummer. Es gab nur E-Mail-Kontakte. Adresse eingeben, Passwort wählen, besondere Wünsche äußern. Catherine entschloss sich, die Studios direkt anzuschreiben.
‚Helfen Sie uns, einen Todesfall aufzuklären. Wer weiß etwas über diesen Mann? Informationen bitte an Lieutenant Catherine Rozier, Telefon… Das offizielle Bild des Toten…' Sie klickte mit der Maustaste auf Senden.

Kaffee. Noch einen Kaffee. Sie hatte sich eine kleine elektrische Cafetieria mit Wärmplatte zugelegt und im Büro deponiert. „Na, bist du fündig geworden?", fragte Joseph als er das Büro betrat. „Deiner Gesichtsfarbe nach zu urteilen, auf jeden Fall. Also, ich bitte um Einzelheiten." „Fündig schon", sagte Catherine. „Aber anrufen konnte ich keine. Sie arbeiten vermutlich alle in Studios und sind nur per Mail buchbar. Ich habe sie angeschrieben. Wie war es bei dir? Irgendetwas Brauchbares?" „Der Bruder läuft mit solch aufgestauter Wut auf Basile herum, ich denke, er hat mir nicht alles gesagt, was er weiß. Machst du mir auch so einen Kaffee? Haben wir zufälligerweise einen Keks dazu?" „Als hätte ich es geahnt", verkündete Catherine. „Ich habe gestern welche gekauft."

Joseph tunkte seinen Keks in den Kaffee, dann gab er sich einen Ruck und fragte: „Warum hast du dich eigentlich wegbeworben? Gefällt es dir bei uns nicht mehr?" „Ach Joseph", entfuhr es Catherine. „Du weißt doch genau, dass es darum gar nicht geht. Ich würde wirklich gerne einen Lehrgang als Fallanalytikerin machen." „Wie hat dir eigentlich die Wohnung in Villeneuvette gefallen?", lenkte Joseph ein. „Ich finde sie zauberhaft, wirklich. Für einen Augenblick habe ich mich dort hineingeträumt, mich in das idyllische Dorf versetzt, aber…" Catherine dachte nach, dann gestand sie: „Ich traue mich nicht so recht. Stell dir vor, wir würden jetzt zusammen ziehen, die Räume renovieren, und nach sechs Monaten…" Sie vollendete den Satz nicht, aber Joseph verstand auch so, was sie meinte. „Aber wie willst du das herausfinden, wenn du eine mehrjährige Ausbildung anstrebst?" „Sie nehmen mich ja gar nicht", erwiderte Catherine betrübt. „Ich habe mir gestern Abend das Ablehnungsschreiben noch einmal gründlich angesehen. In meiner ersten Enttäuschung habe ich völlig überlesen, dass sie nur erfahrene Gendarmen nehmen und dass ich überdies wirklich erst einmal Soziologie oder Psychologie studieren sollte. Also wird aus diesem Lehrgang vorerst nichts." „Umso besser für uns", lächelte Joseph. „Du kannst dich ja in deiner Freizeit mit Freud und Co. beschäftigen." „Das mache ich bereits", erklärte Catherine. „Emmanuel Todd und Jenny Aubry liegen schon auf meinem Nachtschränkchen. Rudolph Loewenstein habe ich mir für später vorgenommen. Die Lektüre ist nicht ganz einfach, zumal ich nach unserem Dienst gedanklich meistens mit unserem Fall beschäftigt bin."

Am Dienstag und Mittwoch blieben sämtliche Ermittlungsarbeiten liegen. Paris hatte eine dringende Fortbildung befohlen, und wenn etwas aus Paris angeordnet wurde, dann standen alle Räder still. In diesem Fall reagierte die Regierung auf einen erneuten Terroranschlag in der Provinz. Ein bedeutender General erläuterte die jetzt erforderlichen Gegenmaßnahmen, am nächsten Tag fand eine Übung für den Ernstfall statt.

Donnerstag, 5. April

1

Georg und Mechthild hatten sich am Morgen auf dem Wochenmarkt von Mèze mit Salat, Zucchini, feinsten Tomaten und Gemüsezwiebeln eingedeckt. Mechthild war an dem duftenden Gewürzstand schwach geworden und so wanderten Safran und Raz-el-Hanout in den Einkaufskorb. Georg bestand darauf, beim Metzger in der Markthalle frisches Rinderhack zu kaufen. „Hattest du nicht vor, dich künftig vegan zu ernähren?", wunderte sich Mechthild. „Schon, ja, aber für dieses Fleisch mache ich eine Ausnahme. Ich fange nach dem Urlaub damit an", meinte er mit einem Zwinkern.

Nach dem leichten Mittagsmahl stand ihnen der Sinn nach Abenteuer. „Georg, kannst du dich daran erinnern, wo sich die Auberge befindet, bei der du neulich gestrandet bist? Ich meine wir sollten der hilfsbereiten Dame einen Blumenstrauß vorbeibringen." „Das ist doch nicht nötig." „Aber es war nett und das sollten wir würdigen." Mechthild bestand auf den Strauß und beschwatzte Georg so lange, bis er sich endlich ein „Meinetwegen!" abrang. „Hast du den Autoatlas griffbereit?", fragte er. „Habe ich. Wir sollten zuerst nach Montagnac fahren. Von dort aus führt eine Straße über Valmagne nach Montbazin. Hast du nicht gesagt, die Auberge liege an der Straße nach Montbazin?" Georg überlegte lange. „Ich glaube, es war noch ein Stück weiter. Suche mal nach Cournonsec." „Ja, hier ist es, ich kreise es ein. In Montagnac finden wir bestimmt einen Blumenladen." In Montagnac fanden sie vier Weinkeller, eine Apotheke, ein Juweliergeschäft, eine Bäckerei und einen Schönheitssalon. Einen Blumenladen fanden sie nicht. „Was machen wir jetzt?" „Ganz einfach. Wir machen einen kleinen Umweg über Pézenas. Dort kenne ich ein recht ansprechendes Blumengeschäft, es liegt am Anfang der historischen Altstadt."

Mechthild ging schnurstracks zu dem Blumengeschäft, zog Georg hinter sich her und ließ die malerische Altstadt von Pézenas rechts von sich liegen. „Ist dieser Lilienstrauß nicht entzückend?", fragte

sie ihren Mann. Ohne auf seine Antwort zu warten, holte sie das Arrangement aus dem Eimer und ging damit zur Kasse. „15,90 Euro", verkündete die Verkäuferin, tippte den Betrag ein und ignorierte Georgs leichte Schnappatmung. Mechthild fischte einen Zwanzig-Euro-Schein aus ihrem Portemonnaie und zahlte. „Da hätten wir besser zwei Flaschen Blanquette de Limoux kaufen können", regte sich Georg auf. „Ja, du hast ausnahmsweise Recht. Aber jetzt lass uns zu der Auberge fahren."
Durch das heruntergekurbelte Fenster ließen sie sich den Frühling um die Nase wehen. Die Straße nach Cournonsec schmückte sich mit frisch gepflügten Feldern zu beiden Seiten, begleitet von üppig blühendem Wiesenschaumkraut und rotem Klatschmohn. „Monsanto hat hier nichts zu lachen", bemerkte Mechthild. Wenig später wies sie Georg auf die Landschaft zur Rechten hin: „Schau mal, hier hat es im letzten Jahr einen fiesen Waldbrand gegeben!" Sie entdeckten eine ganze Reihe von verkohlten Baumstümpfen. „Die sehen aus wie schwarze Gerippe", stellte Georg fest.
Nach zehn weiteren Minuten parkte Georg auf dem Seitenstreifen einer Dorfstraße und wies auf ein Gebäude, das sich hinter einer Hecke versteckte. „Wir sind da!" Auf der gegenüberliegenden Seite brannten vor der schneeweißen Statue einer Madonna mehrere Kerzen. „Die Auberge gefällt mir", kommentierte Mechthild das Anwesen. Die Wände des einstöckigen Hauses schimmerten in dem typischen Ocker-Orange des Südens. Hellblau mit einem Schuss Violett rahmten Blendläden die weißen Fenster ein. Vor der ebenfalls weißen Haustür blühte bereits eine prächtige Glyzinie, die ihre Ranken bis über das Dach hinaus ausgestreckt hatte. Ihre Schritte knirschten auf dem sorgfältig geharkten Kiesweg. Bewundernd ließ Mechthild im Vorübergehen ihre Finger über zart duftende Lavendelbüsche gleiten. „Hier könnte ich es aushalten", rief Mechthild entzückt. Georg sagte nichts. Als sie den kupfernen Klopfer betätigten, erschien eine zierliche Frau mit schulterlangen, schwarzen Locken. Mechthild erkannte sie sofort. „Haben Sie gebucht?", fragte die Frau erstaunt. Dann fiel ihr Blick auf die Blumen, die Mechthild in der Hand hielt. „Für mich?" „Sie sind Ma-

dame Richard, nicht wahr. Sie haben diese wunderbaren Porträtaufnahmen gemacht, die wir in Sète gesehen haben. Das ist ja ein Zufall!" Mechthild war ganz aus dem Häuschen. „Georg, ist das nicht verrückt?" „Ja, das ist es." Er schaute Madame Richard genauso interessiert an wie seine Frau. „Natürlich sind die Blumen für Sie! Wir wollen uns bei Ihnen bedanken, weil Sie meinem Mann neulich aus der Patsche geholfen haben." Mechthild lächelte Nicole Richard an. „Das war doch selbstverständlich, aber im Augenblick habe ich sehr viel zu tun", entschuldigte sich Madame Richard. „Du hast mir nichts von neuen Gästen gesagt", sagte eine rauchige Männerstimme aus dem Hintergrund. Ein drahtiger, grauhaariger Mann mit kurzen Stoppelhaaren tauchte auf. „Kennen wir uns?" Er schaute Georg prüfend an. „Ich war vor kurzem hier", sagte der. „Hatte mich nachts verirrt." Der Mann warf Georg einen unangenehm scharfen Blick zu, sagte aber weiter nichts. „Mein Lebensgefährte", erklärte Madame Richard, nachdem er wieder gegangen war. „Danke für den wunderschönen Strauß. Vielleicht möchten Sie noch etwas in unserem Café trinken?" Mechthild nahm das Angebot gerne an. „Gerne trinken wir einen Kaffee. Ich hoffe, Sie haben noch mehr von Ihren eindrucksvollen Fotos an den Wänden, die würde ich mir gerne ansehen", sagte Mechthild. Madame Richard lächelte anmutig, ging aber nicht weiter auf das Kompliment ein.
„Ich werde Marie Bescheid geben, damit sie sich um Sie kümmert." Nicole Richard drehte sich um und überließ es dem Ehepaar, sich für das hell eingerichtete Café zu begeistern. Eine Wand präsentierte fotografische Variationen über den Ètang de Thau, an einer weiteren Wand hingen Fotografien des Pic Saint-Loup.[12]
„Wirklich edel", bemerkte Mechthild, als sie ihren Kaffee ausgetrunken und sich auf den Heimweg gemacht hatten.

2

„Wir haben uns bisher noch gar nicht an die örtlichen Jäger gewandt. Möglicherweise haben sie an dem Sonntag etwas Auffälliges beobachtet“, sagte Catherine am Donnerstagmorgen. „Wen willst du denn fragen? Jäger gibt es schließlich wie Sand am Meer!“, entgegnete Joseph. „Irgendwo müssen wir ja weitermachen“, antwortete Catherine. „Ich suche mir die Telefonnummer der L'association des chasseurs[13] heraus. Mehr als ‚Nein, wir haben leider nichts gesehen‘ können sie nicht von sich geben.“ Aber es kam anders. Alain Cambon meldete sich gut gelaunt am Telefon. „Alain Cambon? DER Cambon? Sind Sie der Autor, der das wunderbare Taschenbuch über Mèze herausgegeben hat?“, fragte Catherine überrascht. Cambons Lachen klang wie das Gekecker einer Elster. „Der bin ich leider nicht!“ Dann schüttete er einen Redeschwall über Catherine aus. „Madame, wie war gleich ihr Name? Madame Rozier… was? Lieutenant Rozier? Gut, natürlich waren wir am letzten Wochenende jagen. Was? Nein, nur am Sonntag, meine Güte, geht's noch? Wo? Na, in dem Gebiet zwischen Montmèze und Montagnac, da wimmelt es nur so von Wildschweinen, was glauben Sie, wie die dort hausen, wenn man sie lässt. Was gesehen? Was meinen Sie damit? Die üblichen Wanderer haben wir gesehen. Haha, nein, wir haben sie nicht aus Versehen erschossen, guter Witz, sie hatten alle einen Hut auf.“ Demonstrativ hielt Catherine den Telefonhörer weit von sich. Der gute Mann schien schwerhörig zu sein, deswegen schrie er umso lauter. „Lieutenant Rozier, es gibt ja immer wieder solche Städter, die aufs Land gezogen sind, die meinen dann, sie müssten uns die Jagd madig machen. Die haben doch keine Ahnung! Stopfen Hacksteaks und Fischstäbchen in sich hinein, als ob die auf den Bäumen wachsen würden. Vor zwanzig Jahren gab es noch über zwei Millionen Jäger, wir sind praktisch dezimiert, fünfhunderttausend von uns haben ihre Knarren an den Nagel gehängt. Wie, Sie haben keine Zeit? Warum rufen Sie mich dann an?“ Joseph hielt sich beide Hände vor die Augen. „Monsieur Cambon, tragen Sie eine Brille?“, unterbrach Catherine seinen schwadronierenden Redefluss. „Sie meinen, ob ich blind sei? Was für eine Unverschämtheit. Sind Sie wirklich von der Polizei oder nehmen Sie mich auf den Arm? Ich sehe für mein Alter sehr gut, das hat mir der Arzt bestätigt!“ Empört schnaufte Monsieur Cambon am anderen Ende der Leitung. „Also sind Ihnen keine sich streitenden Männer oder Frauen in Ihrem Jagdgebiet aufgefallen?“, wiederholte Catherine ihre Eingangsfrage. „Sagte ich schon. Fragen Sie doch Roussel, wenn Sie mir nicht glauben.“ Er knallte den Hörer auf. „Uff! Jetzt habe ich in Mèze einen Feind mehr“, sagte Catherine. Dennoch drückte sie unbeirrt die Taste für die Wahlwiederholung. „Bitte, Monsieur Cambon, wo finde ich Monsieur Roussel?“ Der Alte krähte belustigt. „Marie Roussel, die einzige Dame im Verein. Sie hat Augen wie ein Adler, die sieht alles. Sie hat hier in Mèze ein kleines Restaurant am Chemin de l'Ètang, dort ist sie fast immer. Und nun lassen Sie mich in Ruhe.“ Catherine sah von weiteren Fragen ab. „Huch, war der unfreundlich“, stellte sie fest. „Ein harter Brocken“, feixte Leroux. „Hat sich schon eine von den Damen gemeldet?“ Catherine schüttelte den Kopf. „Nein, warum? Bist du auf den Geschmack gekommen?“, neckte sie ihren Chef. „Ich lasse mich lieber von dir quälen“, gab er zurück. „Scherze du nur“, sagte sie. Sie suchte und fand schnell die Telefonnummer des Petite le Crabe. „Wir können in einer halben Stunde kommen. Madame Roussel öffnet für uns ein paar Minuten früher. Wartest du noch auf etwas?“ Catherine blickte Leroux auffordernd an. „Moment mal. Wir brauchen nur zehn Minuten, bis wir am Ètang sind. Willst du in der übrigen Zeit Däumchen drehen?“ „Außerhalb der Gendarmerie denkt es sich besser. Wir könnten beim Place de Tonneliers parken und ein paar Schritte laufen.“ „Okay, lass uns gehen.“ Sie sagten den Kollegen Bescheid und machten sich auf den Weg.

Natürlich standen sie bereits nach kurzer Zeit wieder im Stau. Diesmal war ein Fischhändler mit einem schwarzen Daimler aus Freiburg kollidiert und beide Fahrzeuge blockierten die Straße. Für den Schleichweg war es zu spät, sie mussten sich gedulden. Auch

die Kollegen von der Police Municipal konnten ihnen nicht weiterhelfen.
„Was du neulich von Argelès-sur-Mer erzählt hast, hat mich beeindruckt. Hélène fand es ebenfalls spannend, wir wollen an einem der nächsten Wochenenden dorthin fahren." „Schaut euch die Ausstellung des CIDER[14] an. Es gibt dort einen Rundweg und einen Friedhof. Wenn ihr früh genug los kommt, könnt ihr direkt nach Collioure weiter fahren, dort war das erste Straflager für die Geflüchteten." „Mal sehen, ob Leonie mitspielt. Glaubst du, die Roussel hat mehr gesehen als Monsieur Cambon?", überlegte er laut. „Nun ja, erstens soll sie Adleraugen haben und zweitens... mmmh." Catherine überlegte einen Augenblick. Sie hatte selbst noch nie an einer Jagd teilgenommen, aber sie wusste, was man sich unter der Hand erzählte. „Wenn sie an einem Feldweg gestanden und darauf gewartet hat, dass die Handlanger ihr die Wildschweine vor die Füße treiben, könnte ihr schon etwas aufgefallen sein." „Und vielleicht sind ihr zufällig ein paar Streithähne vor die Ferngläser gelaufen", ergänzte Joseph. „Jäger haben eigentlich immer Ferngläser dabei. Ich wette, wir haben heute Glück", verkündete Catherine und setzte ein zufriedenes Gesicht auf.
Madame Roussel erwartete sie und führte sie federnden Schrittes an einen runden Tisch am Fenster. „Bitte! Setzen Sie sich!" Von hier aus konnten sie die Straße und den Hafen beobachten. „Kaffee?" „Gerne!" „Für mich bitte lieber ein Wasser", bat Catherine. Madame Roussels wasserstoffblond gefärbten, kurzen Haare umspielten ein mäßig gebräuntes, schmales Gesicht. Graublaue Augen blickten kokett in die Welt. Ihre drahtige Figur hatte sie in einen blau-weiß-gestreiften Pullover und eine verwaschene Jeans im Used-Look gesteckt. Unzählige Fältchen um die Augen sprachen Bände. Catherine schätzte sie auf Anfang sechzig. „Sie waren am letzten Sonntag jagen?", eröffnete Leroux das Gespräch. „Ja, das war ich. Wissen Sie, das Jagen bietet mir eine Möglichkeit, zur Ruhe zu kommen." Sie schien von einer inneren Unruhe getrieben, ständig wanderte ihr Blick über die Tische, zur Tür, zu den beiden Gendarmen. „Hier im Betrieb muss ich meine Augen über-

all haben." Wieder schaute sie zur Tür. „Auf der Jagd verbringt man Stunden mit Warten, Schweigen und Hinschauen." Sie lachte. „Wenn sie lange genug auf einen Fleck in der Landschaft starren, fängt der an, sich zu bewegen. Aber Sie sind bestimmt nicht hier, um sich mein Jägerlatein anzuhören. Sie wollen wissen, ob ich Verdächtiges beobachtet habe?" Sie kicherte damenhaft. „Alain Cambon hat mich angerufen und sich über Sie beschwert", verriet sie und strich nicht vorhandene Flusen von dem polierten Tisch. „Er hat mich vorgewarnt. Seit er pensioniert ist, werden ihm die jagdfreien Tage zu lang. Wenn er mich anruft", sie machte eine Pause und zwinkerte ihnen verschwörerisch zu, „muss ich aufpassen, dass er mir nicht den halben Vormittag die Ohren zudröhnt." Sie registrierte, dass die Gendarmen mit ihrem Gesagten übereinstimmten und fuhr fort. „Also, ich habe mir Gedanken gemacht, aber mir ist beim besten Willen nichts Ungewöhnliches aufgefallen." Nachdenklich blickte sie aus dem Fenster. „Natürlich finden sich immer ein paar Wanderer, die mit lauter Ahs und Ohs durch die Landschaft pilgern und jeden Stein umdrehen. Wenn wir in der Nähe der Abtei jagen, kommen uns dauernd die Touristen von La Lumière in die Quere, aber ich kann mir nicht vorstellen, dass die jemanden umbringen. Leider kann ich Ihnen nichts Erhellendes anbieten." Sie zog bedauernd die Schultern hoch. „Aber Sie können uns verraten, welche Personen an dem Sonntag an der Jagd beteiligt waren? Wir werden ohnehin jeden einzelnen befragen müssen. Sie könnten die Suche erheblich verkürzen." Leroux schaute sie gewinnend an. „Sie haben bestimmt nichts zu verbergen." Joseph war sich im Klaren darüber, dass er eine Suggestiv-Frage benutzt hatte. Auch Madame Roussel wusste das, aber sie ging elegant darüber hinweg. „Einen Moment bitte, ich hole ein Blatt Papier." Sie stand auf, ging zur Theke und kam mit einem Notizblock und einem Kugelschreiber in der Hand zurück. Catherine staunte über die hochhackigen Schuhe, die an Madames Füßen steckten. Sie selbst hätte keine fünf Minuten auf den Dingern laufen können, ohne umzuknicken. Jetzt zog Madame eine schma-

le Lesebrille aus der Jackentasche und dachte nicht lange nach. Mit Schwung schrieb sie folgende Namen auf das Papier:
'Alain Cambon, Eric Garnier, Maurice Simon, Antoine Robin'. Sie blickte an die Decke und ergänzte die Liste.
‚Joseph Legrand, Stéphane Pelletier, Alexandre Gauthier'.
„Wenn Sie uns auch noch die Telefonnummern von den Herren geben könnten, wäre das sehr nützlich und würde uns noch mehr Arbeit ersparen." Madame Roussel runzelte die Stirn. „Können Sie das mit den neuen Datenschutzrichtlinien vereinbaren? Na gut, Sie werden die Nummern auch in jedem Telefonbuch finden. Sie haben Recht, so geht es schneller. Und je eher Sie den Mörder finden, umso besser für die Allgemeinheit. Warten Sie einen Augenblick." Sie ging erneut zur Theke und fischte aus einer verdeckten Schublade ein schmales, braunes Heftchen. An ihrem Tisch schrieb sie die Telefonnummern ordentlich hinter die Namen.
Leroux und Rozier bedankten sich und wollten gerade gehen, als Madame Roussel plötzlich noch etwas einfiel. „Vielleicht eine blöde Idee", sagte sie entschuldigend. „Einer der compagnons de chasse[15], Stéphane Pelletier, geht gerne mal querfeldein." Sie lachte. „Er sagt, er sei immer auf der Suche nach Neuem, Unbekanntem. Die ewige Warterei gehe ihm auf die Nerven. Soll ich ihn fragen, ob ihm etwas aufgefallen ist?" „Pelletier? Haben Sie näher mit ihm zu tun?", fragte Leroux. Madame Roussel lachte glockenhell und winkte ab. „Nein, nein, das nicht. Er ist einer der Jagdgenossen, er steht auf dem Zettel. Stéphane wohnt in Montpellier, arbeitet hart im Bausektor, ist meistens unterwegs und...", sie hüstelte, „wenn Sie Glück haben über Handy zu erreichen." „Madame Roussel, ich habe doch noch eine Frage." Leroux zögerte, sah sich in dem Lokal um und stellte fest, dass es noch ziemlich leer war. „Haben Sie noch ein paar Minuten für uns?" „Aber sicher", nickte sie und lud die Gendarmen ein, sich wieder hinzusetzen. „Sind alle sieben Herren auf dieser Liste im Baugewerbe tätig?" War seine Frage zu plump? Ach was, besser viel fragen und überflüssige Antworten bekommen. Manchmal hatte man Glück. Madame Roussel lachte. „Eric Garnier ist ein gerissener Advokat, Maurice Simon hält sich

mit einer Agentur für Ferienwohnungen über Wasser, Alexandre Gauthier ist stolzer Besitzer der Metzgerei in der Markthalle von Mèze. Antoine Robin, stimmt, der baut ebenfalls. Ich habe gehört, dass er sich etwas völlig Verrücktes in den Kopf gesetzt hat." Sie tippte mit dem rechten Zeigefinger an ihre Schläfe. Robin schien ihrer Meinung nach einen Vogel zu haben. „Er baut nicht nur Autohäuser im ganzen Land, er will ausgerechnet in dem Naturschutzgebiet rund um die Insel Maguelone eine exklusive Ferienanlage bauen." Sie schüttelte missbilligend den Kopf. „Als ob er nicht schon genügend Ärger hätte!" „Welchen Ärger?" Leroux und Rozier wurden hellhörig. „Ach Robin. Ständig beklagt er sich über steigende Kosten am Bau, über unsinnige Bauvorschriften und unzuverlässige Arbeiter. Und dann kommt ihm so etwas Hirnverbranntes in den Sinn. Möchte wissen, ob er sich das allein ausgedacht hat." Roussel fasste sich an den Kopf. „Wie steht es um Joseph Legrand? Womit verdient der sein Geld?", hakte Catherine nach. „Ach! Den hätte ich ja beinahe vergessen. Joseph Legrand genießt seine Pension genauso wie Alain Cambon. Legrand war früher Direktor am Victor Hugo in Sète. Jetzt kümmert er sich um die Partnerschaft seines ehemaligen Collèges mit einer deutschen Stadt. Er kommt nur noch selten mit zur Jagd. Er gibt benachteiligten Jugendlichen Nachhilfe oder begleitet freiwillig Klassen, die ins Ausland reisen. Er kann einfach nicht loslassen." „Tja, das haben Lehrer so an sich", stimmte Joseph zu. Er dachte an Helene. Sie wollte sich in ihrer Freizeit auf jeden Fall anders verhalten als in ihrem Job, aber manchmal gingen auch mit ihr die Pferde durch und sie dozierte am Küchentisch. „Weißt du, dass ich schon ein paar Jahre erwachsen bin?", fragte er in solchen Fällen.

„Am letzten Sonntag hat uns Legrand überraschend auf die Jagd begleitet." Zum Glück hörte Catherine aufmerksam zu. „Was ist mit Alain Cambon?" „Cambon war Lokführer, ziemlich anstrengender Job. Deswegen konnte er schon recht früh in Pension gehen und wenn er nicht gerade Schlagzeug spielt oder im Club auf Tontauben schießt, findet man ihn auf dem Hochsitz." Roussel grinste. „Mmmh", sagte Leroux. „Ich habe nur noch eine letzte

Frage. Hat einer der Jäger etwas anderes benutzt als sein Jagdgewehr?“ Erstaunt und fragend hielt sie den Kopf schräg. „Wie meinen Sie das? Bei unseren Jagden benutzt niemand etwas anderes als ein normales Jagdgewehr. Ist der Mann erschossen worden? Bestimmt, sonst würden Sie mich nicht danach fragen.“ „Gut, danke, dass Sie uns so ausgiebig geantwortet haben, Madame Roussel.“ Er vergewisserte sich, dass auch Catherine keine weiteren Fragen hatte, dann verließen sie das Lokal und gingen zurück zum Parkplatz. „An die Arbeit“, rief Leroux.

3

Bevor sie losfuhren, zückten sie ihre Handys und konzentrierten sich auf die Männer vom Bau. Das Büro von Antoine Robin informierte sie, dass der Chef gerade erst nach London geflogen sei. Er komme erst am nächsten Mittwoch spätabends zurück. Am Donnerstag habe er bis mittags Termine mit Architekten, Zulieferern und dem Präfekten. „Ab wann können wir ihn sprechen? Es ist dringend!“ Leroux wurde allmählich ungeduldig. „14.00 Uhr ist die einzige Zeit, die ich Ihnen anbieten kann“, bedauerte sein Assistent. „Und mehr als zwanzig Minuten Spielraum sind auch nicht drin, aber vielleicht haben Sie Glück und er kommt schon eher auf einen Sprung bei Ihnen herein. Ich notiere alles.“ „Tun Sie das. Und sagen sie ihm, er solle bei der Stufe aufpassen!“ Aber der Assistent hatte bereits aufgelegt. „Nicht aufregen, das ist nicht gut fürs Herz. Aber von welcher Stufe redest du?“, fragte Catherine. „Von der Stufe an unserem Eingang. Darüber ist schon manch einer gestolpert.“ Sie sah Joseph an der Nasenspitze an, dass er kurz vor dem Platzen war. In der Zwischenzeit hatte Catherine bei Pelletier angerufen. Seine Sekretärin bedauere aufrichtig. Stéphane Pelletier habe vor Montag fünfzehn Uhr keine Zeit für sie. Ob es ausnahmsweise für die Gendarmen in Ordnung sei, sich mit ihm in einem Bistrot zu treffen. „Und? Joseph? Können wir das machen?“ „Pelletier ist ein möglicher Zeuge, kein Verdächtiger. Ich nehme es auf meine Kappe“, versprach Leroux. „Gut, dann schlagen wir das Régent vor, das liegt in der Nähe der Préfecture.“

Catherine nickte zufrieden. „Wir müssen zurück ins Büro“, stellte Leroux fest. „Ja, wenn wir das rechtzeitig eingeplant hätten, hätten wir im Tabou zu Mittag essen können“, seufzte Catherine. Sie liebten beide die Aussicht auf die sich aneinander schmiegenden Boote in dem kleinen Hafen, die milde Sonne, die ihnen das Gemüt nach dem langen Winter wärmte und die entspannte Atmosphäre in dem schlichten Lokal. „Beim nächsten Mal“, versprach Leroux.

Im Büro diskutierten sie die bisherigen Erkenntnisse. „Der Tote muss an Ort und Stelle erschossen worden sein. Das hat Caumel in ihrem Bericht vermerkt. Anschließend wird ihn jemand die Brücke hinunter gestoßen haben.“ „Sollte es wirklich ein aufgebrachter Bauherr sein?“, zweifelte Catherine. „Wenn Rude ihn in den Ruin getrieben hat? Kann doch sein, dass einem dann die Sicherungen durchknallen. Andererseits müssen Bauherren und Architekten viel mehr aushalten. Wenn sie bei jeder Verschleppung ihrer Anträge durchdrehen würden, gäbe es bald keine Neubauten mehr“, überlegte Leroux. „Der Bruder? Basile scheint ja eine echte Nervensäge gewesen zu sein. Wenn er alle Pläne zur Modernisierung durchkreuzt hat?“ „Vielleicht hatte er einen Blackout?“, spann Catherine den Faden weiter. „Sie wären nicht die ersten Brüder in der Weltgeschichte, die ihren Streit auf diese Weise lösten.“ „Gut, dem Bruder sollten wir bald noch einmal gründlich auf den Zahn fühlen. Vielleicht im Kreuzverhör?“ „Was ist mit den pikanten Verletzungen? Glaubst du, dass die irgendetwas mit seinem Tod zu tun haben?“ Catherine rieb sich die Stirn. „Kann ich mir nicht vorstellen, nicht ursächlich. Aber wir brauchen auch hier mehr Informationen, um uns ein Bild zu machen.“ „Bist du dir sicher, dass diese Spielchen nicht manchmal grenzwertig sind?“ „Ich habe schon einmal von Unfällen mit Plastiktüten gelesen, die sich Menschen über den Kopf gezogen und dann den Absprung nicht früh genug geschafft haben. Meinst du, dass sie sich ihrem Vergnügen auch unter freiem Himmel hingeben?“ „Kann doch sein. Zur Abwechslung mal outdoor?“ Catherine liebte es, ihren Chef aufzuziehen.

„Warum schaust du mich dabei so an?“ Joseph täuschte für einen Moment den Beleidigten vor. „So etwas gucke ich mir nicht einmal im Netz an. Aber wer es mag…" Er zuckte mit den Achseln. „Vielleicht müssen wir genau das tun", schlug Catherine vor. „Tu dir keinen Zwang an", sagte Joseph. „Ich überlege es mir", sagte Catherine.

„Nun zum Nächsten oder eher zur Nächsten", sagte Joseph. „Was ist mit seiner Frau? Spielt sie uns etwas vor oder weiß sie wirklich nicht Bescheid?", überlegte er. „War sie vielleicht doch eifersüchtig? Angenommen, Basile ist gestürzt, liegt hilflos am Boden, sie sieht ihn, zückt die Pistole und erschießt ihn", zeichnete Catherine das Szenario auf. „Denkfehler. Ihm wurde die Pistole gezielt an den Kopf gesetzt. Im Ernst, du hast die Frau doch gesehen, würdest du ihr so etwas zutrauen?" Joseph wischte den Gedanken mit einer Handbewegung fort. „Aber vielleicht ist sie plötzlich aus ihrer Lethargie erwacht, hat einen Wutausbruch bekommen und gehandelt." „Ach, und woher hat sie eine Pistole? Ich glaube nicht an die Theorie mit der Wut, sie scheint von der schlichten Sorte Mensch zu sein…" Weiter kam er nicht, denn Catherine brauste auf. „In welchen Kategorien denkst du, Joseph? Schlichtes Gemüt!" „Trotzdem passt es nicht in mein Bild, dass sie sich eine Pistole besorgt, ihm mit ihrer uralten Mobylette in die Pampa folgt und ihn dann erschießt." „Aber ausschließen können wir es nicht. Schauen wir, was uns der Posteingang beschert."

4

Gespannt durchforsteten sie ihre neuesten Emails. Geänderte Dienstvorschriften, interne Mitteilungen, Diebstahlsanzeigen und Schreiben von Rechtsanwälten. Catherine mühte sich mit der amtlichen Post ab. Einer Intuition folgend öffnete sie den SPAM-Ordner. Normalerweise ließen die integrierten Sicherheitsvorkehrungen keine SPAMs durch, ganz selten schlüpfte doch eine durch den Filter. Tatsächlich versteckte sich dort eine Mail, deren Absender sie neugierig werden ließ. A.vartan@escort.fr. „Joseph, meinst du, ich kann die öffnen? Oder frage ich besser Claude vorher?" „Nein, ich glaube, da ist Vorsicht geboten. Escort-Services schicken dir mit Sicherheit einen Anhang oder ein Foto mit und darin könnte ein Virus versteckt sein. Du musst Claude unbedingt informieren, er hat sicher einen Augenblick Zeit und wird uns beraten." Claude stand zwei Minuten später hinter ihr. „Lass mich bitte auf deinen Stuhl, sonst kann ich mich nicht konzentrieren", bat er. Claude prüfte mit einer Sicherheitssoftware, ob sie die Mail gefahrlos öffnen könne. Schneller, als Catherine es mit ihren geübten Blicken verfolgen konnte, hatte er Zahlenkombinationen getippt, mit der Maustaste diverse Symbole angeklickt und die Enter-Taste gedrückt. „Voila, Frau Kollegin, Sie können loslegen", sagte Claude und stand auf. „Wunderbar", rief Catherine. „Morgen bringe ich dir ein Sacristains[16] mit", versprach sie. „Besser nicht", grinste Claude und legte die rechte Hand auf seinen Bauch. „Ach, komm. Eins geht noch", Catherine strahlte ihn an. Dann wandte sie sich wieder ihrem Computer zu und öffnete die Mail.

„Sehr geehrte Frau Rozier, ich habe von Ihrer Bitte erfahren. Seit fünf Jahren arbeite ich für Escort Apoline. Normalerweise haben wir keinerlei Kontakt zu den Kolleginnen. Durch einen puren Zufall habe ich Susanna kennen gelernt. Wir haben uns danach manchmal auf einen Drink verabredet. Wenn ich krank war oder unaufschiebbare Termine hatte, hat sie mich vertreten. Leider ist sie nach einem ernsthaften Streit mit unserem Chef vor einem Jahr bei der Agentur ausgeschieden. Danach ist unser Kontakt bedauerlicherweise eingeschlafen und wir haben nur noch ein- oder zweimal telefoniert. Jetzt betreibt sie ein kleines Studio am Rand von Montpellier. In der Zeit, als sie noch unserem Kollegium angehörte, musste sie einmal selbst dringend verreisen und bat mich, sie am Mittwoch spätnachmittags zu vertreten. Der Kunde, der um kurz nach fünf Uhr erschien, benahm sich irgendwie komisch. Er war sehr verärgert, Susanna habe ihn nicht rechtzeitig informiert. Er wisse nun nicht, was er mit der Zeit anstellen solle. Von mir wolle er sich partout nicht behandeln lassen. Er schien gar nicht verstehen zu wollen, dass Susanna verhindert war. Der Mann auf dem Foto sieht ihm jedenfalls ähnlich. Ich nehme an, dass Susanna diesen Kunden mitgenommen hat. Ich habe ihr auf den Anrufbe-

antworter gesprochen und sie gebeten, sich mit Ihnen in Verbindung zu setzen. Hochachtungsvoll Anette Vartan.“ Catherine stöhnte auf. Warum hatte sie ihnen nicht gleich die Anschrift und Telefonnummer mitgeteilt. Manchmal empfand sie all das Gehampele um den Datenschutz lästig.
„Susanna, bitte melde dich! Sofort!“, beschwor Catherine das Telefon. „Führst du Selbstgespräche?“ Catherine fasste für Joseph den Inhalt der Mail zusammen. „Hoffentlich meldet sie sich wirklich. Solange müssen wir abwarten.“ Catherine drehte intensiv ihre Haare. „Seit wann ist dein zweiter Vorname Geduld?“, fragte Leroux. „Tugend war schon an dich vergeben“, sagte Catherine. „Eins zu null für dich. Lass uns eine Liste machen, wie wir morgen weiter vorgehen wollen.

5

Als Susanna die Mail der Gendarmin las, ging sie im Geist noch einmal die fünfzehn Kunden durch, die in dieser Woche bei ihr gewesen waren. Das Geld, das sie mit dieser Arbeit verdiente, war eine Sache, die bis zum Zerreißen angespannte Lust und der Nervenkitzel eine andere. Es konnte alles Mögliche schiefgehen. Eine Kollegin hatte ihr am Anfang ihrer Karriere als Dominatrice eine medizinische Abhandlung über Strangulieren, Ersticken und Sauerstoffmangel sowie über die damit verbundenen Risiken gegeben. Sie war damals schockiert gewesen und hatte sich geschworen, diese Spielarten gar nicht erst anzubieten. Nach und nach baten jedoch immer mehr gestandene Männer darum, ihnen als besonderen Kick eine Plastiktüte über den Kopf zu stülpen. Ihre Aufgabe bestand darin, sie so lange wie möglich am Atmen zu hindern. Als sie damals Richelieu auf die Gefahren hingewiesen hatte, war er beleidigt gewesen. „Ich kenne meine Grenzen. Du verurteilst mich nicht für meine Lust und weist mich nicht zurecht. Ich habe keine Todessehnsucht.“ Als sie nach Hause kam, stellte sie der Madonna einen frischen Strauß holländischer Tulpen auf den Sockel.

Freitag, 6. April

1

„Hast du Minouche irgendwo gesehen? Normalerweise stürzt sie sich morgens auf ihren Napf als wäre sie wochenlang von uns nicht gefüttert worden. Ich kann sie nirgends entdecken." Hélène rieb sich verschlafen die Augen. Joseph kam gerade mit einem Handtuch um die Hüften aus dem Bad. „Wahrscheinlich sitzt sie draußen auf dem Mülleimer und beobachtet Vögel", grinste er schelmisch. „Das wäre ja etwas ganz Neues. Übrigens hast du noch Rasierschaum am Kinn", bemerkte Hélène trocken. „Wird sofort geändert", rief Joseph und ging fröhlich pfeifend ins Bad. „Besser?", fragte er und küsste seine Frau hingebungsvoll auf den Mund. Im Gegenzug schnupperte sie an seinem Hals. „Mmmh, männlich-herb", murmelte Hélène und schloss die Augen. „Keine falschen Versprechungen am frühen Morgen", scherzte Joseph mit einem kurzen Blick auf ihre fünf Monate alte Tochter Leonie. Sie lag in ihrer Babywippe auf dem Küchentisch und übte das Hantieren mit einer Rassel. Traf sie versehentlich den Metallrahmen der Wippe, zuckte sie zusammen und brabbelte „Bababa." Dabei sah sie ihre Eltern erstaunt aus ihren samtbraunen Kulleraugen an. „Ist sie nicht entzückend? Und sprechen kann sie auch schon!", schwärmte Joseph. Leonie strahlte ihn an. „Bababa", wiederholte sie. Das Spielzeug entglitt ihren Fingern. Aufgeregt fuchtelte sie mit ihren Ärmchen in der Luft, verzog ihr Gesicht zu einer jämmerlichen Grimasse und brüllte wie am Spieß. „Was ist denn jetzt passiert?" Joseph nahm sie auf den Arm und wiegte sie hin und her. Leonie schrie noch lauter. „Arme, kleine Prinzessin", raunte er ihr zärtlich ins Ohr. Das beeindruckte Leonie nicht im Geringsten, sie schrie so laut, dass Joseph befürchtete, einen Hörsturz zu bekommen. „Sie hat Hunger", erklärte Hélène. „Aber der Grießbrei ist noch zu heiß. Lenk sie ein bisschen ab." „Wie soll ich das machen?", fragte Joseph ratlos. „Sing ihr etwas vor", sagte sie laut und verdrehte die Augen. Frère Jaques war das einzige Kinderlied, an das Joseph sich in diesem Augenblick erinnerte. Also brummte er Leonie mit seiner tiefsten Baritonstimme ‚Frère Jaques‘ vor. Eine Sekunde lang sah Leonie ihn erschrocken an, dann steigerte sich ihr Zorn. „Bäh-bäh!“, heulte sie. „Ich komme mein Engel“, flötete Hélène, nahm Joseph das schreiende Bündel Mensch ab und setzte sich an den Tisch. Ungeduldig patschte Leonie mit ihren Händchen in den heißen Brei, kreischte und lief puterrot an. Hilflos stand Joseph daneben. Hélène drückte Leonie die Rassel in die Hand und das Ablenkungsmanöver gelang. Leonie konzentrierte sich auf die Rassel und hörte auf zu schreien. Joseph seufzte aus tiefstem Herzen. „Wie gut, dass ich mich gleich wieder um den Fall von Basil Rude kümmern muss.“

Er ließ die beiden Frauen allein und suchte in der Sockenlade des Schlafzimmerschrankes nach halbwegs tragbaren Strümpfen. Endlich zog er ein löcherfreies Paar in farblich passenden Blautönen aus dem Durcheinander. Als er sich wieder aufrichtete, bemerkte er aus dem Augenwinkel heraus eine Bewegung. Er ahnte es, lupfte die Bettdecke und fand darunter eine unschuldig blinzelnde Minouche. „Habe ich dich erwischt. Das geht zu weit, raus hier“,wisperte er und scheuchte die alte Dame aus ihrem Versteck. „Mit wem sprichst du?“, rief Hélène. „Ach, nichts“, flunkerte Joseph. „Obwohl sie es doch war, die dich unbedingt aus dem Tierheim retten musste“, schickte er flüsternd der sich beleidigt davon trollenden Katze hinterher. „Ich muss los, die Wahrheit aufspüren.“ Hélène lachte und er machte sich auf den Weg.

2

Gut gelaunt und ein bisschen schuldbewusst zugleich erreichte Joseph Leroux die Niederlassung der Gendarmerie. Obwohl sie in zwei Monaten eine Kinderbetreuung für Leonie bekamen, sah er doch, wie viel Mühe es für Hélène bedeutete, sich um ihre Tochter zu kümmern.

Er begrüßte Catherine, die eifrig die eingegangenen Mails studierte. Er drehte sich um, nahm einen Stift und ging zu ihrer neuen Errungenschaft, einem White Board.

Er setzte schwungvoll den Namen Susanna rechts über Basile Rude. „Hat sich die Dame gemeldet?“ Er drehte sich zu Catherine um. „Warte!“ Sie schaute nach.
„Wir haben Glück. Susanna@web.fr. Sie hat uns auch eine Telefonnummer hinterlassen. Ich rufe gleich an und frage, wann wir mit ihr sprechen können.“ „Gut, dann brauchen wir die Sitte nicht zu bemühen. Außerdem müssen wir den Chef von Rude ausfindig machen. Hast du gerade die Nummer der Préfecture zur Hand?“
„Habe ich.“
„Haben wir jemanden vergessen?“ Er schüttelte den Kopf und murmelte: „Nein, wir müssen die losen Enden aufnehmen und dann weitersehen.“
Er wählte die Nummer des Präfekten und landete bei seiner Sekretärin. „Bon jour Madame Cluzel. Wir untersuchen den Mord an Basile Rude und der war in der Préfecture beschäftigt. Wir möchten gerne seinen Vorgesetzten befragen.“ „Das ist Madame Deliege. Möchten Sie einen Termin mit ihr vereinbaren? Der arme Monsieur Rude. Wie schrecklich.“ Ihre Anteilnahme klang aufrichtig. „Ja bitte, verbinden Sie mich.“
Cécile Deliege war nicht besonders erfreut. „Wenn es unbedingt sein muss. Mein Zeitplan ist dicht getaktet.“ Das Missfallen in ihrer Stimme kroch durch die Leitung. „Am Montagvormittag habe ich ein Zeitfenster von fünfzehn Minuten. Seien Sie pünktlich um neun Uhr dreißig hier, danach habe ich eine unaufschiebbare Verpflichtung.“ Joseph dankte für diese Großzügigkeit und legte auf. „Kooperation hört sich anders an“, sagte er. „Und ich habe Pelletier erwischt. Er fände es am besten, wenn wir ihn montags um fünfzehn Uhr in einem Bistrot in Montpellier treffen könnten. Er hat das Bistrot Régent vorgeschlagen.“ „Im Baugewerbe scheint ja mächtig Druck im Kessel zu herrschen“, bemerkte Joseph. „Wenn heute keiner für uns Zeit hat, sollten wir bald Feierabend machen.“ Joseph ging zum White Board und schrieb Pelletier links neben Rude. Schräg rechts unten platzierte er Robin, dahinter in Klammern ‚(Donnerstag)‘. Cécile Deliege fand sich in direkter Linie unter Basile wieder.

„Donna Susanna?" „Ich habe sie immer noch nicht erreicht und ihr noch einmal eine Mail geschrieben. Mehr kann ich im Augenblick nicht tun." „Jetzt läuten wir das Wochenende ein", schlug Leroux vor. „Aber hänge es nicht an die große Glocke, sonst fällt die Presse wieder über faule Beamte her", feixte Catherine. „Sollen sie nur. Ich weiß, was wir leisten und die Überstunden stehen schon in den Startlöchern", scherzte Joseph.

Montag, 9. April

1

Trotz des neu gebauten Autobahnabschnittes brauchten sie fast eine dreiviertel Stunde bis Montpellier. Trotzdem erreichten sie den Parkplatz der Präfektur um Punkt neun Uhr zwanzig.

Cécile Deliege saß kerzengerade und mit dem Rücken zu einer getäfelten Holzwand in einem massiven Ledersessel, die gepflegten Hände mit kurz geschnittenen, perfekt farblos lackierten Nägeln lagen nebeneinander auf dem Schreibtisch. Das blond gesträhnte Haupthaar, militärisch kurz geschnitten, lag gegelt auf dem Kopf. Aus dem klar konturierten Gesicht mit hohen Wangenknochen erfassten helle Augen die Situation. Sie glich einer Katze, die gerade im Begriff ist, eine Maus zu fangen. Dunkelrot geschminkte Lippen fragten ohne jegliche Regung: „Sie wünschen?" Gleichzeitig wies sie mit einer knappen Geste auf zwei schlichte, vor ihrem Schreibtisch stehende Stühle. Leroux bemerkte innerlich lächelnd, dass diese Stühle bewusst mit kleineren Beinen ausgewählt worden waren. Sie nahmen Platz, hatten aber beide das untrügliche Gefühl, gleich wieder zum Gehen aufgefordert zu werden. Sie zogen ihre Uniformjacken fester. Joseph Leroux taxierte Deliege einen Augenblick, dann sagte er provokativ: „Sie haben inzwischen erfahren, dass Ihr Kollege Basile Rude tot ist?" Er bemühte sich, genauso undurchdringlich zu schauen. „Basile Rude war mein Untergebener." Delieges Miene blieb starr. „Was habe ich damit zu tun?" „Richtig, Sie waren seine Vorgesetzte. Wir erkunden sein Umfeld, das ist alles. Wie hat sich Monsieur Rude im Dienst verhalten? Wie nahm er seine Pflichten wahr? Hatte er Feinde?" „Monsieur Rude war äußerst gewissenhaft und hat vorzügliche Arbeit geleistet. Ich hatte niemals einen Grund zur Klage", sagte Deliege. „Sehr gut. Aber wie steht es um die Kunden? Oder muss ich eher Bittsteller sagen?" Deliege ging auf seinen Humor nicht ein. „Was meinen Sie? Monsieur Rude hat vorbildlich gearbeitet, das sagte ich bereits. Mit den Kunden ist er stets korrekt umgegangen. Von

Feinden ist mir nichts bekannt." Ihre hellen Augen verengten sich. „Können Sie etwas über den Menschen Basile Rude sagen? War er freundlich zu den Kollegen und Kolleginnen?" „Ich weiß nicht, warum diese Frage relevant ist, aber Rude kam mit allen Mitarbeitern und Mitarbeiterinnen gut aus. Haben Sie sonst noch Fragen?" „Ist Ihnen aufgefallen, dass Monsieur Rude am Montag nicht zur Arbeit erschienen ist?", fragte Catherine prüfend. „Er hat montags oft verschiedene Projekte besichtigt. Im Augenblick wird in Montpellier sehr viel gebaut. Ich hatte also keinen Grund, ihn am Montag zu vermissen", erwiderte Deliege kühl. „Und dienstags?", schob Leroux hinterher. „Am Dienstag war ich den ganzen Tag über in Besprechungen mit dem Präfekten. Sie können sich das beim Hinausgehen gerne von meiner Sekretärin bestätigen lassen." Sie schraubte einen schlanken Füllfederhalter mit verzierten Goldteilen auf, um ihnen das Ende ihrer Unterhaltung zu signalisieren. „Wir müssen uns auf jeden Fall sein Büro anschauen", erklärte Leroux sachlich. „Haben Sie den Durchsuchungsbefehl vom Staatsanwalt?" Delieges Stimme wirkte noch eine Spur kühler als zuvor. Leroux hielt ihr das geforderte Schriftstück hin. „Gesehen?", fragte er zuckersüß. „Zimmer sechsundvierzig. Den Gang hinunter, hinten rechts." Schwungvoll setzte sie ihre Unterschrift unter ein Dokument und schaute auf, als die beiden Gendarmen keine Anstalten machten, zu verschwinden. „Wir brauchen die Akten mit den Bauvorhaben der letzten zwei Jahre, vor allem die Fälle, in denen der Bau gestoppt oder die Anträge nur mit umfangreichen Auflagen genehmigt wurden. Und" – Leroux machte bewusst eine Kunstpause und fuhr süffisant lächelnd fort – „wir brauchen einen Ansprechpartner für Fachfragen, falls uns die Terminologie nicht geläufig ist." „Das muss ich mit dem Präfekten besprechen. Ich werde Sie über die Antwort unterrichten. Und nun entschuldigen Sie mich."

2

„Die Arktis ist nichts dagegen." Catherine schüttelte sich, als sie die Tür hinter sich geschlossen hatten. „Jetzt weiß ich, was es heißt, auf Granit zu beißen." „Ja, die Gnädigste mauert, von der erfahren wir erstmal nichts. Ganz die korrekte Vorgesetzte." Leroux gab aber nicht so schnell auf. „Notfalls müssen wir Marc fragen, ob er über seine Kanäle mehr erfährt." „Soll ich schon einmal vorfühlen?", fragte Catherine und errötete etwas. „Ja, mach das. Vielleicht fällt ihm oder seinen Kollegen ein, wie wir die Madame knacken können."

„Zu dumm, dass wir Pelletier erst um drei treffen. Weißt du was, Catherine? Lass uns bei Madame Cluzel vorbeischauen." „Warum?" Catherine hatte keine Ahnung, was Joseph sich davon versprach. „Ich habe so ein Kribbeln in der Magengegend. Vielleicht kenne ich die Dame aus meinem früheren Leben." Dabei grinste Leroux von einem Ohr zum anderen. „Machst du jetzt auf Stoner McTavish?" „Wer zum Teufel soll das nun wieder sein?", fragte Leroux. „Eine der ersten feministischen Krimi-Heldinnen. Sie wurde im Laufe der Zeit in ihren Romanen immer übersinnlicher und konnte später sogar Geister sehen." „Ach so. Ich meinte ganz schlicht mein früheres Leben als Plombier[17], das war vor deiner Zeit." „Dann bin ich ja im Bilde", sagte Catherine.

Sie liefen den Gang entlang. Am vorletzten Zimmer verriet das Schild neben der Tür, dass Madame Cluzel für den Präfekten arbeitete. Artig klopften sie an, warteten das ‚Herein' aber nicht ab, sondern öffneten gleich die Tür. „Madame Cluzel?" Leroux legte seinen ganzen Charme in die Stimme und strahlte die Dame an. Diese hob ihren Blick von dem Bildschirm. Annie Cluzel schaute fragend von Leroux zu Rozier. „Ja?" „Erkennen Sie mich nicht?", erkundigte sich Leroux. Madame Cluzel stutzte, las in Lerouxs Gesicht, dann erhellte sich ihre Miene und sie erwiderte sein Lächeln. „Joseph Leroux", rief sie hocherfreut. „Sie haben sich kaum verändert, seit ich Sie das letzte Mal gesehen habe." Sie sprang von ihrem Stuhl auf und drückte Joseph die Hand. „Danke für die Blumen. Das ist sehr schmeichelhaft", lachte Leroux. „Immerhin muss

es fast fünfundzwanzig Jahre her sein, dass ich die Abflussrohre in Ihrem Mietshaus von Katzenstreu befreit habe." „Ja, das war eine üble Geschichte. Das arme Mädchen tat mir richtig leid, aber was sollte ich machen?" Joseph erklärte Catherine, vor welchen Problemen Madame Cluzel damals gestanden hatte. Die Mieterin einer Wohnung hatte über Wochen die Hinterlassenschaften ihrer Katze in die Toilette geschüttet und geglaubt, das Granulat würde sich durch das Wasser in Wohlgefallen auflösen. Dieser Fall war nicht eingetreten. Im Gegenteil war es immer weiter aufgequollen, bis schließlich alle Rohre des Hauses verstopft gewesen waren. Er war Tage damit beschäftigt gewesen, das Chaos zu beseitigen.
Die beiden plauderten lebhaft. ‚Wenn ich mal die Fünfzig überschritten habe, möchte ich genauso aussehen', ging es Catherine durch den Kopf, als sie die quirlige Frau verstohlen betrachtete. Annie Cluzel strahlte von Kopf bis Fuß Lebensfreude aus. Sie und Joseph Leroux befeuerten sich gegenseitig bei dem Auffrischen alter Erinnerungen. „Möchten Sie etwas trinken? Einen Kaffee? Ein Wasser?" „Ein Wasser bitte", sagten Leroux und Rozier. „Aber deswegen sind Sie heute nicht hier! Hat Madame Deliege Ihnen weiterhelfen können?" In ihren dunkelbraunen Augen blitzte Schalk auf. „Leider nicht. Sie hat uns keinerlei Anhaltspunkte geliefert, beschrieb Rude als sehr korrekt und das war's. Wir können lediglich dem, was sie nicht gesagt hat, entnehmen, dass er den Bauherren gegenüber als scharfer Hund aufgetreten ist." Cluzel lachte damenhaft, räusperte sich und horchte unauffällig, ob ihr Chef vielleicht gerade telefonierte. Dann bedeutete sie Leroux mit einer Handbewegung, er möge sein Ohr näher an ihren Mund bringen. „Ich habe munkeln hören, dass Rude es auf die Spitze getrieben hat. Er hat alle Bauanträge genau und bis ins kleinste Detail geprüft. Sehr häufig führte das dazu, dass die Anträge dieses Verfahren nicht überlebt haben." Sie horchte wieder und fuhr dann fort: „Er war nicht zu belehren und hätte im Traum nicht daran gedacht, irgendwo ein Auge zuzudrücken." „Aber welchen Grund hatte er so penibel zu sein? Wollte er befördert werden?" Annie Cluzels dunkler Pony wippte, als sie sich doch noch zu einer

Aussage hinreißen ließ. „Rude hatte keinen besonderen Grund. Befördert werden konnte er nicht. Er war einfach überkorrekt“. „Also hat er sich wie der typische Vertreter einer Behörde benommen?“ Annie Cluzel lächelte vielsagend. „Schlimmer!“ „Okay, das haben wir uns schon gedacht“, stimmte Leroux zu. „Danke, dass Sie so offen mit uns geredet haben. Kennen Sie zufällig die Namen seiner Geschädigten? Hat er jemandem besonders übel mitgespielt?“

Annie Cluzel war unwohl, dass sie sich zu solch einer üblen Nachrede hatte hinreißen lassen. „Das war nicht nett von mir. Über Tote soll man nicht schlecht reden“, sagte sie, als plötzlich die Tür hinter ihr aufflog und ein gehetzt wirkender Präfekt zu ihrem Schreibtisch stürzte. „Ich brauche dringend die Übersicht über die aktuellen Straßenbaumaßnahmen.“ Erst jetzt bemerkte er die Besucher. „Wollen Sie zu mir? Lassen Sie sich einen Termin von Madame Cluzel geben. Ich bin momentan vollkommen ausgelastet.“ Nebenbei drückte er ihnen flüchtig die Hand, schnappte sich die losen Blätter, die Annie Cluzel ihm eilends herausgesucht hatte und verschwand wieder.

Madame Cluzel nahm nun eine geschäftsmäßig korrekte Haltung ein. „Wo waren wir stehengeblieben? Ach ja, Sie wollten wissen, ob es besonders Geschädigte durch Rude gab. Tut mir leid. Ich darf Ihnen darüber keine Auskunft geben. Allerdings habe ich gehört, dass er Menschen in den wirtschaftlichen Ruin getrieben hat, weil sie seine Auflagen nicht erfüllen konnten.“ Missbilligend schüttelte Cluzel den Kopf. „Da reden Politiker davon, junge Talente und neue Geschäftsideen fördern zu wollen und wenn diese dann mit einem Plan kommen, machen ihnen die Hundertfünfzigprozentigen einen Strich durch die Rechnung.“ „Haben Sie dabei jemanden namentlich im Sinn?“, versuchte Catherine ihr Glück. „Nein, nein“, winkte Cluzel ab. Leiser fügte sie hinzu: „Ich kenne ein kleines Hotel in der Rue des Petetes. Soweit ich weiß, wollte sich eine junge Frau eine Existenz damit aufbauen.“ Cluzel schaute gedankenverloren in die Ferne. „Sie soll gute Ideen gehabt haben, wollte ungewöhnliche Frühstücks-Büfetts anbieten, Vegetarisches, viel frisches Obst und Gemüse. Wenn ich mich nicht irre, wollte sie sogar aus ökologischen Gründen das Dach des Hotels begrünen. Das Ende vom Lied war, dass Rude von ihr verlangte, sie müsse einen zusätzlichen Aufzug für Menschen mit Handicap einbauen lassen." Annies Seufzen verriet, dass sie weitaus mehr Anteil an dem Projekt nahm, als sie offiziell zugeben wollte. „Die junge Frau konnte diese Vorgaben nicht erfüllen, ihr ganzes Erspartes war bei der übrigen Renovierung draufgegangen. Und die Banken haben ihr keinen weiteren Kredit gegeben." Ein tiefer Ausdruck des Bedauerns lag auf ihrem Gesicht. „Das ist wirklich zum Verrücktwerden", sagte Catherine. „Dafür, dass Sie uns keine Namen nennen wollen, wissen Sie über die junge Dame ziemlich gut Bescheid." Leroux zwinkerte ihr zu. „Es ist die beste Freundin meiner Nichte", erklärte Cluzel. „Ich werde sie bei Gelegenheit nach dem Namen fragen, falls Ihnen das weiterhilft." „Tun Sie das bitte. Und rufen Sie uns an. Wir prüfen alle Hinweise." Annie Cluzel schien erleichtert zu sein. Höflich lächelnd verabschiedete sie die Gendarmen. „Und besuchen Sie mich wieder einmal, wenn Sie hier zu tun haben", rief sie ihnen beim Abschied zu.

3

„Eins wissen wir jetzt", sagte Leroux zu Catherine. „Es ist nicht alles Gold, was glänzt." „Wie meinst du das schon wieder?" „Ach, nur so. Ist dir vorhin der Füllfederhalter von Deliege aufgefallen?" „Ein wenig antiquiert oder was willst du damit andeuten?" „So ein Schreibwerkzeug kostet locker um die achthundert Euro. Fragt sich, ob der Steuerzahler das nachvollziehen kann." „Vielleicht hat sie den privat bezahlt", warf Catherine ein. Aber Lerouxs Gedanken waren schon woanders. „Jetzt sehen wir uns sein Büro an." Rudes Büro war nicht abgeschlossen. „Das ist mal ein aufgeräumtes Büro." Joseph stieß einen anerkennenden Pfiff aus. Auf einem soliden Sekretär aus Nussbaum waren ein Telefon, ein Terminkalender, ein Locher, ein Bleistiftanspitzer und ein Notizblock Kante an Kante arrangiert. Eine Schreibtischlampe aus Messing war in einem genau abgezirkelten Abstand zu den anderen Dingen platziert. „Das muss ich fotografieren", befand Catherine und zückte ihr Handy. „Es muss Ordner mit laufenden und abgelehnten Bauanträgen geben", überlegte Leroux laut. „Hier!" Er wies auf ein Wandregal. In Augenhöhe standen zehn prall gefüllte Ordner in alphabetischer Reihenfolge. Auf allen Ordnerrücken prangte die Aufschrift „Unzureichend begründet." „Ach du liebes bisschen", stöhnte Catherine. „Hoffentlich müssen wir nicht die halbe Stadt vernehmen." „Bestimmt nicht. Meistens ist so eine Bauakte ziemlich dick. Es ist gut möglich, dass sich in jedem Ordner nur zwei oder drei Anträge befinden. Die brauchen wir auf jeden Fall. Und die laufenden Anträge müssen wir auch prüfen." „Aber ich schleppe doch nicht die ganzen Ordner bis zu unserem Wagen", lachte Catherine. „Was glaubst du! Die wird uns Madame Deliege persönlich nach Méze tragen. Im Ernst, die werden einen Boten damit beauftragen", sagte Joseph. Catherine wurde wieder ernst. „Weißt du, was mir noch in den Sinn kommt? Können wir herausfinden, ob es Bauanträge gibt, die Rude abgelehnt hat, die dann aber von höherer Stelle doch genehmigt wurden?" „Wie sollen wir das anstellen?" „Weiß ich auch noch nicht", gab Catherine kleinlaut zu. „Aber bevor wir gehen, können wir nachsehen, ob Rude sein Handy hier irgendwo deponiert hat." In der oberen Schublade der rechten Schreibtischseite fanden sie lediglich dienstliches Zubehör, aber in der mittleren stießen sie nicht nur auf die kleinen blauen Pillen und die kleine Ausgabe eines Erste-Hilfe-Kastens, sondern auch auf sein Handy. Natürlich hatte es sich mittlerweile abgeschaltet. „Das bekommen unsere Techniker hin", war sich Leroux sicher. „Hast du schon in der linken Seite des Schreibtisches nachgeschaut?", erkundigte sich Catherine. „Habe ich nicht." Sie zog die Tür auf und entdeckte einen größeren Stapel unbearbeiteter Anträge. „Das passt zu dem Grundsatz, der dort steht", sagte Catherine und wies Joseph auf den gerahmten Spruch hin, der über dem Schreibtisch an der Wand hing: „On ne fait pas les affaires en courant.[18]" „Hier arbeitet einer wirklich gründlich", sagte Leroux. „Aber jetzt haben wir uns eine Verschnaufpause verdient. Lass uns etwas essen gehen." Von der Präfektur am Place Martyrs de la Résistance mussten sie nur wenige Minuten zu Fuß gehen, um ein kleines Bistrot zu finden. Unter einer ausladenden Platane konnten sie in einer windgeschützten Ecke die Frühlingssonne genießen. „Hier gibt es sogar Galettes[19]“, frohlockte Catherine. „Ja, der Wirt war sicher eine Zeitlang in der Bretagne“, meinte Joseph. Während sie auf den Snack warteten, nutzten sie die Diktierfunktion ihrer Smartphones, um ihre Eindrücke zu protokollieren.

4

Rechtzeitig vor fünfzehn Uhr trafen Catherine und Joseph in dem Bistrot Régent ein und setzten sich an einen der hinteren Tische. Von hier aus konnten sie das kleine Bistrot gut überblicken. Pelletier ließ auf sich warten, eine schlechte Voraussetzung für ein entspanntes Gespräch, denn Joseph hasste Unpünktlichkeit; das hatte er sich im Laufe der Jahre nicht abgewöhnen können. Immer wieder schaute er abwechselnd auf seine Uhr und dann zu Catherine, die online Nachrichten las. „Du machst mich noch ganz verrückt.“ „Du bist nur noch mit deinem Handy beschäftigt“, warf er ihr vor. „Und du schaust alle dreißig Sekunden auf die Uhr.“

Pelletier kam um viertel nach drei. Unter dem Arm trug er einen Motorradhelm, die obersten Knöpfe des Jeanshemdes waren geöffnet, die über die Schulter geworfene Lederjacke hielt er mit dem kleinen Finger fest. „Einen Kaffee“, rief er der Kellnerin im Vorbeigehen zu. „Entschuldigung“, sagte er lapidar. „Wurde aufgehalten. Sie sind Capitaine…?“ „Capitaine Leroux, Lieutenant Rozier!“ Er setzte sich breitbeinig auf den freien Platz. „Was wollen Sie von mir?“ Leroux rächte sich für die verlorene Zeit und ließ ihn ein bisschen zappeln. Er studierte die Getränkekarte als müsse er sie später auswendig kennen. Pelletier begann ungeduldig mit den Füßen zu wippen.

„Sie waren am Sonntag, dem 25. März jagen?“ „Warum fragen Sie mich das, wenn Sie es schon wissen?“, gab Pelletier zurück. „Ist Ihnen an diesem Tag etwas aufgefallen? Madame Roussel erwähnte, dass Sie sich gerne mal querfeldein umschauen.“ „Ach, die alte Schnapsdrossel. Sie erzählt viel, wenn der Tag lang ist.“ Pelletier

grinste hämisch. „Aber nein, was sollte mir aufgefallen sein?" Nebenbei wanderte sein Blick zu Catherine. „Die Jagd war nicht besonders erfolgreich, wir haben gerade mal drei Wildsauen erlegt." „Und dabei ist Ihnen nicht zufällig Basile Rude vor die Flinte gelaufen?", ging Leroux ihn frech an. Pelletiers Augen verengten sich, sein Mund wurde schmal.
„Warum sollte ich ihn mitten in der freien Wildbahn treffen?" „Uns hat ein Vögelchen gezwitschert, dass Sie ziemlich viel Ärger mit ihm hatten." „Ja und? Hatte ich, aber das ist noch lange kein Grund dafür, um mich zu verhören. Dies ist doch ein nicht genehmigtes Verhör oder irre ich mich?" Er schaute provokativ von Rozier zu Leroux und kaute intensiv auf einem Kaugummi. Als keiner der beiden Anstalten machte, etwas zu sagen, schob er hinterher: „Zum Mitschreiben: Ich habe weder etwas Außergewöhnliches bemerkt noch habe ich Rude gesehen. Noch etwas?" „Monsieur Pelletier, besitzen Sie eine Pistole?", fragte Catherine ruhig. „Selbstverständlich habe ich eine! Und ich habe ordnungsgemäß eine Waffenlizenz der Kategorie B erworben, ein Schießtraining absolviert und nicht mehr als 50 Patronen in meinem Waffenschrank deponiert. Sie können sich gerne einen Termin von meiner Sekretärin geben lassen und meine Waffen inspizieren." Erneut schaute er Catherine mit einem offensiven Männerblick an. Sie ignorierte ihn und machte sich Notizen. „Habe ich Sie schon gefragt, warum Sie ausgerechnet mich zu dem Mord an Rude befragen?" „Woher wissen Sie, dass es Mord war?" Leroux wurde hellhörig. „Montpellier ist ein Dorf. Solche Neuigkeiten verbreiten sich schneller als der Schall." Er schaute demonstrativ auf seine Uhr. „Ich nehme an, Sie haben mich hier als Zeugen und nicht als Verdächtigen befragt. Also entschuldigen Sie mich, ich habe zu tun." Er stand auf, hängte seine Lederjacke lässig über die Schulter und klopfte auf den Tisch. „Messieur dames! Sollten Sie mich noch einmal vorladen, hoffe ich, dass es sich um wichtige Fragen handelt. Einen schönen Tag noch!" Er warf der Bedienung eine Zwei-Euro-Münze auf die Theke und verließ das Lokal. „Idiot", schickte Catherine ihm leise hinterher.

5

Kurz vor Dienstschluss kamen sie in der Gendarmerie von Mèze an. Ein gelber Zettel auf Leroux' Schreibtisch sprang ihnen sofort ins Auge. „Donna Susanna möchte Sie sprechen." Ein Witzbold hatte eine Peitsche auf den Zettel gemalt, die auf einen nackten Hintern eindrosch. Besonders klein stand eine Handynummer darunter gekritzelt. „Das kann nur Claude gewesen sein", behauptete Leroux. „Seitdem wir ihn mit den Rotkehlchen-Hosen aufgezogen haben, lässt er keine Gelegenheit aus, sich zu revanchieren." „Ach, lass ihn doch", murmelte Catherine müde. „Machst du einen Termin?" „Schon dabei."
Leroux war gespannt, welcher Mensch sich hinter dem Pseudonym Susanna verbarg. Die Frauenstimme am anderen Ende der Leitung klang völlig normal, sie hatte nicht einmal eine besonders tiefe oder rauchige Stimme. „Sie wollten mich sprechen? Um was geht es?" „Madame Susanna, das möchte ich nur ungern telefonisch klären. Wäre es Ihnen möglich, morgen früh bei uns vorbeizukommen?" Er räusperte sich. „Ja, das kann ich einrichten. Um wie viel Uhr soll ich da sein?" „Gerne um neun Uhr?" „Das geht. Muss ich mich beim Pförtner melden?" Leroux lachte. „Klingeln Sie einfach, ich werde dafür sorgen, dass man Sie hereinlässt." Als er den Hörer aufgelegt hatte, fragte Catherine: „Wie war dein erster Eindruck?" „Normal", gab Joseph zu. „Lassen wir uns morgen überraschen."

6

Marc konnte nur eine halbe Stunde bleiben. „Marlene und Christian haben sich für heute Abend angekündigt. Ich habe ein schlechtes Gewissen, aber sie wollen etwas Wichtiges mit mir besprechen. Ihre Mutter holt sie um acht wieder ab", entschuldigte er sich. „Lerne ich sie irgendwann kennen?", fragte Catherine. „Sicher. Sie haben schon nach dir gefragt. Aber dafür brauchen wir den richtigen Zeitpunkt." Ihm kam seine letzte Freundin Valérie in den Sinn. Die Beziehung hatte unter keinem guten Stern gestanden. Weder harmonierten Marlene und Christian mit Valérie, noch konnte sie sich auf seine pubertierenden Kinder einlassen.

Selbst kinderlos hatte sie eine feste Vorstellung davon, wie Heranwachsende sich zu verhalten hätten und das stimmte nun einmal nicht mit der Wirklichkeit überein. „Lass uns einen Kaffee trinken und ein bisschen parlieren. Am Samstag muss ich noch einmal nach Villeneuvette. Begleitest du mich?“ „Das würde ich sehr gerne“, seufzte Catherine. „Aber es hängt davon ab, wie sich unser Fall entwickelt.“ „Kommt ihr weiter?“

„Das ist es ja. Wir müssen Berge von Bauanträgen durchsehen. Vielleicht fällt uns dabei etwas auf, ein Motiv, ein Architekt, bei dem die Sicherungen durchgebrannt sind, vielleicht finden wir aber auch nichts!“ „Das wollt ihr aus den Akten ersehen?“ Marc schaute sie bedauernd an. „Uns bleibt eben im Augenblick nichts anderes übrig oder kennst du zufälligerweise jemand aus der Préfecture, der mehr über Rude und Deliege weiß?“ „Aus der Préfecture? Du meinst, einen Spitzel?“, lachte Marc und fuhr sich durch die strubbeligen Locken. „Ach du!“ Catherine knuffte ihn voller Wonne in die Taille. „Kannst du mir Tennis beibringen?“ Marc verschluckte sich fast. „Wer hat dich auf diese Idee gebracht? Aber mit Vergnügen, wann willst du anfangen?“ „Sonntagmorgen?“ „Ich schaue in meinem Club nach, ob sie einen Hallenplatz frei haben. Um draußen zu spielen, ist es noch zu früh. Aber du lenkst ab. Warum soll ich mich umhören?“ „Ist nur so eine Idee, eine Ahnung. Ich brauche Zusammenhänge. Vielleicht ist es ein absoluter Quatsch, aber wer weiß.“ Sie forschte in Marcs Gesicht. „Ich versuche es. Aber versprechen kann ich nichts.“ Beim Abschiedskuss sog er den zarten Duft ihres Parfüms ein. „Vétiver?“ „Gemischt mit Bergamotte.“ „Warst du schon einmal in Grasse?“, fragte er. „In der Parfümstadt?“ Sie schüttelte den Kopf. „Würde mich aber sehr reizen“, gab sie zu und verabschiedete Marc mit einem liebevollen Blick.

7

Nachts verirrte sich Joseph in einem staubigen Labyrinth im Inneren einer altägyptischen Pyramide. Die Luft roch moderig feucht und an den Wänden krochen riesige Spinnen, die ihn aus grün schillernden Augen anglotzten. An ihren langen Beinen klebten Fliegen, Motten und Käfer. Eine blau-violette Flamme tanzte vor ihm her und lockte ihn in ein großes, silbrig schimmerndes Gewölbe. Von den Wänden hingen Peitschen, Hand- und Fußfesseln, Daumenschrauben und Stachelhalsbänder herab. Von der Deckenmitte warf ein Kronenleuchter grelles Licht auf ein Podest, auf dem ein überdimensionierter Stuhl stand. Darauf thronte eine in schwarzes Lackleder gekleidete Gans mit martialischen Eisenringen an den Füßen. Die schwindelerregend hohen Stiefelabsätze hämmerten auf den Boden und verwirrten ihn. Irgendetwas war falsch, das bemerkte er sogar im Traum. Eine goldene Maske bedeckte ihr Gesicht. „Herunter mit dir. Lege dich flach auf den Boden!“, herrschte das Wesen ihn an und schwang eine dünne Peitsche durch die Luft. „Warum sollte ich das tun?“, bäumte sich Joseph auf. Plötzlich verwandelte sich die Gans in eine Frau mit Glatze. „Du bist ein böser, böser Junge!“, herrschte sie ihn an. „Nieder mit dir oder ich werde dich hart bestrafen.“ Ihre schnarrende Stimme duldete keinen Widerspruch. „Du verwechselst mich“, wehrte Joseph ab. Er sah gar nicht ein zu tun, was sie von ihm verlangte. Trotzig ging er um ihren Thron herum, um sie näher zu betrachten. Doch da erhob sie sich und Cécile Deliege kam drohend – Schritt für Schritt – langsam auf ihn zu. In der rechten Hand hielt sie eine dicke zerfledderte Schwarte und er wusste, was es war: ein Folterhandbuch. „Muss ich dir den Hintern versohlen?“, sagte sie mit schnarrender Stimme. Sie rollte schwarze Augen, fletschte gelbe Zähne und fuhr perlmuttfarben lackierte Krallen aus. Joseph schlug zu.

„Bist du verrückt geworden?“, schimpfte Hélène und zog ihm die Bettdecke weg. „Was ist denn los?“, murmelte Joseph schlaftrunken. „Du hast mich geboxt und ‚Nein!‘ geschrien“, beschwerte sich Hélène. „Ach herrje, da hat sich meine Phantasie in meine Träume katapultiert. Entschuldigung", bat Joseph und nahm sie in den Arm. Gleich darauf war er wieder eingeschlafen. Nun wollte ihn Candice Renoir[20] mit einer überdimensionalen rosa Handtasche verprügeln und ihm seinen Fall wegnehmen…

Dienstag, 10. April

1

Um punkt neun Uhr klingelte es beim Pförtner. Leroux ging zum Fenster. „Du hast Recht behalten“, sagte er zu Catherine. Draußen vor der Tür stand eine zierliche Frau um die vierzig. Sie trug einen gerade geschnittenen Kurzmantel, Schuhe mit einem kleinen Absatz und eine große, graue Ledertasche über der Schulter. Das einzig Auffällige an ihr waren ihre schwarz glänzenden Haare, die sie lockig über die Schultern fließen ließ. Leroux eilte zum Pförtner, hielt ihr galant die Zwischentür auf und bat sie in ihr Büro. Sie lächelte kaum. „Kaffee?“, fragte Leroux. „Danke nein. Mir wäre es lieb, wenn Sie gleich sagen würden, warum Sie mit mir sprechen wollen.“ „Sie arbeiten als Dominatrice?“, fragte Catherine. „Ja, das tue ich“, antwortete sie schlicht. „Ist Susanna ihr richtiger Name?“ „Nein, natürlich nicht.“ Statt einer Erklärung kramte sie in ihrer großen Tasche, zog ein samtgraues Lederetui hervor und legte ihren Ausweis auf den Tisch. Leroux warf einen Blick darauf und fragte: „Madame Richard, ist Ihnen dieser Mann bekannt?“ Er zeigte ihr das Foto des toten Basile Rude. Die Frau wurde nachdenklich. Schließlich sagte sie: „Dann ist er es wirklich. Er ist am vorletzten Mittwoch nicht zu mir gekommen.“ Sie schaute abwechselnd Leroux und Catherine aus klugen, tiefblauen Augen an, ihre schmalen Hände ruhten auf ihrem Schoß. „Das ist Richelieu. Er besuchte mich jeden letzten Mittwoch im Monat um Punkt siebzehn Uhr. An dem März-Mittwoch kam er nicht, war er da schon tot?“ „Wir vermuten, dass er sonntags gestorben ist“, bestätigte Catherine. „Beim letzten Mal, als ich ihn gesehen habe, im Februar nämlich, kam er eine halbe Stunde zu spät. Das sah ihm nicht ähnlich und war ihm auch äußerst peinlich. Er entschuldigte sich mehrfach dafür.“ Leroux und Catherine runzelten die Stirn. „Mussten Sie ihn dafür besonders bestrafen?“ Madame Richard nickte. „Ja, er bestand darauf. Ohne eine extra Portion Prügel wäre er nicht gegangen.“

„Richelieu war der Name, den er benutzte. Kennen Sie seinen echten Namen?" Madame Richard verneinte. „Das gehört zum Spiel." „Hat er erklärt, warum er zu spät kam?" „Nein, das hat er nicht." Leroux räusperte sich. „Der richtige Name des Herrn lautet Basile Rude." Catherine registrierte, dass Nicole Richard kaum merklich schluckte. „Nicht jetzt!", beschied Joseph einem der jüngeren Brigadiere, der seinen Kopf zur Tür hineinsteckte. Dann fragte er diskret: „Hatte Monsieur Rude besondere Vorlieben?" Nicole antwortete sachlich: „Die hatte er. Er mochte es sehr, wenn ich ihn am Atmen hinderte." Nun war er an der Reihe zu schlucken. Leroux schaute seine Zeugin entgeistert an. „Ich setzte mich auf seinen Mund", erklärte Richard. Ohne jede Verlegenheit fuhr sie fort. „Darüber hinaus fand er Gefallen daran, wenn ich seine Brustwarzen mit Zwei-Cent-Stücken schnipste." „Bis Blut kam?" „Bis Blut kam." „Dauerte das lange?" „Eine halbe Stunde oder länger." Catherine fasste sich automatisch an die Brust. „Haben Sie seine Hoden durchstochen?" Nicole Richard bestätigte auch das. „Wenn er es wünschte, es kam darauf an." „Worauf?" „Je nachdem, wonach es ihn an dem Tag gelüstete." „Ist das normal bei Ihren Kunden?" „Völlig normal." „Fesseln?" „Basile wollte selten an Händen und Füßen gefesselt werden, ausgepeitscht werden schon. Ansonsten reichte es ihm, wenn ich..." Sie schaute ein wenig scheu zu Catherine. „...das sagte ich bereits. Er stellte persönliche Rekorde auf, wie lange er eine Atemreduktion aushalten konnte. Einmal dachte ich..., aber er rastete aus, wenn ich... Er sagte, er kenne die Gefahr des Erstickens." „Machte er einen lebensmüden Eindruck?" „Nein, das hat er nachdrücklich bestritten." Sie schien abzuwägen, ob sie den Gendarmen weitere Einzelheiten berichten müsse. „Kann ich jetzt bitte doch ein Glas Wasser haben? Es ist schwer, unerfahrenen Personen das Wesen einer sado-masochistischen Beziehung zu schildern", erklärte sie. „Damit haben Sie Recht." Joseph Leroux stand auf und holte ein Glas Wasser. Richard nahm einen großen Schluck und gab ein weiteres Detail preis: „Es sollte immer die gleiche Musik im Hintergrund laufen, die Carmina Burana von Orff, das ist deutsche Musik, nicht wahr?" Sie lächelte.

„Eine szenische Kantate, die Carl Orff aus mittelhochdeutschen Texten zusammengestellt hat", warf Catherine ein. Leroux hob anerkennend die Augenbrauen. Er wandte sich wieder an Nicole. „Hat Basile jemals mit Ihnen über sein Privatleben gesprochen?" „Oh nein! Richelieu, oh pardon, Basile hat mir nichts von sich als Mensch erzählt. Er wollte seine sexuelle Lust befriedigen, nicht reden. Einmal hat er beim Hinausgehen erwähnt, dass er in seinem Beruf Ähnliches mache wie ich, nur auf bürokratischer Ebene." „Hat er jemals von seiner Frau gesprochen?" Zuckte Nicole Richard zusammen? Sowohl Catherine als auch Joseph wussten später nicht mehr, ob sie sich das nur eingebildet hatten. „Nein, auch darüber haben wir niemals ein Wort verloren." „Nur, damit wir unser Bild vervollständigen können: Was kostet eine Stunde bei Ihnen?" „Dreihundertfünfzig!" „Wow!", stieß Leroux aus. „Ich habe Kosten", erklärte Nicole Richard. „Die Miete für mein Studio, das ganze Zubehör, die Kleidung, das ist nicht gerade umsonst, die Putzsklaven, die Versicherung." „Können wir die Anschrift Ihres Studios haben?" „Ja, natürlich. 12 Rue Schubert in Montpellier." „Das ist nicht Ihre Privatadresse?", fragte Catherine. „Brauchen Sie die unbedingt?" Nicole Richard wirkte auf einmal verlegen. „Ist die auf dem Ausweis angegebene noch aktuell? Wir müssen wissen, wo wir Sie notfalls erreichen", versicherte Leroux. „Mir wäre es lieber, wenn meine Adresse nicht im Protokoll erscheinen würde", murmelte sie. Catherine notierte „Rue des Blaques, Cournonsec" auf einem losen Blatt Papier und versicherte, dass ihre persönlichen Daten geschützt seien. „Hatten Sie jemals Streit mit Basile?", hakte Catherine noch einmal nach. Richard lächelte unergründlich. „Nein, nie. Wenn er kam, freute er sich wie ein kleiner Junge, wenn er ging, war er fröhlich wie nach einem gewonnenen Fußballspiel." „Gab es Streit wegen des Geldes?" „Im Gegenteil. Er bestand darauf, mich korrekt zu bezahlen." „Madame Richard, ist diese Arbeit die einzige, der Sie nachgehen?" „Ich besitze eine Auberge in Cournonsec. Und außerdem fotografiere ich. Zurzeit werden meine Porträts in Séte ausgestellt." „Wo?", interessierte sich Catherine. „In der Galerie ‚Le Visage',

Rue Garenne." „Vielleicht schaue ich mir die am Wochenende an", sagte Catherine. „Noch eine Frage: Leben Sie allein?" „Überwiegend ja, aber ich habe einen Freund, der am Wochenende bei mir wohnt. Gehört das zu ihrem Fragenkatalog?" „Selbstverständlich. Weiß Ihr Freund über Ihre Nebenbeschäftigung Bescheid?" Sie lachte. „Ich habe ihn im Studio kennengelernt, also ja, er weiß, was ich tue." „Gehört Sex mit Kunden zum Arbeitsumfang?", erkundigte sich Catherine. „Worauf wollen Sie hinaus? Also eigentlich nicht. Bei Stéphane war das etwas anderes", gab Richard zur Antwort. „Stéphane?", hakte Catherine nach. Nicole Richard war irritiert. „Zufällig Stéphane Pelletier?" „Ja, warum? Kennen Sie ihn?" „Ja, er ist uns bekannt", bestätigte Leroux. „Ist er wirklich tolerant?" Wieder lächelte Nicole Richard. „So tolerant wie kein Zweiter. Er liebt mich. Außerdem fehlt ihm die Zeit für Eifersüchteleien, egal, welcher Art. Er ist ein erfolgreicher Bauunternehmer und ständig unterwegs. Aber was hat das alles mit dem Tod von Basile Rude zu tun?" „Wo waren Sie am Sonntag, dem 25. März?" „Am Sonntag?", fragte Nicole ungläubig. „Am Sonntag. Sonntags widme ich mich meinen Kräutern und Pflanzen. Wissen Sie, seit Kindertagen habe ich von einem eigenen Garten geträumt."
„Haben Sie Zeugen dafür?" „Sie meinen, ob meine Nachbarn mich dabei beobachtet haben, wie ich mit Gummistiefeln und abgewetzten Jeans auf dem Boden herumgekrochen bin?" Sie blickte verständnislos an die Decke. „Ehrlich gesagt, ich habe keine Ahnung, wer mich wann und wo am 25. März beobachtet haben könnte." Nicole Richard lehnte sich angespannt zurück. Leroux gab Catherine ein Zeichen. „Gut, das ist es fürs Erste." Madame Richard erhob sich und grüßte zum Abschied.

2

„Bin ich froh, dass ich sowas nicht brauche", stieß Joseph erleichtert aus, als die Tür ins Schloss gefallen war. Joseph hatte sich früher schon einmal mit dem Thema auseinandergesetzt.
„Welchen Eindruck hast du?" Leroux sah Catherine forschend an. „Meinst du, Pelletier ist so tolerant wie sie sagt?"

„Kann ich nicht sagen. Wenn er sie bei der Arbeit kennengelernt hat, weiß er auch, was sie mit anderen Männern veranstaltet. Auf Rude war er jedenfalls nicht besonders gut zu sprechen. Wir müssen ihn offiziell vorladen." „Nicole Richard auch? Ich glaube nicht, dass sie etwas mit seinem Tod zu tun hat." „Wir haben noch Antoine Robin." Sie hatten ihre Jacken schon in der Hand, als das Telefon von Leroux leise surrte und ihn zurück an den Schreibtisch holte.

„Der hat mir gerade noch gefehlt", stöhnte Leroux, als er die Nummer auf dem Display erkannte. Er formte mit den Lippen das Wort „Naville" und verdrehte die Augen, bevor er den Hörer in die Hand nahm. Bevor Leroux auch nur „Hallo" sagen konnte, legte General Gilbert Naville los. „Capitaine Leroux, es liegt eine informelle Beschwerde gegen Sie und Lieutenant Rozier vor. Sie bestellen unbescholtene Bürger in ein Bistrot und verhören sie ohne amtliche Erlaubnis. Wie kommen Sie dazu, sich solcher Methoden zu bedienen. In Zukunft informieren Sie mich rechtzeitig und holen meine Erlaubnis ein, ist das klar?" „Entschuldigen Sie, General. Das kann so nicht stimmen! Wir haben bisher nur Zeugen befragt, verhört haben wir niemanden", betonte Leroux. Zum Glück war das Bildtelefon bei ihnen noch nicht eingeführt worden, sonst hätte sein Vorgesetzter mitansehen müssen, wie Leroux ironisch die Hacken zusammenschlug. „Sollte es sich um Monsieur Pelletier handeln, verstehe ich die Aufregung noch weniger, denn der hat selbst darum gebeten, dass wir ihn wegen seiner knappen Zeit in einem Bistrot befragen." „Wagen Sie es nicht, sich über mich lustig zu machen. Ich kann Sie jederzeit zurück in die Verkehrsüberwachung schicken!" Grußlos legte er auf.

„Gelobt sei der alte General Mattieu. Wie bedauerlich, dass er schon pensioniert ist. Mattieu war zwar auch nicht ohne, aber er hat uns in den letzten Monaten wenigstens nicht mehr genervt." „Ach ja, Naville muss sich profilieren", scherzte Catherine. „Wofür eigentlich?", lästerte Leroux. „Was wollte er überhaupt?" „Ich nehme an, dass Pelletier sich über uns beschwert hat, wer sonst? Er scheint über geheime Verbindungen zu verfügen. Dabei haben wir ihn im Bistrot doch nur zwanglos befragt." „Das ist ja ein starkes Stück. Andererseits, wenn Pelletier nach einem harmlosen Gespräch solche Geschütze auffährt, hat er vielleicht doch mehr Dreck am Stecken, als er uns weismachen wollte. Wir haben viel zu tun", flötete Catherine mit einem süffisanten Augenaufschlag. „Wir sollten Naville mit Berichten überschütten, am besten wir schicken ihm jede Stunde eine SMS, mal schauen, ob er dann immer noch gründlich informiert werden möchte." Leroux grinste.

3

Auf dem Weg zur Auberge grübelte Nicole Richard über Richelieu alias Basile Rude nach. Sein gewaltsamer Tod ging ihr näher als sie es für möglich gehalten hatte. Ein Vertrauter weniger. Einer, mit dem sie sich in einem Bereich bewegt hatte, der bis zum Erscheinen von Fifty Shades gerne unter den Teppich gekehrt worden war. Sie sah sich als gleichberechtigte Partnerin in einem Lustspiel; sie stellte das Equipment, er bezahlte für die Rolle, die sie für ihn ausfüllte. Warum geisterte er nur in ihrem Kopf herum? Wer hatte ihn ins Jenseits befördert? Erst jetzt fiel ihr ein, dass sie gar nicht gefragt hatte, wie er umgekommen war.
Ihre Rolle als dominante Herrin legte sie spätestens an der mit Kies belegten Einfahrt zu ihrer Garage ab. Ihre beiden Leben waren strikt voneinander getrennt. Schlagartig wurde ihr bewusst, dass sich diese Trennung mit dem heutigen Tage aufhob. Allerdings war sie sich nicht im Klaren darüber, welche Folgen das für sie haben würde.
Während der Vernehmung war ihr aufgegangen, dass sie Yvonne Rude, die Ehefrau von Richelieu als Fachkraft für die Reinigung ihrer Auberge beschäftigte… an den Namen Basile Rude konnte sie sich noch nicht gewöhnen. Bevor sie das Garagentor schloss, vergewisserte sie sich mit einem Blick auf die andere Straßenseite, dass die Madonna noch ausreichend mit Blumen versorgt war. Eben verließ die schwarz gekleidete Yvonne das Haus. ‚Kafkaesk', schoss es ihr durch den Kopf. ‚Sie bekommt bei mir dreihundert Euro fürs Saubermachen und er gibt mir dreihundertfünfzig Euro,

um sich in schmerzvoller Lust zu winden. Gab‘, korrigierte sie ihren Gedanken.

4 – Nach dem Mittag

„Der ist in seinem Weinkeller.“ Joseph und Catherine hatten sich nicht angemeldet. Eine junge Frau im Eingangsbereich des Weingutes wies auf den hinteren Teil eines verwinkelten Raumes. „Aber da dürfen Sie nicht hin. Hygiene-Vorschriften. Ist es sehr wichtig?“ Joseph und Catherine sagten synchron: „Ja, ist es.“

„Emile kontrolliert gerade den Säurewert unserer Weine, da muss es schon hageln oder einen Erdrutsch geben, wenn er sich bei dieser Arbeit unterbrechen ließe.“ Sie lächelte entschuldigend. „Magalie Rude, ich bin seine Frau.“ Joseph überlegte, ob es taktisch klug sei, den Weinbauern in einem önologischen Prozess zu stören. „Sagen Sie ihm, es sei dringend“, bat er Magalie. „Warum hast du das jetzt gemacht?“, fragte Catherinc konsterniert. „Vielleicht ist er mit seinen Gedanken an den Wein so abgelenkt, dass er uns aus Versehen die Wahrheit sagt“, erklärte Joseph. „Und das soll funktionieren?“, zweifelte Catherine. „Abwarten.“

Emile Rude war von weitem anzusehen, dass er im Geiste wilde Flüche ausstieß, als er auf sie zukam. „Was ist so wichtig, dass Sie mich mitten beim Arbeitsprozess stören?“, polterte er los. „Monsieur Rude, wo waren Sie am 25. März?“ Wie aus einem Tiefschlaf entrissen starrte Rude Catherine an. „Am 25. März?“ Er schüttelte den Kopf, als müsse er seine Gedanken an den richtigen Platz ruckeln. „Im Weinkeller, wo sonst? Was glauben Sie denn, was es heißt, einen hochwertigen Wein zu produzieren.“ „Das haben Sie mir beim letzten Mal anschaulich geschildert“, versuchte Joseph ihn zu bremsen.

„In den Vereinigten Staaten kippen sie einfach Eichenspäne, Enzyme und konzentrierte Aromen in den Wein. Das nennt sich dann ‚mouthfeeling‘.“ „Schatz, reg dich nicht auf“, sagte Magalie Rude. Sie erreichte das Gegenteil. „Unsereins muss exakt auf den Säuregehalt, die Mostkonzentration und die Gärung achten, um nur einiges zu nennen. Meinen Sie, in diesen Monaten hätte ich Zeit, mich mit Hillbilly zu vergnügen?", redete er sich in Rage. „Okay, und am 25.?" Catherine ließ sich von seinem Gebell nicht beeindrucken. Emile klappte den Mund auf und wollte gerade loslegen, als er plötzlich begriff. „Ja!", rief er unvermittelt. „Ich habe ihn an dem Sonntag gesehen. Na und? Wieder einmal, das wollen Sie doch hören, oder?" Bockig verschränkte er die Arme vor seinem Körper. Catherine und Joseph schwiegen. „Was schauen Sie mich so an? Ich wollte ihn überzeugen, endlich mal auf seine monatlichen Gewinnanteile am Geschäft zu verzichten, aber er war stur wie ein alter Ochse." Sein Gesicht nahm einen verzweifelten Ausdruck an. „Wenn wir auf Qualität setzen wollen, dauert es eben ein paar Jahre. Das wollte oder konnte er einfach nicht begreifen." Er verschränkte die Arme vor dem Körper und lachte resigniert. „Als ob die paar Kröten für ihn den Braten fett machen würden." „Um wie viele Kröten handelte es sich für gewöhnlich?" „Mehr als dreihundert pro Monat sind zurzeit gar nicht drin. Eher weniger. Das ist nicht wirklich viel, aber beim Wein zählt jeder Franc." „Sie meinten nicht wirklich Franc, oder?", schmunzelte Leroux. „Ach nein, natürlich sprechen wir von Euro!" Aber Emile war noch längst nicht dem Fahrwasser seines Ärgers entkommen. „Basile war knauserig und engstirnig", regte er sich auf. „Der hatte in seinem Kopf nur kleine, quadratische Kästchen mit kleinen, quadratischen Zahlen drin." Er warf den alten Lappen, den er bis dahin in den Händen geknetet hatte, wütend auf den Boden. „Wo haben Sie Basile getroffen?" „Das wissen Sie doch", knurrte Emile. „Habe ich Ihnen schon beim ersten Gespräch gesagt. Drüben bei der Abtei. Ich wollte ihn bei einem Gang durch die Felder weichklopfen, ich gebe es ja zu. Es ist mir nicht gelungen. Er hat mich angeschrien, mich beschimpft, ich werfe das Geld zum Fenster heraus, ich sei großmannssüchtig und ich wolle ihn übervorteilen. Dass ich nicht lache." Emile spuckte aus. „Solch ein Idiot kann einem den letzten Nerv rauben. Aber umgebracht habe ich ihn deswegen noch lange nicht." Er sprach schneller und sein Gesicht nahm einen grimmigen Ausdruck an. „Wir hatten zum Schluss ein kleines Handgemenge und dabei ist er auf seinen elenden Sohlen ausgerutscht und gestolpert. Ja, er ist gefallen." „Wir sollten Sie jetzt mit in die Gendarmerie nehmen", unterbrach Joseph seinen Redeschwall. „Das brauchen Sie nicht", knurrte Emile zornig. „Er hat sich wie früher benommen, mich mit unflätigen und gehässigen Worten überschüttet, das wollte ich mir nicht bieten lassen. Ich habe mich auf dem Absatz umgedreht, bin zurück zu meinem Wagen und nach Hause gefahren. Jedenfalls lebte er noch, als ich abgehauen bin. Keine Ahnung, was dann passiert ist." Seine massive Gestalt wirkte plötzlich erheblich kleiner. „Um wie viel Uhr war das?" Rude zuckte mit den Schultern und schaute Leroux erschöpft an. „Weiß nicht genau, muss kurz nach dem Mittagessen gewesen sein, vielleicht so gegen zwei Uhr. Ehrlich gesagt, habe ich nicht auf die Zeit geachtet. Ich war viel zu aufgebracht. Er hat mich schon als Kind mit seinen dämlichen Sprüchen geärgert." Nach einer kurzen Pause fragte er: „Kann ich jetzt wieder zu meinem Wein?" „Wenn Sie direkt morgen bei uns in der Gendarmerie vorbeikommen. Sie müssen das Protokoll unterschreiben, das wir bis dahin angefertigt haben." „Natürlich, ich komme direkt um acht Uhr, falls das nicht zu früh ist." „Das passt schon", gab Joseph zurück.

Mittwoch, 11. April

1

Seit dem Vortag versank das Büro von Catherine und Joseph im Chaos. Auf ihren Schreibtischen, Stühlen und auf dem Boden lagen Aktenordner. Am späten Nachmittag hatte ein Bote aus der Préfecture Montpellier sieben Kartons mit Bauakten angekarrt. Nun wühlten sich die beiden Gendarmen durch den Papierberg. Sie listeten Fragen auf, schrieben Namen der Rude-Geschädigten an die Tafel und strichen sie wieder durch. Im Laufe des Vormittags schrumpfte der Personenkreis der mutmaßlichen Rudehasser auf ein übersichtliches Maß zusammen. Einige Bauherren schien er besonders auf dem Kieker gehabt zu haben. „Schon wieder Simon", sagte Catherine, als sie eine Akte aufschlug. „Und ich habe einen weiteren Fall mit Robin", antwortete Joseph. „Rude hat mit Vorliebe unzureichend ausgeschilderte Fluchtwege und zu hohe Stufen im Treppenhaus moniert." „Aber Simon vermittelt Wohnungen, richtig? Warum hat er dann mit der Genehmigungsbehörde zu tun?" „Er ist auch Eigentümer etlicher Komplexe in Palavas-les-Flots. Und er scheint einer von Rudes Lieblingen gewesen zu sein. Jedenfalls wimmelt es in seinen Akten von Vermerken, übrigens gestochen scharf geschrieben." „Monsieur Robin hat er mit Verordnungen über millimetergenaue Fensteröffnungen gequält, direkt gefolgt von dem Bemängeln unzureichender Parkmöglichkeiten. Robin hat daraufhin einige Male kurzerhand Rasenflachen als Abstellfläche für Fahrzeuge deklariert. Rude reagierte darauf, indem er ihm den Bürgermeister auf den Hals gehetzt hat. Aber offensichtlich gab es im Bezirk einige, die gegen entsprechendes Kleingeld beide Augen zugedrückt haben."

„Klar, Rude hat eine Liste darüber geführt oder woher weißt du das?" „Du wirst lachen, Rude hat es tatsächlich hinten in der Akte vermerkt." „Erstaunlich, womit sich manche Leute beschäftigen. Aber ich bin gespannt auf die Akte Pelletier, wer weiß, was wir dort finden!", orakelte Catherine.

Den weiteren Vormittag verbrachten sie mit dem Sichten der Dokumente. „Wir müssen einen Termin mit Maurice Simon vereinbaren“, sagte Leroux.
Zu seinem Erstaunen erklärte sich Maurice Simon sofort bereit, am frühen Nachmittag mit ihnen zu reden. „Zeit für eine Unterbrechung“, rief Leroux, stand auf und reckte sich. „Oh ja, das viele Aktenblättern macht hungrig.“ Sie fuhren zu einem kleinen Bistrot und bestellten sich Salat und für Joseph einen Croque Monsieur[21].

2

Die Herrin öffnete die unauffällige Tür zu ihrem Studio, stellte den Regenschirm in den Messingständer und hängte den schwarzen Mantel an den Haken. Auf einem örtlichen Markt hatte sie Artischockenstängel in ausreichender Menge besorgt.
Sobald die Tür ins Schloss fiel, verwandelte sie sich in Susanna. Hier war sie unumschränkte Herrscherin, nur ihre Gesetze galten. Normalerweise. Sie bewegte sich schrankenlos, ob sie die Wünsche ihrer Diener erfüllen würde, lag allein in ihrem Ermessen. Heute blieb die Tür einen Spalt breit offen. Die Welt von draußen schlüpfte unbemerkt in Gestalt eines kleinen Kobolds herein und verkroch sich in einem Winkel ihres Kabinetts. Sie streifte ihre Straßenkleider ab und verstaute sie sorgfältig in einem Wandschrank. Die dunkle Holztür war mit einem großen, goldenen ‚P‘ für ‚Private‘ versehen. Als sie die schenkelhohen, schwarzen Lackstiefel überzog, erschien Richelieu ungefragt vor ihrem inneren Auge. Er schaute sie aufmerksam aus seinen Bassetaugen an und verfolgte jede ihrer Bewegungen. „Hau ab!“, forderte sie ihn auf. Richelieus Bild blieb hartnäckig. Er klebte mit seinem Hundeblick an ihrem bronzenen Keuschheitsgürtel und sabberte, als sie den nietenbesetzten Lederbody zuknöpfte. „Verschwinde!“, fauchte sie ungehalten und funkelte ihn an. Er kicherte albern und verdrückte sich in ihrem medizinischen Kabinett. Zu Lebzeiten hatte er die sterile Kammer nie betreten. Susanna atmete erleichtert auf. In wenigen Minuten würde Albert Camus erscheinen und sich von ihr genussvoll den Hintern mit den stacheligen Blättern der Arti-

schocke versohlen lassen. Bei seinem ersten Besuch hatte er sich mit dem Namen des Existentialisten bei ihr vorgestellt. Nach etlichen Begegnungen auf der Streckbank gestand er ihr beiläufig, dass er in einer der staatstragenden Institutionen von Montpellier arbeite. Einige Male hatte er von ihr verlangt, dass sie ihm aus dem Verbrechen der Liebe von Marquis de Sade vorlas, während sie ihn malträtierte.

Albert Camus klopfte untertänigst an; hoheitsvoll, mit kühler Miene, lies sie ihn eintreten. Die Herrin bestieg das Podest und schaute ihn streng von oben herab an. Er war von Natur aus einen Kopf größer als sie selbst, der Blick aus seinen lichtblauen Augen wirkte devot. Sein militärisch geschnittenes Haar war von der Sonne gebleicht, das gebräunte Gesicht wirkte kantig. Seine schmalen, zusammengepressten Lippen wurden weich und flüsterten: „Darf ich deine Stiefel küssen?" Wortlos hielt sie ihm die Spitze ihres rechten Stiefels entgegen. Wohlwollend betrachtete sie ihren Sklaven. Unter seinem weißen T-Shirt zeichnete sich ein leichter Bauchansatz ab, die Hosen umspielten schlanke Waden. Insgeheim stolz, ein solches Mannsbild vor sich zu haben, wäre sie niemals auf die Idee gekommen, irgendeinen seiner Wünsche zu hinterfragen. Camus spießte fünf neue Hundert-Euro-Scheine auf den Kaktus, der als Geldkassette diente, dann entledigte er sich seiner Kleider und duschte sich sorgfältig. Kaum hatte Susanna ihm die Ledermaske über den Kopf gestülpt und den Reißverschluss hinten zugezogen, lugte Basile neben der Streckbank hervor und grinste sie dreist an. Sie drohte ihm mit der neunschwänzigen Peitsche. Er ging nicht. Stattdessen winkte er ihr mit einer verstaubten Pistole und einem eselsohrigen Blatt Papier. Susanne sah ihn verstört an, dann endlich verschwand er hinter einer Falte des schwarzen Samtvorhanges. „Wem sollte die Pistole gehören? Trieb Basile Schabernack mit ihr? Und das Papier?" Sie konnte sich dieses Bild nicht erklären und vergaß es gleich wieder. Camus wartete geduldig darauf, dass sie mit den Artischockenstängeln zuschlug.

3

Das Büro von Maurice Simon lag ziemlich weit außerhalb des Stadtkerns von Montpellier in der Nähe des Parc Zoologique. „Muss ein Architekt nicht für jedermann erreichbar sein?", fragte sich Catherine, als sie diesen entlegenen Standort erreichten. „Sie wundern sich, dass ich mein Büro gerade hier habe, stimmt's?", begrüßte sie ein jugendlich wirkender Mann. Ein sorgfältig gepflegter, dunkler Bart zierte sein markantes Kinn. „Ich bin ziemlich viel unterwegs und arbeite hauptsächlich im Internet, da lohnt sich kein teures Büro in der Innenstadt." Er gab ihnen die Hand und entschuldigte sich gleich. „Messieur dames, ich habe nur wenig Zeit. Ein holländisches Ehepaar will seine Ferienwohnung verkaufen. Die beiden sind schon im Ruhestand und fahren nur noch bis Eindhoven zu ihren Kindern." Leicht gewellte Haare bildeten einen reizvollen Gegensatz zu seinem kantigen Gesicht. Er schaute sie aus lebhaften, dunklen Augen an und wartete auf ihre Fragen.
„Sie haben am 25. März in der Nähe von Montagnac gejagt?" „Seit wann kümmert sich die Gendarmerie um Jagdgesellschaften? Haben wir gegen ein Gesetz verstoßen?", fragte Simon belustigt. „Lesen Sie keine Zeitung?", antwortete Leroux. „Dazu komme ich meistens nicht", bekannte Simon freimütig. „Es geht um den Mord an Basile Rude. Er ist in unmittelbarer Nähe der Abbaye de Charlieu ermordet worden." „Und Sie möchten von mir wissen, ob ich außer dem Sichten und Erlegen von Sauen etwas anderes unternommen habe?" „Richtig! Sind Sie jemandem begegnet oder haben Sie einen Streit beobachtet?" Simon schien ernsthaft bestürzt und dachte laut nach. „Meine Genossen Garnier, Robin, Legrand, Gauthier… Ja, Pelletier war auch dabei und Marie Roussel. Mmmh… Wir standen während der eigentlichen Jagd wie immer ziemlich weit auseinander, so dass ich nicht sagen kann, was jeder einzelne getan oder gelassen hat. Wir haben nur drei Sauen erlegt, daran kann ich mich gut erinnern." „Haben Sie sonst mehr Jagdglück?", fragte Leroux. Er übersah geflissentlich, dass sich Catherine angewidert abwandte. „Ja, natürlich. Es gab Jagden, da haben wir zehn, fünfzehn Sauen erlegt. Aber an diesem Tag? Ich kann

mich unmöglich an etwas Außergewöhnliches erinnern." „Wie lange waren Sie dort?" „Ungefähr bis acht, neun Uhr. Aber nun möchte ich Sie etwas fragen. Wie wurde Monsieur Rude umgebracht?" „Er wurde erschossen. Kannten Sie ihn?", erkundigte sich Catherine. „Ob ich Rude kannte?" Simon lehnte sich in seinem Schreibtischstuhl zurück. „Ja, er ist mir einmal begegnet. Sie wissen sicher bereits, dass ich auch selbst einige Wohnungen in Palavas-les-Flots gebaut habe. Rude hat meinen zuständigen Sachbearbeiter während einer längeren Krankheit vertreten. Warum fragen Sie mich, ob ich Rude kenne? Glauben Sie, ich hätte etwas mit seiner Ermordung zu tun?", fragte er bestürzt. Als die Gendarmen schwiegen, erklärte er: „Rude hat damals die Bauvorschriften dermaßen kleinkariert ausgelegt, er hat mich wirklich an den Rand des Wahnsinns getrieben. Es kam mir vor, als suche er mit der Lupe das Haar in der Betonsuppe." Er schaute für einen kurzen Augenblick aus dem Fenster. Dann gab er sich einen Ruck. „Ja. Ich habe ihn seinerzeit zur Hölle gewünscht, aber dass er jetzt ermordet wurde, finde ich entsetzlich. Ich lehne jede Gewalt gegen Menschen ab." „Wir müssen Sie trotzdem bitten, sehr bald bei uns in der Gendarmerie vorbeizuschauen und eine Speichelprobe abzugeben. Sie waren in der Nähe und Sie hatten ein Motiv", erklärte Leroux. „Selbstverständlich, kein Problem. Ich werde sehen, wie ich das am besten zwischen zwei Termine quetschen kann."

„Er war froh, als wir wieder gegangen sind", sagte Catherine, als sie auf dem Parkplatz standen. „Allerdings. Ein aufgeschlossener Bursche, aber sicher können wir uns nie sein." „Joseph?" „Ja!" „Könntest du dir vorstellen, dass wir unsere Gedanken während eines Spaziergangs im Parc Zoologique ordnen? Ich habe dir ja gesagt, dass sie dort eine Ginsterkatze haben." „Darauf habe ich schon lange gewartet", flachste Joseph. „Ja, dann kannst du dir endlich ein Bild davon machen, wovon ich nachts träume." Joseph lachte schallend. „Du kommst mitten in einem Mordfall wirklich auf absonderliche Ideen. Aber gut, meinetwegen. Wir stehen sozusagen vor dem Eingang. Außerdem soll der Park über ein sehr schönes

Arboretum verfügen. Wenn Leonie größer ist, werden wir wahrscheinlich manchen Sonntag dort verbringen."
Nachdem sie den riesigen Käfig mit roten Ibissen passiert hatten, hörten sie das schrille Rufen eines Pfaus und das muntere Pfeifen mehrerer schwarzer Papageien. „Bitte, lass uns nachschauen, wer hier so laut kreischt", bat Catherine. Kaum waren sie dem Verursacher dieses Krachs näher gekommen, verstummte das Lemurenmännchen und nahm mit hektischen Sprüngen in dem zu kleinen Gehege vorlieb. „Ich hatte gedacht, die einzelnen Tiere hätten hier mehr Auslauf", äußerte sich Catherine enttäuscht. „Jetzt, wo du die Krawallmacher kennst, können wir zu dem alten Weinberg gehen, okay?" „Meinetwegen", pflichtete Catherine bei. Während sie an alten Bäumen vorbeiflanierten, erörterten sie die nächsten Schritte. „Warten wir ab, was Robin und die anderen Jäger von sich geben. Wir müssen Emile Rude und Pelletier noch einmal befragen", äußerte Joseph. Er wollte gerade fortfahren, als seine Jackentasche trompetete ‚Do nothing till you...'
„Leroux", meldete er sich. Seiner Miene war nichts zu entlocken. Catherine beobachtete ihren Chef verstohlen. Wollte sie wirklich Profilerin werden? Fort aus der Idylle am Mittelmeer? Irgendwo in eine Kaserne, wo man sie drillen würde? Sie horchte auf. „Ja, morgen früh! Sehr gerne!" Sah sie etwas in Leroux' Augen aufblitzen? Sie sah Joseph irritiert an. „Was ist denn mit dir los?", fragte er. „Das war Nicole Richard. Sie will mir morgen früh unbedingt etwas Wichtiges mitteilen. Catherine! Höre auf, mich so anzustarren! Habe ich etwas Falsches gesagt? Getan? Nein!" Joseph schaute seine junge Kollegin noch einmal intensiv an und schüttelte lachend den Kopf. „Du denkst doch nicht etwa? Nein, nein!" Wieder ernst sagte er: „Ich muss dir allerdings gestehen, dass mir im Augenblick nicht der Sinn nach Giraffen, Löwen oder Nashörnern steht, die sich hier irgendwo im Wald verstecken. Wenn du einverstanden bist, möchte ich zurück in unser heimatliches Büro."
„Meinetwegen", murrte Catherine.

4

Als Marc am frühen Abend noch an der Tür fragte, ob sie ein wenig spazieren gehen sollten, war Catherine diesem Vorschlag nicht abgeneigt. Er zog sie an sich und legte die Hand verlangend um ihre Taille, doch sie schob ihn weg. „Später", flüsterte sie, dann zogen sie vergnügt los. Es lag eine Spur Regen in der Luft, so dass sie schneller gingen als gewöhnlich. „Gleich wird es nass", prophezeite Marc. „Ach, das dauert noch." Catherine war zuversichtlich, obschon ihnen ein kräftiger Wind um die Nase wehte. „Komm, wir schauen, ob Eugène Fournier schon wieder beim Petanque mitspielt." Arm in Arm erreichten sie den Chemin de l'Ètang. Schon von weitem hörten sie den dumpfen Aufprall der Metallkugeln. Jemand hatte ein Carreau geworfen. Ratschläge der Gegner flogen durch die Luft, nicht ernst gemeinter Spott der anderen Mannschaft schlängelte sich zwischen den aufmerksamen Zuschauern hindurch und man sah allen Beteiligten an, dass sie Spaß hatten. Gewinnen wollten sie trotzdem. Eugen Fournier saß mit hochrotem Kopf und einem bandagierten Knie auf der Bank. „Na, habt ihr den Fall ohne mich aufgeklärt?", fragte er statt einer Begrüßung, als die Verliebten auf ihn zu steuerten. „Bon soir, Monsieur Fournier. Es geht zwar voran, aber nur sehr mühselig. Wie geht es Ihnen?", erwiderte Catherine. „Ach, die Knochen", knurrte Fournier. „Sie wollen mir eine Reha andrehen, Turnen oder anderen Kokolores." Er sah aus, als ob er gerade Essig geschluckt hätte, aber sein Mund stieß ein begeistertes „Gagné!"[22] aus. Ein befreundeter Spieler holte den nächsten Punkt für seine Mannschaft. „Dürfen wir?", fragte Catherine und sie quetschten sich neben Fournier auf die Bank. Der rückte ein wenig auf und wurde etwas freundlicher, als er das Interesse der beiden für das Spiel registrierte. „Die da drüben kegeln nur", erklärte Fournier abfällig und wies mit der Krücke auf vier unbeholfene Touristen. Sie hatten es gewagt, die hinterste Ecke des offiziellen Boule-Platzes einzunehmen und übten dort, die Kugeln so nah wie möglich an das cochonnet[23] zu bringen. „Durch!", kommentierte Fournier. „Was heißt das?", fragte Marc. „Das sehen Sie doch. Die Kugel ist zu

weit gelaufen. Trinken Sie einen Becher Rotwein mit? Ich lade Sie ein." Fournier zog zwei Plastikbecher und eine bereits geöffnete Flasche aus einer Leinentasche, die über der Banklehne hing. „Nur ein bisschen", bat Catherine. Lautes, metallisches Klacken entlockte der Siegermannschaft einen Jubelschrei. „Was für ein Raclette!", schrie Fournier, während er gleichzeitig die Becher füllte. „Raclette? Ich dachte, das kann man essen?" Fournier lachte und sah großzügig über ihre Unkenntnis des Pétanque hinweg. „Das ist ein flacher Schuss. Die Kugel hat den Boden berührt, bevor sie die gegnerische Kugel weggeschossen hat. Das lernt man nicht beim ersten Mal, Kindchen." ‚Fehlt bloß noch, dass er mir väterlich den Arm tätschelt', dachte sie grinsend. „Zum Wohl." Sie stießen an. „Auf ihre erste Unterrichtsstunde im Petanque", dröhnte Fournier und konzentrierte sich wieder auf das Spiel. „Legen!", feuerte er den Freund an. Marc und Catherine schauten dem spannenden Treiben noch eine Weile zu. Nebenbei erzählte Catherine dem Mann außer Dienst gerade genug Einzelheiten über den Mord an Basile Rude, dass seine Neugier befriedigt war. Dann brachen sie auf. „Wir müssen gehen. Vielen Dank für den Rotwein und bis zum nächsten Mal", verabschiedeten sich Marc und Catherine. „Und gute Besserung für Ihr Knie", riefen sie ihm noch nach. Fournier winkte und jubelte gleich darauf erneut „Gagné!"
„Wenn wir heimlich mit Hélène und Joseph üben, dann könnten wir demnächst mitspielen", überlegte Marc. „Es könnte sogar Spaß machen", gab Catherine zu. „Hauptsache, du triffst mich nicht aus Versehen am Kopf", scherzte Marc. „Traust du mir so wenig Zielsicherheit zu?" Catherine kniff ihn empört in die Seite. „Aua", lachte Marc. „Das ist gemein." Dann gingen sie weiter. An der Ecke zum Boulevard du Port fiel Catherines Blick auf die Schlagzeilen des Midi Libre. „Warte einen Augenblick. Ich muss wissen, ob ich mich verguckt habe." Sie rannte über die Straße und fischte sich die Zeitung aus dem Ständer. „Gendarmerie Nationale tappt im Dunkeln", prangte in fetten Lettern auf der ersten Seite. „Leroux und Rozier ratlos – Mörder von Basile Rude noch nicht gefasst", hieß es in der nächsten Zeile. „Was fällt denen ein?", tobte

Catherine. „Sich in laufende Ermittlungen einzumischen. Das ist eine Herausforderung für unseren feinen General Naville.“ Im Gehen schrieb sie eine Nachricht an Leroux. Als sie ihr Handy wegsteckte, raunte ihr Marc leise ins Ohr: „Mit den Jahren gewöhnst du dich daran. Ab und zu funkt uns die Presse dazwischen. Aber jetzt kann ich es kaum erwarten, dein aufgebrachtes Gemüt zu beruhigen.“ Dem Strahlen seiner Augen konnte Catherine nicht widerstehen und sie ließ sich liebend gerne von Marc zu ihrem Nest begleiten.

Donnerstag, 12. April

1

Emile Rude hielt sein Wort. Um Punkt acht Uhr bat er um Einlass bei der Gendarmerie Nationale. Mit flinkem Blick überflog er das Protokoll, das Catherine ihm vorlegte und unterschrieb, dass alles seine Richtigkeit habe. „Vermutlich werden wir Sie in den nächsten Tagen noch einmal befragen müssen", kündigte Leroux an. „Wenn es sein muss", sagte Rude und verabschiedete sich. „Als ob er sich das aussuchen könnte", kommentierte Catherine diesen Satz. „Wir nehmen uns jetzt nacheinander den Advokaten, den Metzger und den Ex-Direktor vor", verkündete Leroux. „Ja, aber wir sollten auf Robin warten." „Stimmt, der wollte uns mit seinem Besuch beehren." „Beehren. Welche Ehre soll das sein?", schnaubte Catherine. „Ein Baulöwe, der ein Naturschutzgebiet verschandeln will." Catherine wandte sich empört wieder einer Bauakte zu und blätterte darin herum. Auch Joseph studierte einen besonders dicken Aktenordner. „Das verstehe ich nicht", meinte er gerade, als einer der Brigadiere seinen Kopf durch die Tür steckte. „Antoine Robin. Er hat es sehr eilig!", kündigte er den Besucher an. „Schon wieder einer in Eile", stöhnte Joseph.

2

Ein rotgesichtiger Mann mit untersetzter Statur begrüßte Leroux, warf einen kurzen Blick auf Rozier, sah sich suchend nach einem Stuhl um und kam gleich zur Sache. „Sie wollten mich sprechen. Worum geht es?" „Es geht um die Jagd am…" „Habe ich schon gehört", unterbrach ihn Antoine Robin. „Sie lassen mich und alle Kollegen wegen einer Jagd antanzen. Ich habe gestern Abend schon mit Marie telefoniert", sagte er ungehalten. „Roussel", ergänzte er, als er die fragenden Gesichter registrierte. „Es war alles normal. Wie bei einer Jagd eben. Keine besonderen Vorkommnisse. Und was diesen Rude angeht", Robin verdrehte die Augen, „dieser Kleingeist aus der Präfektur in Montpellier, ermordet, ich weiß. Und Sie glauben, dass er von einem Jäger erschossen wurde."

Trotzig verschränkte er die Arme vor der Brust. „Ich glaube gar nichts, ich ermittle", stellte Leroux klar. „Und ich jage Wildschweine, keine Tintenpisser", sagte Robin höhnisch. „Wenn ich Ihre Bauakten lese, kann ich Ihre Wut sogar verstehen", provozierte ihn Leroux. „Ich mache mir doch nicht mit einem Mord die Finger schmutzig! Bloß weil mich dieser Erbsenzähler schikanieren will." Robin lachte geringschätzig. „Ich habe Beziehungen", sagte er bedeutungsschwer. „Das kann er von sich nicht unbedingt behaupten." Catherine beobachtete den klobigen Mann, der seine Beine übereinandergeschlagen und bei seinen letzten Bemerkungen mit dem Fuß gewippt hatte. Von ihrem Schreibtisch aus bemerkte sie spitz: „Jetzt steht er Ihnen aber nicht mehr im Weg." Robin drehte sich aufgebracht um: „Was wollen Sie damit sagen? Ich habe nichts mit dem Ableben dieses Herrn zu tun. Aber seien Sie unbesorgt, es wird sich schon ein anderer ‚cul de plomb[24]' finden, der seinen Platz einnimmt." Er machte Anstalten, zu gehen. „Einen Augenblick, Monsieur!" Catherine registrierte erstaunt, dass Leroux ebenfalls aufgesprungen war und einen scharfen Ton anschlug. „Wann sind Sie an dem Tag von der Jagd nach Hause gekommen?" „Keine Ahnung. Nachdem alle Sauen verladen waren, bin ich noch mit Pelletier auf eine Party gegangen, da haben wir uns bis spät in die Nacht amüsiert." „Wo war das?" „Ach, irgendwo mitten in den Bergen. Es gibt dort eine Art Festsaal, es ging richtig hoch her." „Wo waren Sie danach, zu Hause?" „Nein", sagte Robin grinsend. „Pelletier hat mich mitgenommen. Seine Freundin hat eine Auberge, dort habe ich meinen Rausch ausgeschlafen." „In Cournonsec?" „Ja, so heißt das Kaff." Leroux wechselte einen Blick mit Catherine. „Wir brauchen auf jeden Fall ihre Fingerabdrücke und eine Speichelprobe." Robins graugrüne Augen verengten sich zu Schlitzen. Die tiefen Falten rund um seinen Mund traten scharfkantig hervor. „Von mir aus gerne. Ich habe damit kein Problem, auch wenn ich es für vollkommen überflüssig halte." Herablassend drückte Robin seine Finger auf die schwarze Vorlage und führte das Wattestäbchen über Zunge und Gaumen. Grußlos und türenknallend verließ er die Gendarmerie.

„Na, der wird jetzt vor lauter Wut auf die nächste Krähe ballern, die ihm quer kommt", prophezeite Joseph. „Die arme Krähe", kommentierte Catherine.
„Im Ernst, wir treten auf der Stelle. Wir müssen schnellstens die Herren Garnier, Gauthier und Legrand anhören. Irgendeiner wird doch etwas bemerkt haben." Leroux ertappte sich dabei, wie er heimlich an seinen Fingerkuppen knibbelte.

Freitag, 13. April

Sie luden die übrigen Jäger einzeln vor, nahmen Garnier und Gauthier intensiv in die Mangel, bekamen jedoch keine zufriedenstellenden Antworten. „Mann, Mann, Mann“, stöhnte Joseph frustriert. „Legrand ist nach Neuburg an der Donau gefahren. Müssen wir alle Beteiligten zu einer Familienaufstellung in das Jagdgebiet einladen?“ Catherine kicherte. „Mimst du wieder den Hercule Poirot?“ „Ist doch so ähnlich. Und mindestens so wirksam wie bei Poirot. Wenn wir alle noch einmal auf die Position stellen, auf der sie bei der Jagd gestanden haben, hilft das vielleicht ihrem Gedächtnis auf die Sprünge.“ Entschlossen schob Leroux das Kinn nach vorne.

„Joseph, das bringt doch nichts. Ich habe das Gefühl, dass die mauern. Wer ist eigentlich dafür zuständig, wenn Bauherren es sich in den Kopf gesetzt haben, unbedingt in einem Naturschutzgebiet bauen zu wollen? Das muss doch irgendjemand befürworten? Robin hat sich verplappert, als er sagte, dass er Fürsprecher hat.“ „Hat er das so gesagt? Ich kann mich nicht daran erinnern.“ „Er prahlte mit seinen Beziehungen, das ist doch das Gleiche.“ „Du hast Recht.“ Joseph Leroux dachte intensiv nach. „Hat Marc eigentlich irgendetwas herausgefunden?“ Catherine flötete eine leichte Melodie. „Kann man wohl sagen. Also er hat einen Freund, der hat einen Freund...“ „Mache es nicht so spannend“, Joseph wurde nervös. „Na gut. Cècile Deliege hat sich zum Beispiel vor kurzem ein Luxus-Appartement in ‚Port Marianne‘ gekauft.“ „Gleich ein Luxusappartement. Da muss sie aber ganz schöne Geldreserven gehabt haben“, unterbrach Joseph und fügte gleich hinzu: „Für mich käme das überhaupt nicht in Frage. Ich könnte nie so anonym wohnen.“ „Aber dem allgemeinen Geschmack kommt es entgegen, sonst wären die Wohnungen nicht so begehrt“, entgegnete Catherine. „Warst du schon einmal länger als eine Stunde in solch einer Wohnung?“, fragte Joseph. Und lieferte die Antwort gleich hinterher. „Ganz im Ernst, das ist ein Gefühl, als würdest du in einer Plastiktüte wohnen. Beton, Styropor,

Beton. Da wohne ich lieber auf dem Land." „Woher weißt du das so genau?", wollte Catherine wissen. „Eine gute Freundin von Hélène wohnt auch dort, wir haben sie einmal besucht. Aber ich schweife vom Thema ab. Also, was wusste der Freund noch?" „Sie hat weder geerbt noch hat sie sich von einem reichen Ehemann scheiden lassen." „Vielleicht hat sie sehr zurückhaltend gelebt und viel Geld gespart", warf Joseph ein. „Warte, das ist noch nicht alles." Catherine befeuchtete ihre Lippen. „Der Freund hat sie neulich am helllichten Tag auf dem Golfplatz von Cap d'Agde angetroffen. Und sie war dort nicht allein." Catherine zog vielsagend die Augenbrauen hoch. „Golf spielt man selten allein", kommentierte Joseph. „Weiß ich. Sie unterhielt sich angeregt mit einem stadtbekannten Bauherrn aus Montpellier." „Das muss nichts zu bedeuten haben."

„Ach verflixt, Joseph. Musst du mir alles kaputt reden?", schmollte Catherine. „Ich schreibe es auf unsere Wand, ist das in Ordnung? Aber gibt es auch einen Namen zu dem stadtbekannten Bauherren?", bohrte Leroux nach. „Gibt es." Sie grinste. Sie machte sich einen Spaß daraus, Joseph auf die Folter zu spannen. Erwartungsgemäß trommelte Joseph mit den Fingern auf der Schreibtischplatte. „Baptiste Yann!" „Wieso kenne ich den nicht, wenn er stadtbekannt sein soll?", bemängelte Joseph ihre Aussage. „Weil du gerade nicht in großem Stil baust und auch keine Wohnung in der Großstadt suchst", mutmaßte Catherine. „Vielleicht ist es ihr Lebensgefährte", warf Joseph ein. „Das müssen wir herausfinden", schlug sie vor. „Aber für heute habe ich genug von Bauherren, Bauakten und den ewigen Jagdgründen. Leider ist Marcs Termin in Villeneuvette geplatzt, also gönne ich mir eine ausgiebige Shoppingtour in Montpellier." „Du? Shoppen? Haben deine Falken dich versetzt?" Catherine lachte laut auf.

Samstag, 14. April

1

Obwohl Catherine rechtzeitig am Morgen losgefahren war, wartete in Montpellier eine böse Überraschung auf sie. Alle Parkhäuser waren besetzt. Sie fuhr im Kreis, verhedderte sich in Einbahnstraßen und wollte schon frustriert wieder umkehren, als sie im letzten Augenblick einen Parkplatz in der Nähe des Aquädukts St. Clément fand. Von dort aus fand sie eine imposante Treppe, die sie nach oben zum Centre Historique führte. ‚Hier wird gelebt', dachte sie, als sie auf einer grünen Zwischenebene ankam. Ihr Blick fing mehrere Grüppchen junger Menschen ein, die auf dem Rasen saßen und Gitarre spielten, mit ihren Hunden tobten oder miteinander plauderten. ‚Montpellier ist eben eine Studentenstadt.' Mütter mit kleinen Kindern saßen dort, einzelne ältere Menschen ruhten sich auf schlichten Holzbänken in der Sonne aus. Einerseits bereute sie, dass sie ihre Begeisterung nicht mit Marc teilen konnte. Er hatte ihr vorgeschlagen, sie durch die unbekannten Ecken von Montpellier zu führen. Andererseits wollte sie ungestört in kleinen Geschäften stöbern und selbst ‚die Perlen' entdecken. Noch ein paar Stufen höher machte sie einen monumentalen Wasserspeicher aus. Ihr fiel ein, dass diese Straße aus dem siebzehnten Jahrhundert stammte und vierzehn Kilometer lang war. Von dem Porte du Peyrou wusste sie, dass der gewaltige Triumphbogen vor über dreihundert Jahren gebaut worden war.

Ihr Genießerblick wurde von einem knallroten Ferrari mit vier röhrenden Auspuffrohren gestört, der lärmend in die Rue Foch einbog und danach den Motor noch einmal so richtig aufheulen ließ. „Idiot", schimpfte Catherine leise und bummelte weiter. Im Centre Historique waren die Straßen so eng, dass jegliches Testosteron in Form von lauten Auspuffrohren außen vor bleiben musste. Schon in der ersten kleinen Straße wartete Augenfutter auf sie. Sie hatte die großformatigen Sandsteinbauten der medizinischen Fakultät der Universität passiert und fand in einem Gässchen alles, was ihr Frauenherz begehrte. An einem Ledergeschäft mit roten, blauen und cognacfarbenen Handtaschen führte kein Weg vorbei, der Eingang zog sie willenlos ins Innere. Allein schon der Geruch nach frischem Leder betörte ihre Sinne so, dass sich ihr Sparsamkeitsgen verkroch. Sie wanderte die Regale entlang und vergaß, dass sich das Monatsgehalt bereits halbiert hatte. Erst, als sie sich in einen eleganten Shopper von Calf Saffiano verguckt hatte, dachte sie an ihr Konto. „Sie können auch mit der Karte bezahlen", suggerierte ihr eine Stimme. Sie drehte sich um. Konnte die geschäftstüchtige Ladeninhaberin Gedanken lesen? „Eigentlich haben Sie recht", sagte Catherine, zückte ihre viel zu selten benutzte Kreditkarte und freute sich diebisch, dass sie zuvor noch einen Nachlass von zwanzig Euro herausschlagen konnte. Der Shopper durfte mit.

Bereits eine Straße weiter zog ein geheimnisvolles Lädchen ihre Aufmerksamkeit auf sich. Sie musste in dieses Reich wunderbar weich fließender Seidenblusen und schimmernder Stoffe eintreten. Eben ließ sie den Stoff eines lindgrünen, flatternden Kleides durch ihre Hände gleiten, als eine bekannte Stimme ihr ins Ohr flüsterte: „Gehst du heute Abend mit mir in die Oper?" Marc schaute ihr im Spiegel über die Schulter. „Oh du Schelm. Wie hast du mich gefunden? Wir waren doch erst für vierzehn Uhr verabredet." „Das war reiner Zufall. Ich wollte noch etwas besorgen und sah dich aus dem Augenwinkel heraus in dieses Geschäft gehen."

Lautes Gezeter lenkte ihre Aufmerksamkeit auf den hinteren Teil des Geschäftes. Eine ältere Frau stritt lautstark mit ihrem Mann. „Das sind Deutsche", flüsterte Catherine. „Hörst du das?" „Ja. Pscht!" Wie die Schulkinder versteckten sich Catherine und Marc hinter einem Kleiderständer und beobachteten die beiden. „Ich habe im letzten Jahr nicht ein einziges, neues Kleid gekauft", beschwerte sich die Frau. „Willst du nicht noch eine Nacht drunter schlafen, ich finde, die Preise hier sind ganz schön gesalzen", sagte der Mann. „Das heißt drüber schlafen, nicht drunter", sagte die Frau beleidigt. „Mir gefällt das aber besser", behauptete der Mann. „Ich schlafe unter einer Bettdecke, unter freiem Himmel, warum soll ich dann nicht drunter schlafen?" „Wenn du Spaß daran findest“, schnappte seine Frau. Marc sah Catherine ratlos an. „Worüber streiten die?“ „Keine Ahnung, aber die habe ich schon einmal irgendwo gesehen“, rätselte Catherine. „Bestimmt auf Lumière“, behauptete Marc. „Da könntest du Recht haben.“

Die Verkäuferinnen musterten das Ehepaar ebenfalls und tuschelten miteinander. Die Frau hielt ein schwarzes Satinkleid vor ihren Körper und schaute in den Spiegel. „Nicht schlecht“, flüsterte Marc mit einem Seitenblick auf die Frau und grinste. „Möchtest du nicht auch so eines?“ „Ich weiß schon, warum ich alleine einkaufen gehen wollte“, gab Catherine lachend zurück. „Komm, wir gehen einen Kaffee trinken.“ Beim Hinausgehen sahen sie noch aus den Augenwinkeln, wie die Frau mit dem Kleid in der Umkleidekabine entschwand.

In der Rue de Candolle fanden sie einen romantischen Platz, rundherum von alten Platanen gesäumt, deren zartes Blattgrün den beginnenden Frühling ankündigte. Eine Bar im Souterrain gefiel ihnen auf Anhieb. Catherine ließ sich von dem Blick auf die Menschen einfangen. Sie gingen auf der Straße vorbei, manche schlenderten gemächlich, einige hatten es eilig, rannten, andere hatten den Blick fest auf ihr Smartphone gerichtet. „Gibt es etwas Neues?“, fragte Marc interessiert. „Ach bitte, lass uns ausnahmsweise einmal nicht über Arbeit reden“, bat Catherine.

„Eine gute Idee. Wenn du einen Wunsch frei hättest, in welches Land würdest du am liebsten reisen?“, fragte Marc. „Gute Frage“, sagte Catherine. „Früher hätte ich spontan gesagt, Afghanistan, Indien, Japan. Aber mittlerweile kommt weder das eine noch das andere Land in Frage. Mich würde auch Südamerika oder Südafrika reizen, aber…“ Während sie noch überlegte, stand plötzlich ein spindeldürres Mädchen mit wilden, roten Locken an ihrem Tisch. „Hallo Papa“, sagte sie und küsste Marc auf beide Wangen. Erst dann warf sie einen neugierig fragenden Blick auf Catherine. „Darf ich vorstellen?“, beeilte sich Marc zu sagen. „Meine Freundin Catherine. Meine Tochter Marlene.“ Marlene streckte Catherine zögernd eine Hand entgegen. „Hallo“, sagte sie leise und lächelte Catherine schüchtern an. Dann wandte sie sich an Marc und erklärte ihm, dass sie heute bei ihrer Oma übernachte und jetzt noch auf der Suche nach einem Kleid für eine Tanzveranstaltung sei. „Eine Tanzveranstaltung?“, echote Catherine überrascht und dachte dabei sofort an den schrecklichen Tanzkurs, den sie seinerzeit in Villedieu absolvieren musste. „Ja, wir haben in unserem Collège einen Kurs im Tangotanzen belegt und nächste Woche findet der Abschlussabend statt.“ Marlene verdrehte gekonnt die Augen. „Ich gehe dann jetzt mal. Viel Spaß noch.“ Sie warf ihrem Vater eine Kusshand zu und winkte Catherine zum Abschied. „Hübsches Mädel. Und so nett“, bemerkte Catherine. „Ja, und manchmal ganz schön schwierig. Aber ich glaube, Suzanne hat als Mutter mehr Probleme mit ihr als ich. Als Papa hat man es in dieser Zeit leichter mit seinen Töchtern. Wer weiß, wie es noch mit Christian wird.“ Sie schwiegen eine Weile und schauten sich die Leute an, die vorübereilten.

„Sollen wir vielleicht ins Musée Fabre gehen?“, fragte Catherine nach einer Weile. „Geht nicht, es wird gerade renoviert. Aber vielleicht hast du Lust, den restlichen Tag mit mir im Kino zu verbringen. Oder wir könnten Musik hören. Oder doch in die Oper?“ „Kino wäre gut“, sagte Catherine.

2

Nicole Richard war entsetzlich müde. Sie hatte gestern bis spät in die Nacht gearbeitet und war dennoch seit dem frühen Morgen auf den Beinen. Jetzt ließ sie sich ein Bad ein, schüttete Badesalz ins Wasser, strich sich eine Hyaluron-Maske aufs Gesicht, enthaarte ihre Beine mit Wachs und legte Entspannungsmusik in den Music Player. Das angenehm heiße Wasser umhüllte ihren Körper und schon nach kurzer Zeit lief sie über weiches, grünes Moos in einem lichten Wald. Der nach Pinien duftende Boden lud zum Verweilen ein, zarte Elfen tanzten um sie herum und sangen ‚Freude schöner Götterfunken‘.

Eine aufgebrachte Stimme brachte sie in die Wirklichkeit zurück. „Bist du von allen guten Geistern verlassen? Zum Teufel, nein! Ich werde ihr keinen Cent mehr geben. Sie hat mich komplett ruiniert.“ Stephane ging unruhig hin und her, trat hart mit den Absätzen seiner Cowboy-Stiefel auf. „Die Bank will mein Konto sperren.“ Er klang verzweifelt. So kannte sie Stéphane nicht. Nach einer Weile hörte sie ihn stöhnen: „Wie soll ich aus der Nummer wieder herauskommen?“ und dann: „Das kannst du nicht machen.“ Lautes Türknallen verhieß nichts Gutes. Der Motor seiner Harley Davidson heulte auf und sie wusste, was er vorhatte. Er würde sich austoben, achtzig Kilometer über die Autobahn jagen, um auf dem Circuit de Ledenon tollkühne Runden zu drehen. Sie zitterte jedes Mal, wenn Stéphane auf sein Motorrad stieg, um seine aufgestauten Aggressionen abzubauen. Dann fürchtete sie sich vor einem Anruf der Police Municipal. „Es tut uns sehr leid, aber…“ Mit wem hatte er telefoniert? Wem wollte er keinen Cent geben? Wurde er erpresst? Es hörte sich so an, als ob… Mit wackeligen Knien stieg sie aus der Badewanne und trocknete sich flüchtig ab. Sie wickelte sich in ihren seidenen Morgenmantel und schlich in die Diele. Der weiße Telefonapparat mit dem Festnetzanschluss duckte sich ahnungslos auf dem Glastischchen neben dem Ledersessel. Sie nahm den Hörer ab, wählte den Menüpunkt ‚Angenommene Anrufe‘ und fand lediglich die Nummer ihrer Freundin Monique, die vor ein paar Stunden nach dem Rezept für die Tarte au citron gefragt hatte. Sie rief ‚Ausgegangene Anrufe‘ auf, aber auch hier wurde sie nicht fündig. Sein Handy hatte er mitgenommen, also blieb ihr nichts anderes übrig, als ihn später direkt zu fragen.

Einige Zeit später öffnete Stéphane mit schweißnassen Haaren die Tür, hängte Motorradhelm und Lederjacke an den Garderobenständer und gab Nicole einen leidenschaftlichen Kuss auf den Mund. „Warst du wieder in Ledenon?“, flüsterte Nicole und sah ihn prüfend an. „Kannst du dir doch denken“, gab er zurück und schob den Morgenmantel von ihrer Schulter. „Mit wem hast du vorhin telefoniert?“, fragte Nicole. „Kennst du nicht“, blockte er ab, ließ von ihr ab und setzte sich auf das Büffelledersofa. Automatisch griff er nach der Fernbedienung und schaltete den Fernseher ein. „Du schienst sehr aufgebracht gewesen zu sein“, insistierte sie.

„Seit wann interessieren dich meine Anrufe? Komm gar nicht erst auf die Idee, dich in meine Angelegenheiten einzumischen", brauste er auf. „Hast du neuerdings Geheimnisse?", fragte sie betreten. „Spionierst du mir hinterher?" „Spionieren? Was für eine Wortwahl. So kenne ich dich nicht." Impulsiv sprang er auf und verließ das Wohnzimmer. Sein Handy lag noch auf dem Couchtisch. Eine Weile saß Nicole betroffen da, dann konnte sie dem Drang nicht widerstehen. Mit spitzen Fingern nahm sie das Handy vom Tisch und klickte sich durch das Menü, bis sie ‚Telefonprotokolle' fand. Sie hatte richtig vermutet.

Sonntag, 15. April – spätnachmittags

„Lass uns bitte noch zu der Kathedrale von Maguelone fahren", schlug Mechthild vor. Sie hatten schon ein paar Mal auf La Lumière Urlaub gemacht und auch die Gegend erkundet, an Maguelone waren sie bisher jedoch immer vorbeigefahren. Den Tip hatte Mechthild von einem Gesangsfreund bekommen. Der besaß zusammen mit seiner Frau ein Ferienhaus in den Cevennen und er kannte fast jedes Fleckchen Erde von Nizza bis Perpignan. „Herbert hat mir mehrmals gesagt, wir sollten uns unbedingt die Kathedrale St-Pierre-St-Paul anschauen. Innendrin muss eine phantastische Akustik herrschen. Stell dir vor, er hat sich dort auf die Empore gestellt und Querflöte gespielt." „Ja, aber du spielst doch gar keine Querflöte", meinte Georg trocken. „Ich könnte ja singen", phantasierte Mechthild. „Auch, wenn Leute da sind?" „Schon gut, ich habe es verstanden", sagte sie eingeschnappt.
Zuvor hatten sie eine Autowanderung durch den Parc Naturel Régional de Camargue gemacht, gefühlt fünfzig traumhafte Fotos von den Gewässern mit und ohne Flamingos gemacht, das Meer mit und ohne Segelboote abgelichtet und die wuchtigen Gemäuer in Aigues-Mortes[25] bestaunt. Mechthild hatte einen kleinen Falken aus gewachstem Kork erworben und eine echte Bienenwachskerze aus heimischer Produktion gekauft. Zum Schluss konnten sie dem verlockenden Duft von frisch gebackenen Brioche nicht widerstehen. „Die schmecken tatsächlich nach Orangenblüten", hatte Mechthild zugegeben.
Jetzt war Georg von der Hauptstraße abgebogen und fuhr auf der schmalen Straße an einem heruntergekommenen Fabrikgelände vorbei. Auf der linken Seite bemerkten sie einen Campingplatz. „Sieht so aus, als wären die Holzhütten dauervermietet. Es macht auf mich den Eindruck eines Strafgefangenenlagers. Wohnt jemand freiwillig dort?", fragte sich Georg. „Und entlang der Straße kann man nirgendwo parken, obwohl hinter dem Wall der Strand zu sein scheint", wunderte sich Mechthild. Am Ende versperrte ihnen eine abgeschlossene Schranke den Weg. Es gab keine andere

Möglichkeit, als auf einen mit Schlaglöchern übersäten Parkplatz abzubiegen. „Wir haben Glück", rief Mechthild aufgeregt. „Nur acht Fahrzeuge, normalerweise ist dieser Platz überfüllt." „Es ist schon spät. Hoffentlich lassen sie uns überhaupt noch in die Kathedrale", befürchtete Georg. „Ach was, sie haben bis 18 Uhr geöffnet." Sie hakte sich bei Georg unter und gemeinsam gingen sie über die staubige Brücke. Der Weg führte bis zu dem bewaldeten Gelände rund um die Kirche. „Komisch. Hier müsste irgendwo eine Wehrmauer zu sehen sein, die Bischof Arnaud errichtet hat. Sie wird in den Chroniken als Eisentürmantel bezeichnet, aber ich kann sie beim besten Willen nicht entdecken", beschwerte sich Mechthild. „Ich lege auf die alten Geschichten eigentlich keinen Wert", winkte Georg ab. „Ich möchte die Gebäude selbst auf mich wirken lassen." Die eingemauerten Fundstücke, die Frederic Fabrège 1872 bei der Neupflasterung des Bodens entdeckt hatte und die Emporen auf verschiedenen Ebenen beeindruckten beide. Statt laut zu singen war Mechthild eher nach Stille zumute. Obwohl sie nicht sehr religiös waren, steckten sie in der Kapelle des heiligen St. Augustin vor einer schlichten Statue eine Kerze für ihre verstorbenen Eltern an. Mechthild blätterte in einem Prospekt über die wechselvolle Geschichte der Kathedrale und flüsterte: „Ob sich die Bischöfe Arnaud, Jean de Vissec und Bonald an die christlichen Gesetze gehalten haben? Ich denke immer an die armen Seelen, denen Priester und Bischöfe ein schlechtes Gewissen eingeredet haben, um sie besser beeinflussen zu können." „Das wird hier nicht anders gewesen sein", flüsterte Georg zurück. Er stöberte in Gedanken schon in dem Shop der Les Compagnons de Maguelone. Auf dem Hinweg hatte er registriert, dass es vor der Kathedrale ein kleines Geschäft gab, in dem sie Weine aus hauseigener Produktion verkauften. Außerdem reizten ihn die farbenprächtigen Pfaue, die oben auf den Bäumen hockten und erhaben auf die Touristen herab schauten. Er bremste Mechthild sanft aus. „Wenn du es genau wissen willst, musst du Geschichte studieren. Sicher gab es die eine oder andere Ausnahme." „Ja, aber ich würde schon gerne wissen, wer all die großen Steine hierher gekarrt hat, das haben die Bischö-

fe doch nicht selbst gemacht." „Hast du schon einmal einen Präsidenten Steine schleppen sehen?" Georg grinste sarkastisch und erhob sich. Auf dem Weg zum Ausgang war auf einer Tafel zu lesen, dass man zahlreiche gallo-römische Überreste wie Keramik, Münzen und Handwerkszeug ausgegraben hatte. „Hier führt ein Weg um die Abtei herum, vielleicht gibt es dort auch noch etwas zu sehen. Von dieser Seite sieht die Kirche recht düster aus", bemerkte Mechthild. Ein hölzernes Schild verriet ihnen, dass der Weg zum nördlichen Aussichtspunkt führe. Gerade, als sie durch eine Lücke in der Hecke die ausgedehnten Weinfelder zur Rechten entdeckt hatten, hörten sie laute Stimmen. Hinter einem dichten Schilfbusch stritten sich zwei Frauen auf das heftigste. Da sie kaum französisch sprachen, verstanden sie nicht, worum es ging. Allein die Lautstärke ließ Mechthild neugierig werden. Sie schlich auf Zehenspitzen näher und schnappte das Wort „meutre[26]" auf. Auch Georg war näher gekommen. Sie wollten aber schnell wieder gehen, als sich eine der Frauen umdrehte. „Das ist doch Nicole Richard", wisperte Mechthild. Georg nickte. Die beiden Frauen gingen schnell einen Schritt weiter, aber ihr Streit flammte sofort wieder auf. „Hast du das auch gesehen?", flüsterte Mechthild aufgeregt und griff nach seinem Arm. „War das eine Waffe? Für einen Moment glaubte ich zu sehen, dass die andere Frau eine Waffe in der Hand gehabt hat." „Lass gut sein, Mechthild. Ich glaube, du schaust zu viele Fernsehkrimis." Beleidigt schwieg sie.
Georg bestand auf dem Besuch des Shops, wo er neben ein paar Flaschen Wein noch einen Schlüsselanhänger in Form eines Korkens kaufte. Auf dem Rückweg bewunderten sie die wilden, dunkelvioletten Lilien am Wegesrand und machten einen Abstecher zum Strand, wo Mechthild in lauter Begeisterungsrufe ausbrach. „Diese Steine." Runde Steine, helle Steine, dunkle Steine und solche mit Löchern. „Die müssen mit", entschied sie kurzerhand. Als sie mit schwerem Gepäck zum Parkplatz kamen, fiel ihnen ein bulliger SUV ins Auge, in dem ein Rhodesian Ridgeback furchterregend bellte. „Dem möchte ich auch nicht im Dunkeln begegnen", stellte Mechthild fest. „In Afrika jagen die Löwen, auf Ki-

chererbsen stehen die nicht", witzelte sich Georg. „Fängst du an, komisch zu werden?" Scherzhaft drohte Mechthild ihm mit dem prallgefüllten Steinbeutel.

Bis zur Hauptstraße konzentrierten sie sich auf die Schotterstraße. An der nächsten Ampel mussten sie lange darauf warten, weiterfahren zu können. Erst als sie schon kurz davor waren, in die lange Einfahrt von Lumière einzubiegen, sagte Mechthild langsam: „Je mehr ich darüber nachdenke, desto sicherer bin ich, dass die Frau eine Pistole in der Hand hatte."

Montag, 16. April

„Architekten haben ja genauso eine verklausulierte Fachsprache wie Juristen“, stöhnte Catherine, als sie die fünfte Bauakte an diesem Morgen aufschlug. „Ein abgelehnter Bauantrag?“, vermutete Joseph. „Immer das Gleiche. Die Brandschutzmaßnahmen reichen ihm nicht aus.“ „Kann man aber verstehen. Wenn sich in einer Bäckerei ein Feuer ausbreitet, kann das leicht auf die umliegenden Häuser übergreifen“, gab Joseph zu bedenken. Er quälte sich durch eine ältere Akte. Hier war der Rohbauwert falsch berechnet worden, dementsprechend wurde der Antrag abgelehnt. Bei dem Neuantrag fehlten die benötigten Zeichnungen der PKW-Stellplätze. Joseph verglich die Daten. Zwischen den beiden ersten Schriftsätzen gab es eine Zeitdifferenz von vier Monaten. Den dritten Antrag begleitete ein fast devotes Anschreiben, in dem der Bauherr auf seine prekäre finanzielle Lage hinwies. Er habe das Mehrfamilienhaus in seinen Finanzierungsplan für ein größeres Sozialprojekt eingebunden. Wenn er nicht zeitnah mit dem Bau beginnen könne, sei auch dieses Projekt gefährdet. Gespannt schaute sich Joseph das Datum und die Unterschrift der endgültigen Genehmigung an. Basile Rude hatte neben alle Berechnungen und Bauzeichnungen einen feinen roten Haken gesetzt und sich diesmal fünf Monate und eine halbe Woche Zeit zum Prüfen des Antrags gelassen. Ein Bericht über die endgültige Genehmigung fehlte. Hatte der Bauherr die Segel gestrichen?

„Joseph, das musst du hören. Diese Frau wollte einen alten Bauernhof umbauen und für sich, ein paar Pferde, Esel und Hunde einen eigenen Brunnen bohren. Sie plante, eine Art Gnadenhof einzurichten, um ältere Tiere vor dem Tod durch Erschießen zu retten. Genehmigungsdauer für den Brunnen: drei Jahre! Sie hat trotzdem mit dem Umbau begonnen und nach einem vom Bürgermeister verhängten Baustopp aufgegeben. Das halte ich kaum aus.“ „Liebe Catherine, du bist viel zu empathisch. Vergiss nicht, du bist im Dienst“, ermahnte sie Leroux. Catherine stand trotzdem auf und lief aufgebracht nach draußen. Nach wenigen

Minuten kam sie wieder herein und schnappte sich die nächste Akte. Es dauerte nicht lange, da stöhnte sie erneut auf.
„Das musst du dir unbedingt ansehen." Catherine klopfte aufgeregt mit ihrem Kugelschreiber auf die Akte. „Ich komme. Hélène sagte heute Morgen noch, ich solle mich mehr bewegen", flachste er. „Schau dir das an." Catherine wies triumphierend auf die Unterschrift. „Dieser Antrag wurde von Rude abgelehnt und zwei Wochen später genehmigt. Aber nicht von ihm." „Cécile Deliege", las Joseph laut.

Dienstag, 17. April

1

Als sein Handy am Morgen um zehn vor sechs Uhr erbarmungslos „Do nothin'…" plärrte, griff er schlaftrunken zu dem winzigen Nachttischchen. „Wer bitte?… Richard, sagten Sie?" Sein Adrenalinspiegel schoss in die Höhe. „Woher wissen Sie das?" Er saß plötzlich kerzengerade auf der Bettkante. „Ja sicher, die hat etwas mit dem Fall Rude zu tun… Ich wusste gar nicht, dass so etwas in die Datenbank aufgenommen wird. Nein, nicht direkt, sie war eher eine Zeugin… Wo, sagten Sie?… Und die Kollegen aus Montpellier sind vor Ort?… Das ging dann aber schnell… Gut möglich. Ich komme auf jeden Fall… Ja, die Kollegin bringe ich mit."

„Etwas Ernstes?", fragte Hélène, die sofort hellwach war und das Telefongespräch aufmerksam verfolgt hatte. „Ja, etwas sehr Ernstes", bestätigte Joseph. „Du erinnerst dich an die Dominatrice, die gleichzeitig Fotografin und Besitzerin einer Auberge war?" „War?" Hélènes Alarmglocken schrillten. „Ja, sie wurde heute Morgen auf der Domäne von Maguelone gefunden, ganz offensichtlich erschossen." „Um Himmels Willen, was hat sie um diese Zeit in Maguelone gemacht?", fragte Hélène. „Es muss ja nicht heute Morgen passiert sein." „Um diese Jahreszeit ist noch nicht so viel los dort, normalerweise hätte jemand es mitbekommen, wenn so etwas Schreckliches ereignet. Und bestimmt ist es auch nicht am helllichten Tag passiert, das kann ich mir jedenfalls nicht vorstellen."

„Ich muss sofort los", sagte Joseph, während er ins Bad rannte. „Aber einen Kaffee kannst du noch trinken", beschloss Hélène. „Ja, stimmt", gab er zu. In Windeseile hatte er sich gewaschen, angezogen und nahm dankbar die Tasse mit dem dampfenden Kaffee in Empfang. Danach alarmiert er Catherine und bat sie, ihm entgegenzukommen. Catherine war einsatzbereit und sprintete sofort los. Joseph sammelte sie am Boulevard du Port ein. Gemeinsam rasten sie mit Blaulicht über die Autobahn, um dann Richtung Palavas-les-Flots abzubiegen. Natürlich hatten sie in diesem Augenblick keinen Blick für die Schönheit des Étang du Prévost. Ihre ungeteilte Aufmerksamkeit galt möglichen Steinen oder Schlaglöchern auf der unbefestigten Straße, die zur Insel führte. Sie suchten auch gar nicht erst nach einem Parkplatz außerhalb des Geländes, sondern fuhren direkt über die schmale Brücke bis vor das Restaurant der ‚Le Comptoir des Compagnons'. Sie wurden von einem alten Bekannten erwartet.

2

„Ah, Brigadier Rifaud. Sind Sie nach Montpellier versetzt worden? Wie geht es Ihnen?", sagte Leroux überrascht. „Comme ci comme Ça." Und mit einem raschen Seitenblick auf seinen Kollegen fügte er leise hinzu: „General Naville nimmt alles sehr genau." In normaler Lautstärke sagte er dann: „Ja, ich bin seit einem Monat in der Kaserne Lepic und gehöre zum Team von Commandant Boutefeu." Im selben Augenblick trat ein schmaler Mann zu ihnen, der sich als Commandant Boutefeu vorstellte. „Capitaine Leroux? Sie ermitteln im Mordfall Rude, richtig? Und Sie sind Lieutenant Rozier." „Sehr richtig. Woher wissen Sie, dass es einen Zusammenhang zwischen den beiden Morden geben könnte?" Boutefeu lächelte vielsagend. „Es geht nichts ohne modernste Informationstechniken", sagte er und warf Rifaud schnell einen Blick zu. „Daher weht also der Wind." Leroux schaute Rifaud amüsiert an. „Sie scheinen über gute Quellen zu verfügen." Rifaud errötete leicht und nickte.

„Ich spiele zuweilen Boule mit Fournier."

„Was macht sein Knie?"

„Ein Reizthema für ihn, der Heilungsprozess dauert länger als ihm lieb ist."

„Genug parliert." Boutefeu setzte dem Gespräch ein Ende und bewegte sich im Stechschritt zur Kathedrale, umrundete die schattige Nordseite und führte die Gruppe zu dem nördlichen Aussichtspunkt. Auf einem Holzpodest lag die Leiche einer Frau, halb von einem gewaltsam abgeknickten Schilfgestrüpp verdeckt, Es war unzweifelhaft Nicole Richard. Ihre langen schwarzen Haare umkränzten blutverkrustet ihren Kopf. Es war nicht Catherines erste Tote, aber der Anblick von Richards zerschossenem Gesicht versetzte ihrem empfindlichen Magen einen Schlag. Sie ging ein paar Schritte zurück. Zwischen zwei Büschen erholte sie sich, indem sie ihren Blick über ordentlich angelegte Weinfelder schweifen ließ. Hatte der Täter in Eile gehandelt? Tränen liefen über Catherines Gesicht. Verlegen wischte sie diese weg und ging zurück. Ein Team von Kriminaltechnikern aus Montpellier sammelte akribisch Spuren am Tatort und auf der Kleidung der Toten. Leroux wandte sich an Boutefeu. „Kommandant Boutefeu, ich plädiere dafür, Colette Caumel in die Untersuchung mit einzubeziehen. Vielleicht gibt es gewisse Übereinstimmungen bei der Waffe. Sie sollte schnellstens die Projektile vergleichen." „Wenn Sie meinen. Mir ist noch nicht klar, was die beiden Toten verbindet. Möglicherweise gibt es weitere Zeugen? Auf jeden Fall sollte der Staatsanwalt bald einer Veröffentlichung des Fotos zustimmen. Je mehr Zeit nach der Tat vergeht, desto weniger können sich Zeugen an Details erinnern." Leroux stimmte zu. „Hatte Frau Richard ihr Handy dabei?" Boutefeu verneinte. „Das scheint sich bei den Tätern herumgesprochen zu haben. Wenn wir Glück haben, finden wir es im Étang de Pierre Blanche." „Soweit ich weiß, lebte Madame Richard mit einem Mann zusammen. Wurde der informiert?" „Bis jetzt noch nicht. Haben Sie seine Nummer?" „Die habe ich", bestätigte Catherine. „Gut, können Sie das übernehmen?"

„Selbstverständlich", gab Catherine zurück und ging ein paar Schritte zur Seite. Catherine hatte es sich zur Gewohnheit gemacht, für einen laufenden Fall alle relevanten Telefondaten in einem Unterverzeichnis auf ihrem Handy zu speichern.

Sie suchte die Nummer von Stéphane Pelletier heraus. „Monsieur Pelletier, ich muss Sie dringend persönlich sprechen. Wo kann ich Sie treffen?" „Muss das sein?", blaffte Pelletier unfreundlich. „Ja, es muss sein", sagte Catherine ruhig. „Aber doch nicht schon wieder wegen Rude", entrüstete sich Pelletier. „Nein, Monsieur", beruhigte ihn Catherine. „Aber schlagen Sie bitte einen Ort vor, wo ich Sie finde." „Eh, ja, es ist so, ich bin gerade in einem Fitness-Studio in

Balaruc-les-Bains. Vielleicht wollen Sie eine Runde mit mir trainieren?“ Er lachte anzüglich. Als Catherine schwieg, fuhr er ernsthafter fort: „Okay, wie lange brauchen Sie, um hierher zu kommen?“ „Lassen Sie mich überlegen, ich denke, ich könnte es in einer halben Stunde schaffen. Es wäre keine so gute Idee, mit Ihnen im Fitness-Studio zu reden. Gibt es in der Nähe vielleicht ein Café?“ „Mir fällt auf Anhieb nur das Marina-Café ein. Von dort haben wir eine herrliche Aussicht auf den Étang de Thau und da ich den Chef persönlich könne, dürften wir ohne weiteres einen Platz zum ungestörten Reden finden.“ Sein erotischer Unterton entging Catherine nicht. ‚Die Lust aufs Anbaggern wird ihm gleich vergehen‘, dachte sie mit einer Spur Zynismus. „Es liegt an der Avenue de la Gare“, ergänzte Pelletier. „In Ordnung, dann sehen wir uns dort.“ Catherine informierte Leroux. Er war im Stillen froh, dass Catherine bereit war, die traurige Nachricht zu überg-ringen.

3

Catherine fand das Marina-Café auf Anhieb. Pelletier wartete bereits auf sie, er wirkte frisch geduscht, seine kurzen Haare glänzten noch vom Wasser. Er hatte einen Tisch abseits gewählt, die wenigen Gäste saßen außer Hörweite. „Dass wir uns so bald wiedersehen, hätten Sie auch nicht gedacht“, flirtete er Catherine an. Sie sagte nichts, setzte sich und schaute ihn ernst an. Pelletier reagierte unbehaglich, rutschte leicht auf seinem Stuhl hin und her und fragte: „Spucken Sie’s aus, Sie wollen mir etwas Unangenehmes mitteilen.“ Catherine holte tief Luft. „Ihre Frau, ihre Freundin? Nicole Richard.“ „Meine Frau, ich lebe seit fast fünf Jahren mit ihr zusammen. Was ist mit ihr?“ „Wir haben sie eben hinter der Kathedrale von Maguelone gefunden. Sie ist…“ „Tot?!“, rief Pelletier entsetzt. Ein paar Gäste drehten die Köpfe zu ihnen um.
Pelletier schüttelte fassungslos den Kopf. „Das kann ich nicht glauben.“
Pelletier starrte regungslos auf den schmucklosen Tisch, nahm, ohne es zu registrieren, einen leeren Aschenbecher in die linke

Hand, drehte ihn, schaute blicklos aus dem Fenster, trank den Kaffee mit einem Zug leer, knallte den Aschenbecher auf den Tisch. „Hatte sie einen Unfall?“, fragte er verunsichert. „Tut mir leid, sie ist erschossen worden“, teilte ihm Catherine mit. „Wie? Sie ist umgebracht worden?“, fragte er ungläubig und blickte Catherine an wie ein verletztes Tier. Catherine nickte stumm. Pelletier sackte in sich zusammen, sein Gesicht zuckte. Wollte er etwas sagen? Nach einer Weile richtete er sich ruckartig auf, sprach schnell und abgehackt. „Sie arbeitete… manchmal“, er holte erneut Luft, fuhr fort: „bis spät in die Nacht. Manchmal hat sie…“ Catherine hörte ein unterdrücktes Schluchzen, sie wartete, dann setzte Pelletier erneut an. „Dann hat sie schon mal in ihrem Atelier übernachtet. Wer war es? Ein Kunde? Dieser bekloppte Camus? Basile Rude kann es nicht mehr gewesen sein.“ „Sie kennen die Kunden ihrer Frau?“, fragte Catherine vorsichtig. „Nur manche. Eigentlich haben wir zu Hause nie über Kunden geredet, das war tabu. Aber manchmal…“ Er brach ab, wurde ein bisschen rot und biss sich auf die Lippen. „Hat es Sie stimuliert, wenn Sie sich vorstellten…“, deutete Catherine an. Pelletier nickte knapp, schwenkte um und wurde wieder lauter.

„Ich kann es nicht glauben. Wo ist sie?“

„Einen Augenblick. Können Sie sich außer ihren Kunden jemand anderen vorstellen, der ihrer Frau etwas Böses wollte? Gab es Feinde?“ Pelletier grübelte, dachte nach. Er gestand, dass er nicht genau wusste, ob Nicole Richard Feinde habe. „Sie hat ja gerne und gut fotografiert. Ob sie Konkurrenten hatte, die sie aus dem Weg räumen wollten?“, rätselte er. „Aber deswegen zur Waffe zu greifen?“ Er unterbrach sich, strich sich die Haare glatt. „Ein paar Freundinnen kamen fast um vor Neid. Sie scheuten nicht davor zurück, ihre Fotografien öffentlich schlecht zu reden. Von denen hat Nicole sich irgendwann getrennt.“ Er machte eine wegwerfende Handbewegung. „Könnte eine von ihnen so etwas getan haben?“, fragte Catherine sicherheitshalber. „Das glaube ich nicht“, sagte er versunken in seinem Stuhl.

Pelletier wirkte apathisch und verzweifelt. „Was soll ich bloß ohne Nicole machen?“ „Es tut mir leid, dass ich Ihnen nicht helfen kann. Haben Sie einen guten Freund, dem Sie sich anvertrauen können?“, fragte sie mitfühlend. „Ja, ja, es geht schon. Ich fahre zu meiner Schwester“, stöhnte Pelletier und erhob sich schwerfällig. „Sie rufen mich an?“ Catherine nickte, verabschiedete sich und fuhr zurück zu ihren Kollegen.

4

„War es schwer?“, fragte Joseph leise als Catherine zurückkam. Sie nickte unmerklich. „Er war außer sich.“ „Hast du ihn gefragt, ob Madame Richard Feinde hatte?“ „Ja, das habe ich. Er konnte mir keine vernünftige Antwort darauf geben. Er kann sich allenfalls vorstellen, dass es einer ihrer Kunden gewesen sein könnte.“ „Gut, falls es nötig wird, müssen wir das in ein paar Tagen wiederholen.“ Inzwischen hatte man die zierliche Tote auf die Kunststofftrage gehoben, die Plane verschlossen und in den Wagen gebracht, der sie zur Gerichtsmedizin fahren würde. Die Gendarmen verabschiedeten sich vom mutmaßlichen Tatort und gingen gemeinsam zu dem Restaurant ‚Le Comptoir des Compagnons‘, wo die Geschäftsführerin, Madame Melville, ihnen zwei Tische zusammengeschoben und mehrere Wasserflaschen nebst Gläsern hingestellt hatte. „Möchte jemand Kaffee?“, fragte sie sie bei ihrer Ankunft. Dankbar nahmen sie das Angebot an. Kommandant Boutefeu zeigte ihr das Foto von der Toten. „Haben Sie diese Frau gestern gesehen oder kennen Sie jemanden auf der Insel, der die Besucher im Blick hat?“

„Da müssen Sie jemanden von der Bruderschaft befragen. Ich bin tagsüber voll und ganz damit beschäftigt, das Restaurant zu führen. Die Gesichter einzelner Gäste merke ich mir selten, zumal ich sie meistens nur einmal im Leben sehe. Diese Frau ist mir jedenfalls nicht weiter aufgefallen. Außerdem bin ich froh, wenn die Küche und der Service im Gaststättenbereich reibungslos funktionieren. Aber ich sage Padre Théodore Bescheid. Wenn sich einer Gesichter merken kann, dann er.“

Kurz darauf trat ein fülliger Mann in einer braunen Mönchskutte an ihren Tisch. Er schaute sie neugierig aus freundlich, hellblau blitzenden Augen an. Dem Gesicht mit den vielen Fältchen nach zu urteilen, musste er schon über siebzig sein, trotzdem wirkte er keineswegs gebrechlich. „Ich bin Padre Théodore, Sie möchten mich sprechen?“, fragte er. „Das ist richtig. Madame Melville sagte, Sie seien der Einzige, der uns im Zusammenhang mit dem Mord an Nicole Richard etwas über die Besucher erzählen kann, die gestern auf dem Gelände waren. Sind Ihnen verdächtige Personen aufgefallen?“ Padre Théodore lachte gutmütig. „Sie haben großes Glück. Die Hauptsaison hat noch nicht angefangen. Wissen Sie, wie viele Menschen tagtäglich hierher kommen? Im Sommer sind es Hunderte, pro Stunde meine ich. Aber ich schweife ab.“ Er legte seinen Kopf mit dem weißen Haarkranz schief und rieb sich mit dem linken Daumen und Zeigefinger das Kinn. Man konnte sehen, wie er die einzelnen Besucher hinter seiner Denkerstirn Revue passieren ließ. „Ich hab's“, rief er plötzlich, lachte verschmitzt und machte einen Augenblick Pause. „Eine Familie mit drei lebhaften Kindern, ungefähr 6, 8 und 10 Jahre alt, die hartnäckig versuchten, unsere Pfauen mit Steinen von den Bäumen zu holen. Ich musste sie eindringlich ermahnen, das zu unterlassen. Dann gab es noch eine archäologische Studiengruppe, die sich intensiv mit den Schwibbögen in dem Hauptschiff auseinander setzte.“ Wieder dachte er nach, bevor er sagte: „Kurz bevor wir schließen wollten kam ein deutsches Ehepaar, älteres Semester, der Mann schien wenig Gefallen an unseren historischen Gebäuden zu haben. Und zwei Frauen, beide um die fünfzig. Ich habe mich noch gefragt, warum sie so spät kamen, denn sie machten keinerlei Anstalten, sich die Kathedrale anzuschauen. Von weitem habe ich gesehen, dass sie in ein lebhaftes Gespräch vertieft waren und auf den nördlichen Aussichtspunkt zugingen, normalerweise wird der wenig frequentiert. Ich konnte ja nicht ahnen, dass es sich um ein Streitgespräch mit tödlichem Ausgang handelte. Außerdem musste ich mich gestern um die Organisation unseres alljährlichen Musikfestivals kümmern. Der Manager einer Folkgruppe hatte sich für achtzehn Uhr angekündigt." „Um welche Uhrzeit haben Sie die beiden Frauen zuletzt gesehen?" „Ich schätze, es war gegen halb sechs Uhr."

„Sie haben die Tote gefunden. Können Sie die andere Frau näher beschreiben?" „Ich denke schon. Sehr schlank, eine Spur größer als die tote Frau, kurze Haare, aus der Ferne machte sie einen spröden Eindruck auf mich. Ach ja, und sie wirkte sehr gepflegt, schick." „Normalerweise würde ich das keinen Mann fragen, aber können Sie sich an ihre Kleidung erinnern?" Theodore gluckste in sich hinein. „Sie meinen, weil ich ein Mönch bin, hätte ich keine Augen im Kopf? Die Frau trug ein enges, graues Kostüm." Er überlegte einen Augenblick. „So etwas war schon einmal modern, ich glaube, Grace Kelly mochte diese Art von Kostümen oder war es Audrey Hepburn?" Er fragte Catherine. „Sie müssen doch so etwas wissen!" Catherine nickte. „Chanel. An den Konturen schwarz abgesetzt." Theodore strahlte. „Genau! Und ich erinnere mich an noch etwas. Sie trug eine Schmetterlingsbrille." „Alle Achtung, Sie haben eine gute Beobachtungsgabe. Und warum glauben Sie, dass diese Frau spröde war?", wollte Catherine wissen. Padre Théodore zuckte mit den Schultern. „Es macht mir Spaß, den Charakter eines Menschen über seine Körperhaltung zu analysieren. Das ist eine alte Marotte von mir. Falls ich die Chance dazu habe, überprüfe ich diesen Eindruck später in einem persönlichen Gespräch. Ich will mich nicht selbst loben, aber ich habe eine relativ hohe Trefferquote." „Wollen Sie uns nicht mit Ihrer Intuition bei der Gendarmerie unterstützen?", scherzte Leroux. „Ach, Sie meinen bei den Gegenüberstellungen?" Padre Théodore lachte. „Dazu fehlt mir die Zeit. Ich bin hier auf der Insel vollzeitbeschäftigt. Wenn es um eine aktuelle Identifizierung geht, gebe ich mein Bestes. Aber meinen Sie, dass diese Frau als Täterin infrage kommt?" „Das wissen wir nicht. Aber je eher wir Klarheit schaffen, desto besser", sagte Kommandant Boutefeu. „Kann ich mich jetzt wieder um meine Schäfchen kümmern?", fragte der Padre. „Sie warten in der Schreinerei auf meine Anweisungen." „Im Augenblick sind alle unsere Fragen beantwortet", bestätigte Joseph Leroux, nachdem er sich durch Blickkontakt mit Boutefeu und Rozier vergewissert hatte, dass sie damit einverstanden waren. „Wir bleiben in Verbindung", versicherten sich Boutefeu, Leroux und Rozier, bevor sie die Halbinsel verließen und zurück in ihre jeweiligen Dependancen fuhren. Brigadier Rifaud hatte sich bescheiden im Hintergrund gehalten.

5

Kaum waren sie in die schmale Straße zurück nach Palavas-les-Flottes eingebogen, platzte es aus Catherine heraus. „Die Beschreibung der Frau klingt mir ganz nach Cécile Deliege, meinst du nicht auch?" „Wieso das? Nur, weil du die Dame nicht leiden kannst, soll sie jetzt plötzlich zur Mörderin avancieren? Nenne mir einen vernünftigen Grund, warum sich Richard und Deliege in einen tödlichen Streit verwickeln sollten?" „Joseph! Siehst du den Zusammenhang nicht? Deliege war die Vorgesetzte von Rude, Rude war jeden Monat einmal bei Richard. Da könnte durchaus eine Verbindung bestehen!" „Und welche?" „Vielleicht hat Deliege zufällig herausbekommen, dass Rude zu der Dominatrice ging?" „Aber was hätte sie davon? Ich glaube, diese Spur führt ins Nichts. Außerdem ist bislang nicht bewiesen, dass sie die letzte war, die Richard lebend gesehen hat. Trotzdem können wir Deliege vorladen, aber so, wie die sich beim letzten Mal verhalten hat, glaube ich kaum, dass wir etwas aus ihr herausbekommen. Sie ist kalt wie ein Fisch und wird sich schon etwas einfallen lassen, warum sie mit Richard gestritten hat."

Mittwoch, 18. April

1

„Tut mir leid, Madame Deliege ist nicht zu sprechen. Sie sagte, dass sie einen Termin außer Haus habe. ….Ach so, es ist dringend." Die Stimme von Madame Cluzel senkte sich. Sie flüsterte beinahe, als sie verriet: „Versuchen Sie Ihr Glück auf dem Golfplatz in Cap d'Agde… Nein, es gibt nur einen dort… Nein, ich bin mir nicht hundertprozentig sicher und ich weiß auch nicht, mit wem sie dort ist. Falls Sie Deliege treffen, haben Sie diese Information nicht von mir, versprochen?"
„So kommt unsereiner doch noch zum Golfen", grinste Joseph Leroux und bat Catherine, ihm zu folgen. Über Marseillan fuhren sie die Landstraße nach Cap d'Agde. Als sie an dem kleinen Park am Eingang von Marseillan vorbeikamen, begann Catherine unvermittelt zu kichern. „Weißt du noch?", fragte sie Joseph und schaute nach rechts auf das gelbliche Haus mit den Rissen in der Fassade. „Natürlich. Meine Katzenallergie. Die tapfere Madame Martin! Ob sie Napoleon[27] gut über den Winter gebracht hat?"
„So beleibt wie der war. Zum Glück hört sie uns nicht lästern. Wir sind aber auch gemein!" Beide dachten an Madame Martin, die sie im Rahmen der Ermittlungen in ihrem nach Mottenkugeln riechenden Wohnzimmer als Zeugin vernommen hatten. Joseph wäre fast an einem Asthma-Anfall erstickt.
Sie fanden den Golfplatz an der Avenue des Alizés, fünf Minuten vom Strand entfernt. Am Empfang wiesen sie sich aus und fragten, ob Madame Deliege auf dem Gelände sei. Eine unmotivierte junge Frau begutachtete misstrauisch ihren Dienstausweis. Danach schaute sie wortlos auf den Bildschirm und sagte kurz angebunden: „Madame Deliege hat ab 15.00 Uhr gebucht." Catherine schaute auf ihre Armbanduhr: fünfzehn Uhr und fünfzig Minuten.
„Können Sie uns ungefähr sagen, wo die Dame jetzt sein könnte?"
„Sie hat heute den Parcours Azur gebucht." Leroux bemühte sich, besonders freundlich zu sein. „Ist der Parcours Azur etwas Besonderes?" Bei der jungen Frau fruchteten seine Bemühungen wenig.

„Wahrscheinlich ist es wegen der Aussicht auf Béziers“, spulte sie gelangweilt herunter. Leroux nahm erneut Anlauf. „Soweit ich weiß, sind die Parcours ziemlich lang und unsere Zeit ist begrenzt. Haben Sie den Hauch einer Ahnung, auf welchem Teil des Parcours sich Madame Deliege befinden könnte?“ „Einen Augenblick. Der Parcours ist 6.330 Meter lang. Madame Deliege ist eine passionierte Golfspielerin, also wird sie sich zwischen T3 und T4 befinden. Wenn Sie wollen, können Sie einen Caddy benutzen.“ „Das ist fein“, bedankte sich Leroux leicht ironisch. Er zwinkerte Catherine zu. Die junge Dame winkte einen Mann herbei, der ihnen einen Caddy zuwies und ihnen zeigte, wie sie ihn bedienen mussten.

„Wie gut, dass heute solch ein laues Lüftchen weht“, sagte Catherine und schwang sich in das Golfmobil. „Ob die nachts ein paar Schafe haben, die den Rasen kurzhalten?“ „Lass das keinen Golfer hören, damit machst du dich auf Anhieb unbeliebt“, warnte Joseph. „Dort ist sie!“, rief Catherine und zeigte auf ein Wasserhindernis. Cécile Deliege stand in der Nähe und bewegte elegant den Ball. „Und schau einer an, mit wem sie sich das Vergnügen teilt“, raunte Joseph ihr zu. Neben der im weißen Dress gekleideten Deliege konzentrierte sich Antoine Robin darauf, mit seiner Utility Wedge[28] das Loch zu treffen. Beide reagierten ungehalten, als sie durch die beiden Gendarmen gestört wurden. „Was fällt Ihnen ein, mir in meiner Freizeit aufzulauern?“, blaffte Deliege. Leroux zog automatisch seinen Kopf ein, weil er in jedem Augenblick erwartete, von einem Golfschläger getroffen zu werden. „Madame Deliege, Sie haben auf mich bisher noch keinen gewaltbereiten Eindruck gemacht“, sagte er vorwurfsvoll. „Ach. Sie meinen, ich habe Sie angreifen wollen?“ Deliege lachte gekünstelt. „Ich muss Sie bitten, sofort mitzukommen.“ Leroux wandte sich entschuldigend an Robin. „Sie müssen Ihre Partie ein anderes Mal fortsetzen. Das macht Ihnen doch nichts aus oder?“ „Sie behandeln meine Spielpartnerin ungehörig. Ich werde mich an Ihren Vorgesetzten wenden“, drohte Robin. „Tun Sie das“, gab Leroux kühl zurück. „Was ist passiert? Warum verhaften Sie mich?“, regte sich Deliege auf.

„Wir verhaften Sie nicht, wir müssen dringend mit Ihnen sprechen." „Können Sie das nicht hier? Ich habe keine Geheimnisse vor Antoine!", sagte Deliege betont laut. „Ganz wie Sie wollen. Sie haben sich am Sonntag mit Nicole Richard bei der Kathedrale von Maguelone getroffen." „Das ist richtig", bestätigte Deliege. „Zeugen haben uns von einem heftigen Streit berichtet." „Auch das entspricht der Wahrheit." „Und worum ging es bei diesem Streit?", wollte Catherine wissen. Sie heftete ihre Augen eindringlich auf Cécile Deliege. Diese starrte sie unbewegt an. „Das muss ich Ihnen doch nicht sagen." „Doch, das müssen Sie. Madame Richard wurde ermordet." Diesmal richtete Joseph einen durchdringenden Blick auf die ehemalige Chefin von Basile Rude. Cécile Deliege zuckte mit keiner ihrer intensiv getuschten Wimpern. „Damit habe ich nichts zu tun!", sagte sie barsch. „Wollen Sie es nicht verstehen? Wenn Sie mir nicht auf der Stelle sagen, worum es bei Ihrem Streit ging, muss ich Sie verhaften", drohte ihr Leroux. „Nicole Richard ist eine stadtbekannte Dominatrice", spuckte Deliege verächtlich aus. „Sie wollte mir etwas unterstellen, was ich hier lieber nicht wiederholen möchte. Unglaublich, was sich solches Pack erlaubt. Kann ich jetzt meine Partie fortsetzen?" Ihr Blick wurde von Sekunde zu Sekunde frostiger. „Nein, können Sie nicht. Ihre Erklärungen reichen mir nicht." Leroux blieb hartnäckig. Deliege wandte sich an ihren Golfpartner. „Antoine, kannst du uns in der Zwischenzeit ein Getränk besorgen?" Robin verstand den Wink und entfernte sich. Als er ein paar Meter gegangen war, erklärte Deliege: „Also gut, Richard war fest davon überzeugt, dass ich mit ihrem Lebensgefährten Pelletier ein heimliches Liebesverhältnis unterhalte und sie drohte mir damit, das öffentlich zu machen. Lächerlich, als ob ich Gefallen an einem solchen Cowboy hätte." Sie blickte dem sich entfernenden Robin hinterher. „Ich habe kein Interesse daran, dass so etwas publik wird. Sind Sie jetzt zufrieden?" „Madame Deliege, besitzen Sie eine Waffe?", fragte Catherine unvermittelt. „Wozu sollte ich eine Waffe haben?", spottete Deliege. „Ich bin weder Sportschützin noch gehe ich zur Jagd!" „Also gut. Haben Sie vor, in den nächsten Tagen zu verreisen?", wollte Leroux wissen. „Im Mai werde ich mir die Elbphilharmonie in Hamburg ansehen, ist das genehm?“ „Darüber reden wir noch“, antwortete Leroux und wandte sich zum Gehen. „Ach ja, und noch viele Birdies“, rief er ihr hinterher. „Seit wann kennst du Golfbegriffe?“, staunte Catherine. „Meinst du, ich will mich von den Golfjunkies belehren lassen? Ich habe mir schnell ein paar einschlägige Begriffe aufgeschrieben.“ Und spitzbübisch grinsend öffnete er seine Faust und präsentierte einen handgeschriebenen Spickzettel. Catherine prustete los. „Dass aus dir noch solch ein Angeber werden kann, hätte ich nie gedacht!“

2

Mechthild und Georg saßen gemütlich vor dem Fernseher in ihrem Gîte auf La Lumiére und wollten sich die deutschen Nachrichten anschauen. Leider hatte Georg die falsche Tastatur gedrückt und der französische Nachrichtensprecher berichtete über das Tagesgeschehen. „Nun mach doch was“, beschwerte sich Mechthild. „Ich bin dabei“, gab Georg entnervt zurück. Er hatte vergessen, welche Taste zuerst bedient werden wollte. Plötzlich erschien Nicole Richard in voller Größe auf dem Bildschirm – als Tote. „Du meine Güte! Was ist denn mit der Frau passiert?“, rief Mechthild entsetzt. Georg starrte fassungslos auf die Mattscheibe. „Das ist doch… das ist doch…“ „Die Fotografin. Solch eine schöne Frau. Meine Güte, die Welt wird immer verrückter. Wer macht denn so etwas? Bestimmt ein eifersüchtiger Ehemann, anders kann ich es mir nicht denken.“ Ein Polizist erklärte etwas, ein neues Foto zeigte die Tote zu Lebzeiten, eine Telefonnummer erschien, aber sie verstanden zu wenig, um zu begreifen, was von ihnen erwartet wurde, und natürlich hatten sie keinen Stift zur Hand, um sich die Nummer aufzuschreiben. „Was meinst du, ob dieser Streit auf Maguelone etwas mit ihrem Tod zu tun hat?“, fragte Mechthild. „Wir könnten Beatrice fragen, ob sie mit uns zur Polizei geht“, sagte Georg bedrückt. „Das machen wir gleich morgen früh, sobald wir Beatrice an der Rezeption antreffen“, beschloss Mechthild.

3

Zur gleichen Zeit trafen sich Marc und Catherine in Montpellier zum Essen. Sie hatten in einem sehr persönlich geführten Restaurant in der Rue de la Mediterranée einen Tisch reserviert. Sam, der Wirt, begrüßte sie mit Handschlag und wies ihnen einen hübsch gedeckten Platz in einer Ecke zu. Marc hatte sich schon den ganzen Tag auf Catherine gefreut, trotzdem lief auch ihm beim Anblick der Speisekarte das Wasser im Mund zusammen. „Schau mal hier! Granatapfelkörnchen auf einem Nest aus fein aromatisierten Grünalgen, das hört sich sehr exotisch an." „Mmmmh, ich nehme die Frischkäseravioli mit einer Melange aus Cashews und karamelisierten Zwiebeln." „Sie wissen, dass ich alles frisch zubereite?", fragte Sam und ergänzte: „Ich hoffe, Sie sind nicht vollkommen ausgehungert, denn es wird ein Weilchen dauern." „Ja, das wissen wir. Freunde haben uns Ihr Restaurant ans Herz gelegt. Im übrigen sind wir nicht auf der Flucht."
„Na, na. Ich glaube, wir müssen unseren Sprachgebrauch überdenken." „Nun werde mir nicht oberlehrerhaft", scherzte Marc. Er nahm ihre schmale Hand und hauchte einen Kuss in ihre Richtung. „Ist doch wahr", rechtfertigte sich Catherine. Sam versüßte ihnen die Wartezeit mit einem Amuse-Gueule[29]. „Mmmh!", schwärmte Catherine. „Diese Blätterteigtaschen mit den Minitomaten und Schafskäse munden einfach köstlich!" Marc vergnügte sich mit Lachsröllchen, die ebenfalls mit Frischkäse gerfüllt waren. „Hast du noch mehr über Madame Deliege herausfinden können?" Gespannt forschte sie in seinem Gesicht. „Nicht so eilig. Warte, bis wir unsere Getränke bekommen haben. Weißt du schon, wo du in diesem Sommer Urlaub machen möchtest?" „Du lenkst ab. Und ja, ich weiß, wo ich unbedingt einmal für ein paar Wochen sein möchte. Aber das errätst du bestimmt nicht." Catherine lächelte. „Ach, wie gut, dass niemand weiß... Spielen wir heute Märchenraten?" Marc freute sich diebisch, als er auf Island tippte. „Woher weißt du das?", entrüstete sich Catherine. „Tja", begann Marc und grinste. „Ich habe zufälligerweise Prospekte von Island auf deinem Wohnzimmertisch liegen sehen." „Ach, wie profan", mokierte sich

Catherine. Gleich darauf stießen sie mit einem eisgekühlten Noilly Prat zum Aperitif an, den Sam ihnen persönlich an den Tisch gebracht hatte. „Auf das Leben", sagte Catherine. „Auf die Liebe", erwiderte Marc. „So, kannst du jetzt mal berichten? Ich sehe dir doch an, dass du noch etwas weißt, was du mir bisher noch nicht verraten hast." „Stimmt. Cécile Deliege gehört zu den Förderinnen des Festival Tangosud Montpellier-Fabrégues, das jährlich im Mai stattfindet. Im Gegenzug durfte sie nicht nur in der ersten Reihe sitzen, sondern auch mit dem Gewinner des Wettbewerbs eine Ehrenrunde aufs Parkett legen." „Und das soll etwas Besonders sein?" Catherine lachte schallend. „Soweit ich weiß, kostet der Eintritt dort nicht einmal zehn Euro. Das sind doch Peanuts." „Ich war noch gar nicht fertig", wandte Marc ein.

„Darf es später noch ein Nachtisch sein?", unterbrach Sam ihre hitzige Diskussion. „Oh ja, gerne, für mich bitte eine Creme-Chocolat-Caramel", lächelte Catherine. „Ich nehme eine hausgemachte Mille-Feuille."[30] Marc gab Sam die Speisekarte zurück. Dann winkte er Catherine zu sich heran und sprach in gedämpftem Ton: „Die Gute strebt auch die Mitgliedschaft in einem renommierten deutsch-französischen Wirtschaftsnetzwerk an." Catherine runzelte die Stirn. „Wirtschaftsnetzwerk? Was hat sie vor?" „Verbindungen knüpfen? Das Spannende daran ist, dass dem Verein auch Architekten angehören. Vielleicht möchte sie zu gegebener Zeit die Seiten wechseln?" „Kann doch sein. Du meinst, sie würde ihren krisensicheren Beamten-Job aufgeben?" „Vielleicht. Aber im Übrigen habe ich herausgefunden, dass sie zwei Rhodesian Ridgebacks hat, mit denen sie frühmorgens joggen geht. Mit denen geht sie auch schon einmal auf nationale und internationale Hundeausstellungen." „Für so etwas hat sie Zeit? Rhodesian Ridgebacks brauchen ungeheuer viel Bewegung. Woher weißt du das?" Marc machte es spannend. Er freute sich, dass er Catherine so viele Details über Cécile Deliege berichten konnte. „Manchmal schenkt einem das Leben zufällige Begegnungen. Meine Ex-Schwiegermutter Louise ist mir vorgestern im Supermarkt über den Weg gelaufen. Sie wohnt zwei Straßen weiter als Deliege und hat sie mit ihren

Hunden mehrmals morgens beim Joggen getroffen. Da Louise vor Jahren einen Galgo Espagnol aus der spanischen Nothilfe geholt hat, sind sie sich eines Tages beim Umrunden des Sees begegnet. Die Hunde haben sich zuerst angefreundet, Monate später haben die beiden Frauen ein paar Nettigkeiten ausgetauscht. Louise kannte sogar ihren vollen Namen", Marc machte eine Kunstpause. „Normalerweise wissen Hundebesitzerinnen wie die Tiere, aber nicht wie die dazugehörigen Frauchen heißen", witzelte er. „Louise hat die Gabe, wildfremden Menschen mehr Geheimnisse entlocken zu können als den Betreffenden lieb ist. Manchmal geht Louise aus Spaß oder auch aus Langeweile auf internationale Hundeausstellungen. Bei solch einer Gelegenheit hat sie Madame Deliege in Limoges und in Bannalec getroffen. Sie meinte, Deliege sei nicht besonders erfreut gewesen, sie dort zu sehen und habe sie ziemlich abgekanzelt." „Bannalec?", fragte Catherine verwirrt. „Ja, so heißt ein Ort in der Bretagne, wo Hundeausstellungen stattfinden. Die beiden Hunde von Deliege wurden dort prämiert. Meine Schwiegermutter kannte sogar den vollen Namen des einen Hundes: Lambarene Princesse Chikadzi!" „Huch, ein adeliger Hund! Hat der Vierbeiner von Louise auch solch einen wohlklingenden Namen?", fragte Catherine amüsiert. „Nein, der heißt einfach Juan Carlos." „Nach dem spanischen König?" „Genau! Galgos werden im Süden Spaniens hauptsächlich zur Hasenjagd oder zum Wetten bei Hunderennen eingesetzt. Wenn sie nicht mehr jagen oder rennen können, werden sie von ihren Besitzern, den Galgueros, entsorgt… ich glaube, die Einzelheiten willst du gar nicht wissen." „Doch", sagte Catherine gedehnt. „Wie du willst! Die Galgueros haben offensichtlich Spaß daran, die Tiere bis zu ihrem Tod grausam zu quälen. Wenn du das aushältst, kannst du dir das im Internet anschauen."[31] Das Entsetzen in Catherines Augen wurde immer größer. „Und die spanische Regierung greift nicht ein?" Marc schüttelte den Kopf. „Die nicht und ein Großteil der spanischen Bevölkerung auch nicht. Aus Rache hat Louise ihren Hund nach dem Regenten benannt." „Meinst du, das hilft?", zweifelte Catherine. Sie schwieg und schaute in die Ferne. „Unser erstes Mordopfer ließ sich freiwillig quälen, die armen Viecher tun das nicht. Weißt du, was mir dabei wieder einfällt?" Marc griff über dem Tisch nach ihrer Hand und hielt sie zärtlich. „Ich habe einmal mit Giséle Urlaub auf Sardinien gemacht. Wir hatten ein schnuckelig schönes Haus direkt am Strand, ganz für uns allein. Eines Tages hatte Giséle ein Pferd mit Zuckerstückchen angelockt, es trabte von der Nachbarwiese aus zum Meer, schwamm durch das Wasser und kam bis zu unserer Terrasse." Catherine lachte. „Es steht ein Pferd vor der Tür, so war es wortwörtlich. Zufällig kam unser Vermieter vorbei und bewarf das Pferd mit Steinen, um es zu vertreiben. Das hat mir die Lust verdorben, Urlaub auf dieser Insel zu machen. Was nützt der herrlichste, blaue Himmel und die farbenprächtigen Hügel, wenn die dort lebenden Menschen ihre Katzen ersäufen und Tiere behandeln wie ein Stück Dreck." „Ach, und du glaubst, in unserem Land wäre das anders? Denke an die vielen Jagdhunde auf dem Land. Die werden nur zur Jagd aus ihren viel zu engen Käfigen gelassen und vegetieren ansonsten monatelang vor sich hin." „Ja, das ist genauso scheußlich." Catherines Blick verfinsterte sich. „Meinst du, Deliege lässt ihre Hunde den ganzen Tag allein zu Hause? Im Büro waren sie nicht, als wir sie befragt haben." „Um das herauszubekommen, müsste ich Louise anrufen. Ist das wichtig?" Catherine schüttelte ihre inzwischen bis auf die Schulterblätter gewachsene Mähne. „Nein, ich glaube nicht!" „Bleibst du?", fragte Marc, nachdem Sam ihnen noch einen Marc de Champagne spendiert hatte. Statt einer Antwort nahm sie seine Hand und drückte sie. Arm in Arm gingen sie zum Parkplatz und sogen tief die klare Nachtluft ein.

Donnerstag, 19. April

1

Am frühen Morgen klopften Mechthild und Georg an die cremefarbene Tür der Rezeption von La Lumière. Die Vorhänge hinter dem Glaseinsatz waren noch zugezogen. Sie wollten gerade wieder umkehren, als Beatrice in der Tür erschien. „Oh, haben Sie schon auf mich gewartet?“, fragte sie erstaunt. „Madame Pelzer“, druckste Georg herum. „Uns ist gestern Abend etwas in den französischen Nachrichten aufgefallen.“ „Sie meinen Nicole Richard“, rief Beatrice. „Die Tote.“

„Ja. Wir haben sie vorgestern zufällig mit einer Frau auf der Insel Maguelone gesehen. Wir hatten den Eindruck, dass sie sich heftig stritten, konnten aber nicht genau verstehen, worum es ging“, erläuterte Mechthild. „Wissen Sie, wir haben einige Male versucht, französisch zu lernen, aber…“ Georg hob seine Handflächen nach oben. „Wir haben kapituliert.“ „Deswegen möchten wir Sie bitten, uns zur Gendarmerie zu begleiten und zu übersetzen“, platzte Mechthild heraus. „Mit Vergnügen“, sagte Beatrice. „Wenn Sie sich noch eine halbe Stunde gedulden können?“ „Selbstverständlich!“, betonten beide wie aus einem Mund.

„Ich habe dir doch gesagt, dass sie total hilfsbereit ist“, flüsterte Mechthild ihrem Mann auf dem Weg zu ihrem Gîte. Dreißig Minuten später erschienen sie wieder an der Rezeption. Gemeinsam fuhren sie mit Beatrice zur Gendarmerie von Mèze.

„Wir fragen am besten Capitaine Leroux, der wird uns weiterhelfen“, sagte Beatrice. „Er ist sehr umgänglich und nicht so überheblich wie andere Gendarmen.“ „Kennen Sie ihn gut?“, fragte Mechthild neugierig. Beatrice lachte. „Oh ja, wir sind uns schon einige Male begegnet.“ Mechthild machte große Augen. „In einem Mordfall?“ Beatrice ging nicht weiter auf ihre Frage ein. „Hier sind wir.“ Mechthild musste sich damit abfinden, dass Beatrice nicht mehr preisgeben würde.

2

Beatrice stellte die beiden vor. „Capitaine Leroux. Ich habe zwei unserer Gäste mitgebracht, sie haben am Sonntag spätnachmittag einen Streit zwischen Nicole Richard und einer anderen Frau auf Maguelone beobachtet. Sie verstehen leider nur sehr wenig Französisch und haben mich gebeten, zu dolmetschen." „Das finde ich sehr gut. Wenn sie nicht wissen, was die beiden gesagt haben, könnten sie vielleicht die Frau beschreiben, die sich mit Madame Richard gestritten hat?" Beatrice übersetzte. „Ja, sie war sehr schlank", schilderte Mechthild lebhaft. „Sehr gepflegt, wirklich, und sehr geschmackvoll gekleidet." „Geht es vielleicht ein wenig präziser", bat Leroux. „Sie trug einen engen grauen Rock, eine weiße Bluse, silberne Pumps und eine Louis-Vuitton-Handtasche!" Leroux zog die Augenbrauen hoch. „Wie weit waren Sie von den beiden Damen entfernt?" „Ich würde sagen, höchstens fünfzig Meter", warf Georg ein. „Und Sie sind sicher, dass die Dame eine Handtasche von Louis Vuitton dabei hatte?", Leroux runzelte die Stirn. „Natürlich", bestätigte Mechthild lebhaft. „Die erkenne ich auf hundert Meter!" Eingeschnappt fragte sie Beatrice: „Zweifelt der Kommissar meine Aussage an?" „Bestimmt nicht", beeilte sich Beatrice zu sagen. Catherine betrat das Büro und begrüßte die Besucher. „Bon jour, Messieurs dames." Sie setzte sich und lauschte aufmerksam dem Gespräch. Überrascht bemerkte sie, dass sie das Meiste von dem Gesprochenen verstand „Sie hatte eine extravagante Brille auf", fiel Mechthild noch ein. „So eine Brille wie auch Audrey Hepburn sie getragen hat." „Madame Pelzer, fragen Sie die Zeugin bitte, ob die Dame eine Jacke dabei hatte", mischte sich Catherine ein. „Wieso fragst du das?", wollte Leroux wissen. „Ich erinnere mich, dass Padre Theodore von einem Kostüm gesprochen hat." „Ich glaube, sie trug eine Jacke über dem linken Arm", antwortete Mechthild. „Wir sind zu Ihnen gekommen, weil ich glaube, dass die Frau mit den kurzen Haaren eine Pistole in der Hand hatte", sagte Mechthild stockend. „Wenn Sie auf hundert Metern die Marke einer Handtasche identifizieren, müssten Sie eigentlich auch auf fünfzig Meter erkennen, ob die Frau eine Pistole in der Hand hatte.“ Als Beatrice das behutsam übersetzte, schnappte Mechthild nach Luft. „Erstens war es eine der größeren Handtaschen und zweitens habe ich etwas Schwarzes in ihrer Hand gesehen. Eine Banane war es jedenfalls nicht.“ „Wir müssen so detailliert fragen“, sagte Catherine auf Deutsch zu der Zeugin. „Sie sprechen Deutsch?“ Mechthild wollte ihr gleich die Hand geben. Catherine lächelte. „Wie alt war die Frau ungefähr, was schätzen Sie?“ „Auf Mitte fünfzig vielleicht?“ „Nein, höchstens Ende vierzig“, widersprach Georg. Leroux trug alle Aussagen direkt in das entsprechende Formular am Computer ein. „Danke, das genügt. Sie müssen das Protokoll gleich unterschreiben.“ Leroux wartete, bis der Drucker alle Seiten ohne Papierstau ausspuckte. Georg und Mechthild unterschrieben. „Hoffentlich können Sie Montpellier und die Umgebung noch ein paar Tage genießen ohne über Leichen zu stolpern. Vielen Dank für ihre Hilfe, Beatrice.“

3

„Das schreit nach einer Hausdurchsuchung“, sagten Joseph Leroux und Catherine Rozier wie aus einem Mund, als das Trio die Tür hinter sich geschlossen hatte. „Dringend tatverdächtig! Wir brauchen Marc!“ „Schon in der Leitung!“, nickte Catherine, die sofort zum Telefonhörer gegriffen hatte. Sie forderte Leroux auf, die Mithörfunktion seines Apparates einzustellen.

„Habt ihr genügend Beweise?“, fragte Marc zweifelnd. „Wenn ich das richtig zusammenfasse, gibt es zwei, nein drei Zeugen, die irgendetwas gesehen oder vermutlich gesehen haben. Kollegen, das reicht noch nicht.“ Er ließ sie zappeln. Dann verriet er ihnen: „Die Ballistiker haben mir gerade eben eine Mail geschickt. Bei Richard wurde dasselbe Kaliber wie bei Basile Rude verwendet. Wieder eine Kugel, die aus einer alten Schweizer Waffe stammen muss. Das kann doch kein Zufall sein. Und die Spurensicherung hat fremde DNA gefunden. In der Datenbank ist sie nicht registriert.“ „Von Pelletier hatten wir Fingerabdrücke und eine Speichelprobe genommen. Keine Übereinstimmung?“, fragte Leroux. „Keine Übereinstimmung“, bestätigte Marc. „Wir müssen an Cécile Deliege herankommen", funkte Leroux dazwischen. „Okay, ich schicke euch den unterschriebenen Durchsuchungsbefehl zu." Marc beeilte sich. ‚Das wird Ärger geben', dachte Catherine. Laut sagte sie: „Hast du General Naville informiert?" „Ich versuche es", sagte Joseph ärgerlich. „Er geht nicht an den Apparat! Aber ich sehe es genauso, bis er seine Zustimmung erteilt, sind uns die Hände gebunden." Nervös zeichnete er mit einem Bleistift Kreise auf ein leeres Blatt Papier. Mit jeder Minute des Wartens erhöhte sich die Druckstärke des Stiftes, beinahe bohrte er Löcher in das unschuldige Papier. Ungeduldig rannte er zum Kaffeeautomaten und holte sich einen dieser Pappbecher mit der ungenießbaren Brühe. „Baldrian?", frotzelte Catherine und hielt ihm ein braunes Glasfläschchen entgegen. „Wenn man den Kerl einmal braucht", stöhnte er und übersah geflissentlich ihre ausgestreckte Hand. „Danke, mein Vitaminhaushalt ist in Ordnung!" Er versuchte es erneut. Diesmal meldete sich ein hörbar erboster General. „Was fällt Ihnen ein, mich zwanzigmal nacheinander während eines wichtigen Gespräches zu stören. Können Sie sich nicht denken, dass ich Bedeutendes besprechen muss. Was gibt's?", kläffte General Naville in den Hörer. Leroux erläuterte ihm den Sachverhalt. Erwartungsgemäß explodierte Naville. „Haben Sie den Verstand verloren? Auf gar keinen Fall durchsuchen Sie die Wohnung von Madame Deliege! Sie ist eine Person des öffentlichen Lebens, ich stehe voll und ganz hinter ihr. Lassen Sie sich etwas Besseres einfallen, um den Mörder von Madame Richard zu finden! Einen schönen Tag noch!" General Naville hatte aufgelegt.

„Was nun?", fragte Capitaine Leroux ratlos. „Wir müssen uns eine Strategie überlegen, der keiner etwas entgegensetzen kann!", seufzte Lieutenant Rozier. „Ja, das müssen wir wohl!", bestätigte Leroux. „Von Deliege haben wir natürlich keinerlei erkennungsdienstliche Merkmale", stellte Catherine fest. „Du sagtest, die Ex-Schwiegermutter von Marc kennt die Dame?" Catherine nickte. Dann griff sie erneut zu ihrem privaten Telefon. „Das müssen wir geschickt einfädeln", sagte sie, verriet aber nichts.

4

Louise sträubte sich zunächst. „Das kann ich doch nicht machen.“ Marc beschwor sie mit Engelszungen und versicherte ihr, dass sie dem Staat und der Allgemeinheit einen guten Dienst erweisen würde. „Du hilfst dabei, einen mutmaßlichen Mörder dingfest zu machen, stell dir das vor!“ Zögernd willigte sie ein.
Zwei Tage später führte Cécile Deliege morgens ihre beiden Hunden Chikadzi und Jani aus. Als sie sich auf einem der schnurgeraden Wege des Port Marianne warmgelaufen hatte, trieb sie sich selbst zu Höchstleistungen an. Sie sprintete los, hielt eisern beide Hundeleinen fest und legte erforderliche Gehpausen ein. Sie wollte gerade wieder loslegen, als sie eine ältere Dame bemerkte, die offensichtlich gestürzt war. Sie schien sich in der Leine ihres Hundes verfangen zu haben, denn die Schlinge hing noch um ihren Knöchel. Den Hund erkannte sie sofort. „Das ist doch Juan Carlos“, rief sie. „Oh, Madame Balasko, Sie haben sich doch nichts getan?“, rief sie mit schriller Stimme. „Ach, Sie sind es. Madame Deliege könnten Sie mir bitte wieder auf die Beine helfen?“ Cécile Deliege zwang sich, ihren Unmut über die unfreiwillige Unterbrechung zu verbergen und reichte Madame Balasko ihre Hand. Aber das reichte nicht aus, denn die stellte sich sehr ungeschickt an, sie musste ihr beide Hände reichen und sie auch noch am Ellbogen stützen. „Entschuldigen Sie bitte, hätten Sie zufällig ein Taschentuch dabei, damit ich mir den Schmutz von den Händen abwischen kann? Das ist wirklich sehr nett von Ihnen, Madame Deliege.“ „Selbstverständlich“, wehrte Madame Deliege ab und zupfte ein Papiertaschentuch aus ihrer Jackentasche. „Ich hoffe, Sie kommen jetzt allein zu Recht?“ Den Unterton dieser Frage verstand Louis sehr wohl. „Danke, vielen Dank! Lassen Sie sich von mir nicht weiter aufhalten.“ Louise Balasko tätschelte zufrieden ihren Juan Carlos am Hals, lobte den braven Jungen, steckte das Taschentuch in eine präparierte Plastiktüte und machte sich auf direktem Weg zum Ausgang des Parks, wo Marc Majoury geduldig im Wagen saß und auf sie wartete. Juan Carlos freute sich, als Marc ausstieg und versuchte, an ihm hochzuspringen. „Sachte, sachte“, lachte Marc.

Juan Carlos rieb den Kopf an seinem Bein. „Er hat dich nicht vergessen“, bemerkte Louise und strahlte. „Danke, Louise, das hast du ganz vorzüglich hinbekommen.“ „Habe ich gerne gemacht. Ein bisschen kam ich mir zwar vor wie eine Betrügerin, aber vielleicht erweist sich dadurch ja auch ihre Unschuld.“ „Wir werden sehen“, sagte Marc sybillinisch. Er fuhr mit ihr auf dem kürzesten Weg, alle Einbahnstraßen Montpelliers vermeidend, zur Präfektur und brachte sie zu einem Kriminaltechniker. „Hast du an einen Ersatzmantel gedacht?“, fragte Marc, bevor sie den Wagen verließen. „Voila!“ Louise Balasko zauberte eine dünne Jacke aus ihrer Handtasche hervor. „Das wird bei diesem Wetter reichen“, versicherte sie. „Sobald die Techniker das Taschentuch und den Mantel untersucht haben, bringe ich dir das Teil zurück“, versprach Marc. „Und noch einmal vielen, vielen Dank!“ „Gerne. Ich gehe dann mal wieder meines Weges“, grinste Louise und verließ mit Juan Carlos das prunkvolle Gebäude.

Freitag, 20. April

1

Stéphane Pelletier saß in seinem Büro und konnte sich kein bisschen konzentrieren. Er wusste nicht, wie lange er sich noch diese extravaganten Räume im Optimum leisten konnte. Die Bank hatte ihm bereits mehrmals angedroht, seine Konten endgültig zu sperren und drängte ihn offen dazu, Insolvenz anzumelden. Seiner Sekretärin hatte er mitgeteilt, dass sie ab sofort ihre Überstunden abfeiern könne, da er ihr zum Ende des nächsten Quartals kündigen müsse. Gedankenverloren schaute er auf den winzigen, begrünten Balkon, der vor seinem Büro zu schöpferischen Pausen einlud. Wie stolz hatte er Nicole beim Einzug herumgeführt, um ihr dieses Domizil zu präsentieren. Dabei hatte er noch höher hinausgewollt. Er hatte davon geträumt, eines jener Appartements zu kaufen, die der japanische Architekt Sou Fujimoto entworfen hatte. Der von einem Baum inspirierte Abre Blanc sollte als siebzehnstöckiger Wohn- und Büroturm am Ufer des Flusses Lez gebaut werden. Nähe zur Natur und gleichzeitig mediterranes Lebensgefühl versprachen die Planer. Über den Rohbau war das gigantische Projekt allerdings noch nicht hinausgekommen.

Pelletier riss sich von seinen Tagträumen los. So kannte er sich nicht. Er hätte Nicole erzählen müssen, wie schlimm es um seine Finanzen stand. Hätte sie Verständnis für ihn aufgebracht? Er wusste es nicht. Er hatte nicht gelernt, über seine Sorgen zu sprechen, schon gar nicht über existenzielle Ängste. Wie hätte er Nicole beichten sollen, dass diese eiskalte Schnepfe die Hand aufgehalten hatte, wo immer es sich anbot. Fünftausend reichten ihr nicht, sie wollte mehr, bevor sie mit ihrer Unterschrift ‚unkomplizierte' Bauanträge genehmigte. Seine Bitten um Aufschub hatte sie hochmütig zurückgewiesen. Dass er, Stéphane, ihr sporadisch zu wilden Spielen aufgelegte Jungen vorbeigeschickt hatte, würdigte sie im Endeffekt keineswegs so, wie er sich das vorgestellt hatte. Dabei hatte er sie anfänglich unterschätzt, sie zu ausgedehnten Partys mit anschließendem Saunabesuch eingeladen. Das ein oder andere Mal

hatten sie die heißen Begegnungen auf ihrem Wasserbett fortgesetzt. Nach ein paar Wochen realisierte sie aber, dass sein Einfluss auf ihre Karriere begrenzt war und verzichtete auf weitere Abenteuer mit ihm. Von da an hatte sie den Spieß umgedreht. Die Wut in ihm kochte hoch, je länger er darüber nachdachte.
Er wählte ihre Nummer. „Bitte hinterlassen Sie eine Nachricht nach dem Beep", war alles, was er zu hören bekam. „Natürlich", lachte er bitter. „Sie wird beim Nächsten ihre Hand aufhalten und abkassieren. Na, warte." Er wählte ohne weiteres Nachdenken eine andere Telefonnummer. „Capitaine Leroux? Ich möchte eine Aussage machen!"

2

Marc ließ es sich nicht nehmen, die Nachricht persönlich zu überbringen. Er war ohnehin gerade auf dem Weg nach Pézenas, um bei dem Notar Molina einen Mietvertrag zu unterschreiben und er war gut in der Zeit.
Er hatte die Wohnung in Villeneuvette an ein junges Künstler-Ehepaar mit Kind vermietet. Seine Träume von einem Zusammenleben mit Catherine waren angesichts der langen Fahrtzeit schnell verpufft. Romantische Abende zu zweit konnten sie auch am Hafen von Marseillan verbringen.
Marc war mit der jetzigen Lösung im Reinen. Catherine sah das genauso, wobei sie manchmal im Stillen von einer gemeinsamen Bleibe mit Marc träumte.
Zufrieden vor sich hin pfeifend bog er auf den Parkplatz vor der Gendarmerie. Schwungvoll öffnete er die Wagentür, sprang beschwingt heraus und betrat das einstöckige, rosa angestrichene Gebäude.

3

Er traf Joseph und Catherine dabei an, wie sie auf die Bilder der Verdächtigen und der Opfer nebst Zeugen starrten. An dem White Board klemmten Fotos, zwischen denen Linien gezogen und wieder durchgestrichen worden waren, Frage- und Ausrufezeichen in

rot und blau standen irgendwo dazwischen. „Fleißig, fleißig", begrüßte er die beiden gut gelaunt. „Hast du etwas Neues für uns?", fragte Joseph gespannt. Marc streifte Catherine schnell mit einem liebevollen Blick. „Habe ich", sang Marc mit seiner samtigen Bariton-Stimme. „Das Problem ist… ach, erst einmal die gute Nachricht. Die kriminaltechnische Abteilung hat übereinstimmende DNA-Spuren auf Louise Balaskos Mantel, einem Taschentuch und auf der Kleidung von Nicole Richard gefunden." „Chapeau!", rief Joseph. Erst jetzt zog Marc seinen Haupttrumpf aus dem Ärmel. „Sie stimmen sogar mit den Fasern überein, die wir bei Basile Rude gefunden haben." „C'est génial!", lobte Catherine.
„Freut euch nicht zu früh. Es handelt sich nämlich leider um unzulässige Beweismittel. Wir können sie nicht verwerten." Er hob bedauernd die Hände in die Höhe. „Wieso das?", fragte Leroux enttäuscht. „Formulieren wir es so, ich habe die Spuren auf nicht ganz legalem Weg erhalten. Fakt ist, dass es eine Verbindung zu Deliege gibt. Wir müssen es aber nach wie vor gerichtsfest beweisen können." „Und die Pistole?", gab Catherine zu bedenken. „Gibt es in Delieges Lebenslauf Hinweise auf Schweizer Wurzeln?" „Ach, das will nichts heißen. Wenn sie in dem Besitz dieser Waffe sein sollte, könnte sie die genauso gut irgendwo in einem ‚Brocante'[32] gekauft haben", merkte Leroux an. „Deswegen müssen wir trotzdem nachforschen." „Ich glaube, ich flirte ein wenig mit Claude", schlug Catherine vor und warf Marc einen spitzbübischen Blick zu. „Im Dienst der Ermittlungen gibt es viele Wege", stimmte er zu. „Ich habe gleich den Notartermin in Pézenas und muss weiter. Aber ihr haltet mich auf dem Laufenden, nicht wahr?" „Das versteht sich von selbst", versicherte ihm Joseph.
Nach weniger als einer halben Stunde kam Catherine mit geröteten Wangen zurück. In der Hand hielt sie den Computerausdruck mit den Ergebnissen ihrer digitalen Spurensuche. „Was glaubst du, habe ich hier?"
„Ich bin gespannt!"
„Cécile Deliege hat Großeltern mütterlicherseits, die in einem kleinen Dorf am Simplonpass im Kanton Wallis gewohnt haben, also

in der Schweiz. Beide sind 2003 im Abstand von sechs Wochen gestorben. Der Großvater, Urs Kronig, wurde 1914 geboren und trat mit 21 Jahren in die Schweizer Armee ein. Vermutlich hat er von dort seine alte Luger mitgenommen. Theoretisch kann Deliege sie von ihm geerbt haben." „Theoretisch, ja!", sinnierte Joseph. „Beweisen können wir es, wenn wir die Waffe bei ihr finden. Und dazu müssten wir ihre Wohnung durchsuchen, was General Naville aber unbedingt verhindern will." „Gibt es jemanden, der seine Ansichten ein bisschen aufweichen könnte?", fragte Catherine. „Weißt du was? In wenigen Minuten sollte Stéphane Pelletier hier anklopfen. Er will eine Aussage machen." „Oh! Interessant", meinte Catherine. Wenige Augenblicke später betrat ein sichtlich aufgewühlter Pelletier den Raum.

4

„Setzen Sie sich, Monsieur Pelletier." Leroux wies auf einen Stuhl vor seinem Schreibtisch und wartete. „Capitaine Leroux, ich... wissen Sie, ich... also es ist so." Catherine sah Pelletier aufmunternd an. „Also, ich möchte aussagen, dass ich regelmäßig bakchich bezahlt habe, damit ich meine Bauprojekte verwirklichen konnte." „Ah, Sie wollen sich selbst anzeigen?" Leroux mimte den Überraschten. „Wenn man so will", räumte Pelletier ein. „Aber es ist so, ich bin pleite, ich bin am Ende, ich kann nicht mehr!" Kurzzeitig erweckte er den Eindruck, als wolle er aufspringen, doch dann klappte er wie ein Häufchen Elend in sich zusammen. „Ich wollte schon auf das Dach des halbfertigen Arbre Blanc klettern und herunter springen, aber eigentlich sehe ich das gar nicht ein! Schließlich hat sie mich in den Ruin getrieben, wenn, dann springt sie mit mir zusammen!" „Mit wem wollen Sie bitte gemeinsam springen?", fragte Capitaine Leroux. „Na, mit der Deliege! Sie glauben ja nicht, wie unersättlich diese Frau ist!" „Wofür hat sich Madame Deliege konkret bezahlen lassen?", wollte Catherine wissen. Sie sprach besonders deutlich, denn das neue Aufnahmegerät für Zeugenbefragungen reagierte äußerst sensibel. Es zeichnete jegliche Kratz- und Klopfgeräusche auf und wenn dann noch jemand undeutlich sprach, konnte man hinterher so gut wie nichts verstehen. „Ach, seit einigen Jahren sind die gesetzlichen Vorgaben zum barrierefreien Wohnen immer extremer geworden. Genaue Vorschriften, wie weit Gitterstäbe an Treppengeländern auseinanderstehen und Stellplätze breit sein müssen. Manchmal denke ich, es gibt mehr Gesetzesvorgaben als Steine am Bau." „Macht Ihnen das BBC zu schaffen?" „Das BBC?", Pelletier lachte spöttisch. „Sie sprechen von dieser Vorschrift, dass alle Wände so isoliert werden, dass der Energieverbrauch nicht höher als 50 kWh pro Quadratmeter und Jahr ist?" Er schaute Leroux lange direkt an. „Es gibt Vorschriften und es gibt Vorschriften", sagte er sybillinisch und grinste unverhohlen.

„Verstehe!", nickte Leroux. Er wusste, dass sich einige Leute einen Sport daraus machten, den Umweltschutz zu unterlaufen.

„Hat Madame Deliege ein oder mehrere Augen zugedrückt, wenn gewisse Summen gezahlt wurden?" „Alle Augen, die sie hatte. Wenn die Summe stimmte", brummte Pelletier. „Von welcher Größenordnung reden wir?" „Unter fünf Riesen tat sie es nicht!", eröffnete Pelletier ihnen. „Für welche Bauvorhaben zum Beispiel?", bohrte Leroux nach. Pelletier holte hörbar Luft. „Muss ich das im Einzelnen benennen?" „Es wäre besser für Sie", bekräftigte Catherine. Pelletier seufzte. „Gut! Lassen Sie mich kurz nachdenken. Da wäre zum Beispiel das Le Printemps, ein Sport- und Freizeitzentrum, ein Projekt, bei dem der Hochleistungswerkstoff 3M Dyneon Fluoroplastic ETFE zum Einsatz kam. Hier ging es darum, ausländische Konkurrenten draußen vorzuhalten. Dafür steckte sie ohne mit der Wimper zu zucken fünfzigtausend ein." Er sah aus, als rechne er im Geiste alle Summen der letzten Jahre zusammen. Auf seiner Stirn bildeten sich Schweißperlen. „Bei dem Bau des Millénair-Viertels war meine Firma ebenfalls beteiligt. Deliege kassierte dreißigtausend, damit der Antrag zügig bearbeitet wurde. Reicht das?" „Ja, ich denke, das reicht uns", bestätigte Leroux. „Kann ich auf mildernde Umstände hoffen, wenn sie durch meine Aussage zur Rechenschaft gezogen wird?", fragte Pelletier erschöpft. „Darauf haben wir nur geringen Einfluss", entgegnete

Leroux. „Wissen Sie, ob es weitere Bauherren gibt, die sich ihre Genehmigung erkaufen mussten?“ Pelletier zuckte mit den Schultern. „Fragen Sie doch mal Robin“, schlug er vor. „Oder Simon. Wir haben nie darüber gesprochen, aber ich kann mir vorstellen, dass sie bei denen auch die Hand aufgehalten hat.“ „Aber Monsieur Pelletier, was hatte ihre Frau damit zu tun? Wusste sie, dass Deliege sich von Ihnen bestechen ließ?“ „Ich habe nie mit ihr über meine Geschäfte gesprochen, welchen Zusammenhang sollte es geben?“ „Hat sie vielleicht heimlich ihre Unterlagen durchgesehen? Gespräche belauscht? Nachrichten gelesen?“ „Kann ich mir nicht denken, fragen Sie Deliege selbst!“ „Das haben wir! Sie behauptet, Madame Richard sei eifersüchtig gewesen, weil Sie ein Verhältnis mit ihr hätten.“ Ungläubig starrte Pelletier die beiden Gendarmen an, dann brach er in schallendes Gelächter aus. „Ich – mit ihr! Das hätte sie wohl gerne. Eine Frechheit ist das.“ Pelletier griff sich ein Glas Wasser und stürzte es in einem Zug hinunter. Dann knickte er ein. „Nun ja, ganz am Anfang… man wird ja mal einen Fehler machen dürfen… aber dann… es war nicht von langer Dauer.“ Er starrte auf den Boden. „Aber ich weiß jetzt, dass es richtig war zu Ihnen zu kommen. Brauchen Sie meine Unterschrift, kann ich wieder gehen?“ „Selbstverständlich müssen Sie zunächst das Protokoll unterschreiben, aber das drucken wir gerade aus. Danach dürfen Sie gehen“, bestätigte Capitaine Leroux.

5

„Jetzt müssen wir nur noch den General überzeugen, der Aussage Pelletiers zu glauben“. Catherine seufzte. „Sollten wir es mit dieser Sprachaufzeichnung versuchen?“ „Ich weiß es nicht. Wenn jemand wie General Naville felsenfest von der Unschuld einer Person überzeugt ist, wird er immer Argumente finden, um an seiner Meinung festzuhalten.“ „Joseph, unter uns, wenn wir im Netz auf Anhieb etwas über den Großvater von Deliege herausfinden, der in einem abgelegenen Schweizer Kaff gewohnt hat, müssten wir auch etwas über einen General in Montpellier ausgraben können.“ „Catherine!“, rief Joseph ehrlich entrüstet. „Du willst doch nicht unseren

General ausspionieren!" „Wenn es der Wahrheitsfindung dient! Vielleicht hat auch er irgendwo eine Schwachstelle." Joseph Leroux legte den Zeigefinger an den Mund und schaute sie bedeutungsvoll an. „Gutes Gelingen", rief er ihr hinterher, als sie sich erneut ins Büro von Claude aufmachte.

6

„Ach Hélène, natürlich kann ich auf dem Heimweg Windeln besorgen. Ja bitte, buchstabiere mir... Seit wann denn das? Das ist nicht dein Ernst!... Stoffwindeln? Hast du nicht schon genug zu tun? Besser für die Haut, aha. Ganz wie du willst. Ja, bis nachher dann." Joseph gab sich geschlagen. Hélène ließ in manchem Punkt mit sich reden, aber was die Pflege und Ernährung ihrer Tochter betraf, kannte sie kein Pardon. Er würde also den Umweg über Saint-Jean-de-Vedas machen und dort Stoffwindeln zu kaufen. Er verstaute gerade den Merkzettel in seiner Hosentasche, als Catherine zur Tür hineinstürmte.

„So eilig? Das sieht gut aus", lächelte Joseph säuerlich. „Du machst dagegen ein Gesicht wie sieben-Tage-Regenwetter. Hat Naville angerufen?" „Ach nein, das ist es nicht. Hélène hat mich gebeten, in Saint-Jean-de-Vedas Stoffwindeln für Leonie zu kaufen. Stell dir das mal vor, Stoffwindeln!" „Das liegt doch kurz hinter Montpellier. Vielleicht könnte Marc die besorgen. Wir haben uns für heute Abend verabredet", schlug Catherine vor. „Ich schicke ihm gleich eine SMS und frage ihn", entschied sie. Nachdem sie den Text abgeschickt hatte, setzte sie sich genüsslich lächelnd auf ihren Stuhl, legte die Unterarme auf den Schreibtisch und schaute Joseph an, als wolle sie ihm gleich die Lottozahlen verkünden.

„Ich sagte doch, dass wir etwas finden. Hast du General Naville schon einmal gesehen?" „Ein einziges Mal bei der Amtseinführung", erwiderte Joseph. „Er hat bei mir rein äußerlich keinen nachhaltigen Eindruck hinterlassen. Braun gebrannt schon, die Haare wirkten ein bisschen zu blond, um echt zu sein. Sonst? Einen Kopf größer als ich, athletische Figur. Warum fragst du?"

„Weil!“ Catherine schob ihm den Ausdruck eines Fotos über den Tisch. „Ist er das?“ Joseph nickte. „Ja, das sieht so aus, als wäre er es.“ „Dieser Mann hier hat sich unter dem Namen Albert Camus im Darknet bei den SM-Fans getummelt.“ „Ach, wie lecker.“ Joseph schnalzte mit der Zunge. „Es wird ihm gar nicht gefallen, dass wir das wissen. Eine delikate Angelegenheit. Steht noch mehr über ihn im Netz?“ „Natürlich, alles, was offiziell ist. Von wann bis wann er die Militärschulen in Saint-Cyr Coëtquidan und Melun besucht hat, dass er zwei Jahre dem Verteidigungsministerium angehörte, dass er Attaché für innere Sicherheit in Afghanistan war und im Büro der Generaldirektion der Nationalen Gendarmerie beschäftigt war. Von solch einem Lebenslauf können wir nur träumen. Offizier der Ehrenlegion ist er auch noch, verheiratet und vier Kinder hat er ebenfalls.“ „Strebt er nach Höherem?“, fragte Joseph. „Bestimmt! So einer bleibt nicht stehen oder ruht sich auf seinen Lorbeeren aus. Wenn herauskommen würde, dass er sich als Camus in der Szene vergnügt hat, kann er einpacken.“ Nachdenklich saßen die Gendarmen an ihrem Arbeitsplatz und ließen ihrer Phantasie freien Lauf.

„Aber wir können Deliege doch nicht einfach davon kommen lassen“, sagte Catherine schließlich. „Zwei Morde, Bestechungen neben ihrem Gehalt, das sie Monat für Monat vom Staat kassiert, das widerstrebt mir.“ „Wir können sie noch nicht vorladen, dann ist sie gewarnt und wird als Erstes die Pistole verschwinden lassen. Falls sie das nicht längst getan hat. General Naville muss dem Durchsuchungsbefehl zustimmen, anders geht es nicht. Kennt Marc keinen seiner Weggefährten?“ „Der arme Marc. Immer soll er für uns den Kundschafter machen. Aber ja, ich frage ihn später.“

7

„Das war so schön." Catherine liebkoste seine Wange und räkelte sich lustvoll neben Marc auf ihrem komfortablen Bett. Sie glitt genussvoll mit ihrer Hand über seine glatte, braune Haut. Später, als sie mit einem Glas Wein auf ihrem winzigen Balkon saßen, fragte sie ihn: „Kennst du zufällig jemanden, der dem General Naville nahe steht?" „Sind wir schon wieder dienstlich?", schmollte er. „Mmmmh." Catherine gestand sich ein Minimum an Schuldgefühlen ein. „Nun ja", sagte sie und schwieg. „Okay, halten wir uns nicht lange damit auf. Ja, ich kenne einen Kollegen, der mit Naville auf der Militärschule von Melun ausgebildet wurde. Was soll ich ihm sagen?" Catherine überlegte kurz, ob sie sich ertappt fühlen sollte. Sie entschied sich dagegen. „Es ist so, dass wir uns ziemlich sicher sind, dass Deliege sowohl Rude als auch Richard ermordet hat. Naville hält seine Hand über sie, das weißt du doch. Jetzt hat auch noch Pelletier ausgesagt, dass sie in großem Maß Bestechungsgelder angenommen hat. Wenn nun jemand Naville davon unterrichten könnte, dass Deliege ziemlichen Dreck am Stecken hat, dass sie korrupt ist und – falls ihr sogar zwei Morde nachgewiesen werden könnten, also wenn das auffliegen sollte, auch seine Karriere ins Wanken geraten könnte, vielleicht wäre er dann bereit, sich einem Durchsuchungsbefehl nicht länger zu widersetzen." „Du hast gewonnen. Sie soll mit ihren Machenschaften nicht durchkommen. Ich versuche es."

Montag, 23. April

1

Um zehn Uhr morgens war es so weit. „Ihr könnt loslegen!" Marc hatte erreicht, dass General Naville sich nicht länger gegen eine Hausdurchsuchung sperrte.
Mit einer Gruppe von sieben Leuten fuhren Leroux und Rozier zum Port Marianne. In dem mittleren Wohnblock fanden sie unter einer Vielzahl von Türschildern „C.D." Den Code der Haustür knackten sie mit links. Der Fahrstuhl im Inneren des Treppenhauses brachte sie in den siebten Stock. Auch die Zahlenkombination der Wohnungstür stellte für die Spezialisten kein Problem dar. Dann schlugen die Ridgebacks an. Aber der Hundefreund Leroux hatte Bestechungen in der Tasche. Kaum öffnete sich die Tür einen Spalt breit, hielt er den Hunden jeweils ein dickes Stück einer Lyoner – mit Beruhigungsmitteln versehen – entgegen. Die Tiere schnappten sich die Köstlichkeiten und vertilgten sie mit einem einzigen Happs. Sie ließen sich von Leroux' sanften Worten einlullen und verfolgten von der weißen Couch aus gelangweilt die Durchsuchung ihres Heims.
War es ein Traum in Weiß? Das ganze Appartement, die Möbel, der Fußboden, die Wände, alles war in Abstufungen von Weiß- und Grautönen getaucht. Der Fußboden präsentierte sich in hellgrauem Marmor, der üppige Teppich in der Diele flauschte sich eierschalfarben. „Das nenne ich konsequent", kommentierte Catherine das Interieur. Sogar die Blumen in der schweren Kristallvase waren weiß. „Weiße Rosen aus Athen", summte Catherine, als sie ihrer ansichtig wurde. „Wo hat sie die Pistole versteckt? Das ist die Hunderttausend-Dollar-Frage!" Catherine war die Expertin, sie scannte mit einem 180-Grad-Blick, den sie während einer Meditation kennengelernt hatte, die Wohnung, ließ alles auf sich wirken. „Hinter diesem weiß-weißen Bild!", vermutete Leroux und wies auf die Leinwand. „Ach Joseph, das ist nicht weiß-weiß, die aufgeklebten Rosmarinnadeln waren mal grün." Sie kicherte. Das Bild hing tatsächlich an der Wand und verdeckte keinen Safe. „Unter

der weißen Lampe an der Decke?" Auch dort fanden sie keine Pistole. Hinter einer Zwischenwand befand sich ein offenes Badezimmer. „Gut durchdacht", staunte Catherine. Der Spiegel, der die ganze Wand einnahm, war gleichzeitig eine Infrarotheizung. „Eine Sauna! Die Dame ist auf dem neuesten Stand", kommentierte Joseph. Rechts neben der Sauna stand eine Bank aus zusammengepresstem Stroh, zusammengehalten von einer stabilen Plastikplane. „Nicht schlecht." Joseph probierte die Bank aus. „Sie hält." „Was hattest du erwartet? Dass sie unter deinem Gewicht zusammenbricht?" Joseph drohte ihr scherzhaft mit der Faust. Ja, er müsste demnächst mehr Sport treiben, morgens wieder schwimmen gehen. „Sag mal, wozu braucht man denn zwei Aufgussbehälter? Ich dachte bisher, einer würde reichen. Oder werden zwei gleichzeitig benutzt, um verschiedene Aufgüsse zu machen?", wunderte sich Catherine. „Ich kenne mich mit Saunen überhaupt nicht aus. Aber warum steht ein Behälter außerhalb der Sauna, dient er als Ersatzbehälter?" Währenddessen durchsuchten die anderen Beamten das Schlaf- und Wohnzimmer, drehten alle Taschen auf links, kippten Schminksachen, Tabletten, Kämme und Bürsten auf den Boden. Die Küchenzeile erforderte am wenigsten Arbeit, sie war schnell durchsucht, offenbar kochte Cécile Deliege nicht. Im Gefrierfach des Kühlschranks fanden sie Garnelen, Wolfsbarsch, Lachs und Fertigpizza. In der Diele beeindruckte sie besonders ein Bild des Schweizer Großvaters nicht nur durch seine Größe. Der imposante Mann schien ihnen direkt ins Herz zu sehen. Als ob er gleich sagen würde, dass sie seiner Enkelin Unrecht antaten. „Der zweite Aufgussbehälter verfolgt mich", sagte Catherine, als sie sich noch einmal umsah. Sie ging zurück zu der Strohbank und dem hölzernen Eimer. Erst jetzt fiel Catherine auf, dass die obenauf liegenden Steine reichlich unbenutzt aussahen. Intuitiv hob sie drei Steine hoch. In dem darunter liegenden Drahtkorb schlummerte in ihrem Futteral eine Parabellum Pistole Modell 1906/29 mit einem Schweizer Kreuz und dem Aufdruck ‚Waffenfabrik Bern'. „Ich habe sie", jubelte sie laut. „Die Waffe?", fragte Joseph unnötigerweise. „Yepp!" Catherine hielt sie triumphierend hoch. „Man reiche mir eine Plastiktüte", verkündete sie stolz. „Jetzt kann Madame Deliege einpacken", sagte Joseph. Er wies die Beamten an, alle untersuchten Dinge wieder sorgfältig zurück an ihren Platz zu legen, er mochte keinen Vandalismus. „Sollen wir sie direkt von ihrem Arbeitsplatz holen?", wollte Catherine wissen. „Ja, wir fahren gleich hin, ich möchte nicht, dass sie gewarnt wird."

2

Cécile Deliege war wieder einmal nicht in ihrem Dienstzimmer. Annie Cluzel hatte Deliege zwar vor einer halben Stunde gesehen, als sie eilig das Gebäude verließ, sie konnte aber nicht sagen, wohin sie entschwunden war. Sie winkte den Capitaine zu sich heran. „Wissen Sie", flüsterte sie und setzte ein geheimnisvolles Gesicht auf. „Ich habe nachgeforscht und etwas herausgefunden, was Sie vielleicht interessieren könnte." „Ja?" Leroux wartete. „Madame Deliege hat bis vor kurzem in Montbazin gewohnt." „Im gleichen Ort wie Basile Rude. Olala!" „Und Montbazin ist nur ein Katzensprung von Cournonsec entfernt, das heißt, sie könnte auch Nicole Richard besser gekannt haben, als sie uns weismachen wollte." Catherine schnalzte mit der Zunge. „Wir brauchen eine Handy-Ortung. Madame Cluzel, Sie kennen bestimmt die Nummer von Delieges Handy." Madame Cluzel schaute nach und diktierte ihnen die Zahlen. „Welches Fahrzeug?" „Das können Sie nicht verpassen. Sie fährt einen zitronengelben Porsche." „Wow, dann müssen wir Gas geben", rief Leroux. Nach wenigen Minuten wussten sie, dass Cécile Deliege sich auf der A750 Richtung Gignac befand. „Wohin will sie?" „Für solche Fragen haben wir jetzt keine Zeit. Wir müssen sie einholen." Mit eingeschaltetem Blaulicht flogen sie und zwei weitere Wagen der Gendarmerie über die Nationalstraße 109 und weiter auf der 750. Kurz hinter Saint-Félix-de-Lodez entdeckten sie den gelben Porsche. Er raste nach links an Lacoste vorbei und weiter nach Clermont-l'Hérault. „Bestimmt ist sie gewarnt worden ist, von wem auch immer. Und wenn sie weiß, dass sie ihr Luxus-Appartement für die nächsten Jahre gegen eine Gefängniszelle eintauschen muss." Catherine vollendete den Satz nicht. „Ich kann mir denken, dass sie auf dem Weg zum Cirque de Moureze ist. Aber das wird ihr nichts nützen." Leroux bat Catherine, noch schneller zu fahren. Die übrigen Fahrer folgten ihnen. In Clermont-l'Herault ignorierte Deliege drei rote Ampeln. Hatte sie im Rückspiegel gesehen, dass sie verfolgt wurde? In Nébian blockierten die Gendarmen die dörfliche Kreuzung mit ihren Fahrzeugen. Capitaine Leroux und Lieutenant Rozier stiegen aus und stellten sich neben die Fahrertür des quer gestellten Porsches. Cécile Deliege saß wie betäubt hinter dem Steuer, hatte die Hände im Schoß zusammengelegt. Kraftlos blickte sie aus dem Fenster. „Sie müssen schon aussteigen", forderte Leroux sie auf. Deliege tat nichts dergleichen. Catherine hatte den Eindruck, sie setze sich bewusst in Szene. „Muss das sein?", fragte sie, als sie die Handschellen sah. „Das ist Vorschrift", antwortete Leroux knapp. Während des Rückwegs sprach Deliege kein Wort. Kurz vor der Gendarmerie verlangte sie, ihren Anwalt zu sprechen.

3

„Wie alt sind Sie, Madame Deliege?" „Jahrgang 1967", antwortete Cecile Deliege knapp. „Warum Basile Rude?", setzte Leroux das Verhör fort, als Monsieur Blanchet, ein hochgewachsener Mittvierziger im maßgeschneiderten Anzug herbeigeeilt war. Deliege schaute Blanchet an, der nickte knapp und sie erklärte. „Er hat mich erpresst. Er drohte, meine Vorgesetzten zu informieren, nachdem er dahinter gekommen ist, dass gewisse Personen mir..." Sie suchte mühsam nach unverfänglichen Worten. „... ein paar Annehmlichkeiten verschafft haben." Sie schaute unbeteiligt drein. „Sie haben sich Ihre Unterschrift unter nicht genehmigte Bauanträge vergolden lassen", bemerkte Catherine. „So würde ich das nicht bezeichnen", erwiderte Deliege, ohne mit der Wimper zu zucken. Sie sah Catherine nicht an. „Sie sind Rude an dem betreffenden Sonntag gefolgt?" „Ich wollte ihn zur Vernunft bringen!", sagte sie. „Er wurde von seinem Bruder begleitet. Die beiden stritten sich..." „Moment", unterbrach Leroux. „Woher wussten Sie, dass es sich bei dem Mann um seinen Bruder handelte?" Deliege schwieg zunächst verstockt. „Ich habe früher in einem Dorf gewohnt. Montbazin ist klein." Eine Spur von Trotz erschien auf ihrem Gesicht. Leroux wartete eine Weile. „Was passierte dann?"

„Emile griff Basile an und stieß ihn zu Boden. Danach drehte er sich um und rannte weg. Er kümmerte sich nicht weiter um Basile." „Und Sie sind zu Rude gegangen und haben ihn kurzerhand erschossen?" „Als ich bemerkte, dass ich nicht mehr mit ihm reden konnte, kam mir alles hoch." Delieges Gesicht lief puterrot an. „Seine Anzeige würde mich ruinieren, mir würde alles genommen, wofür ich jahrelang gearbeitet habe. Alles, was ich mir aufgebaut habe, meine Kontakte, meine Wohnung, mein ganzes Leben. So ein kleinkarierter Erbsenzähler. Jetzt lag er selbst am Boden, da habe ich die Gelegenheit ergriffen." „Aber Sie hatten die Waffe schon dabei, mit der Sie ihn erschossen haben?", fragte Leroux unerbittlich. Deliege schüttelte den Kopf. „Das war Zufall. Ich trage die Waffe immer in meiner Handtasche bei mir." „Haben Sie ihn dann von der Brücke gestoßen, damit man ihn nicht gleich findet?" Deliege sagte keinen Ton.

„Ich schlage vor, das Verhör zu unterbrechen. Sie sehen doch, dass meine Mandantin nicht mehr in der Verfassung ist, Ihre Fragen zu beantworten." Deliege winkte ab. „Ich brauche keine Unterbrechung." „Was war mit Nicole Richards? Waren Sie ihre Kundin? Worum ging es wirklich bei Ihrem Streit?" „Das sagte ich Ihnen doch schon!", fauchte Deliege. „Stèphane Pelletier hat uns etwas anderes erzählt", sagte Catherine. „Kann ich mir denken", giftete Deliege. Aber von einem auf den Augenblick veränderte sich ihre Haltung. Sie wirkte kleiner und ihre Stimme senkte sich. „Wissen Sie, wie man mich früher in unserem Dorf nannte? Nein, können Sie nicht wissen." Sie holte hörbar Luft. „Alle nannten mich die Madonna von Montbazin. Ich war tief gläubig, bin jeden Tag in die Kirche gerannt. Dann hat er mich eines Abends…" Sie schluckte. „Wer?" Catherine schlug einen sanften Ton an. „Pelletier!", stieß Deliege aus. „Und dann kommt ausgerechnet sie und will mir vorschreiben, dass ich ihn nicht weiter ‚auspressen' soll." Verächtlich wandte sie ihren Blick zur Seite. „Einen Augenblick!"

Catherine und Leroux steckten die Köpfe zusammen. „Wir haben eine andere Information. Demnach hatten Sie anfangs tatsächlich ein Verhältnis mit Pelletier und haben ihn fallen lassen, als er Ihnen nicht mehr nützlich war. Danach sollen Sie ihn erpresst haben." „Alles Lüge!", schrie Deliege. „Die Richard hat mich nach Maguelone gelockt. Sie wollte das Geld, das Pelletier mir gezahlt hat, zurück haben und drohte damit, alles öffentlich zu machen, wenn ich es ihr nicht geben würde. Was blieb mir anderes übrig? Es war Notwehr." Ihr Blick flackerte. „Warum haben Sie Pelletier und andere erpresst? Ihren gesicherten Job bei der Préfecture aufs Spiel gesetzt?" Deliege starrte aus dem Fenster. „Sie wissen doch gar nichts", sagte sie zornig. „Sind Sie auf dem Schulhof gehänselt worden, weil sie einen alten Wintermantel Ihrer Mutter auftragen mussten? Alte Kleider, deren Ärmel entweder zu kurz waren oder aufgekrempelt werden mussten?" Sie schaute die Gendarmen herausfordernd an. „Sie kennen ganz bestimmt nicht das Gefühl, dass sich einer vor Sie hinstellt und sagt: ‚Du bist das hässlichste Mädchen auf der ganzen Schule'!"

Sie verschränkte die Arme vor der Brust. „Nie wieder arm. Reicht das?" „Einen Moment noch." Leroux schlug einen strengen Ton an. „Woher haben Sie die Waffe, mit der Sie die beiden erschossen haben?" Für einen Augenblick tauchte Deliege wieder auf, lächelte wehmütig und sagte: „Opa Urs, mein Schweizer Großvater, hat sie mir geschenkt, als seine Kinder ihn ins Altersheim abgeschoben haben." „Ihre Eltern?" „Nein, meine Tante. Sie arbeitet bei einer großen Bank am Genfer See und wollte meinen Großvater nicht pflegen." „Sie hätten ihn zu sich holen können", wagte Catherine zu sagen. „Er wäre niemals nach Frankreich gegangen", sagte Deliege leise. „Pourquoi pas?"[33] Leroux schaute sie aufmerksam an. „Eine lange Geschichte", seufzte Deliege müde. „Erzählen Sie", ermunterte sie Leroux. „Es hat etwas mit den Juden zu tun, die von Franzosen verraten und anschließend nach Auschwitz deportiert wurden." Nach einer Weile entschloss sie sich, auch den Rest der Geschichte zu erzählen. „Es gab zwei Männer, denen war durch Bestechung die Flucht aus dem nördlich von Paris gelegenen Internierungslager Drancy gelungen. Sie versteckten sich mithilfe der Résistance in einem leer stehenden Bauernhaus in einem kleinen Dorf in den Cevennen. Normalerweise bewegten sie sich tagsüber nur auf allen Vieren, damit keiner der Nachbarn sie sehen konnte. Einer von den beiden war ziemlich hoch gewachsen." Sie stockte. „Er wollte ein einziges Mal seinen schmerzenden Rücken strecken und richtete sich auf, nur für eine Sekunde. Ein Nachbar muss die Gestapo benachrichtigt haben. Sie flohen, aber die Hunde erwischten sie. Beide wurden nach Auschwitz gebracht." Hatte sie eine Träne in den Augenwinkeln? Sie starrte Catherine an, dann sagte sie leise: „Mein Großvater muss zu dieser Zeit in der Nähe gewesen sein, jedenfalls hat er mir diese Geschichte immer wieder erzählt. Nach diesem Erlebnis hatte er sich geschworen, keinen Fuß mehr auf französischen Boden zu setzen." Alle schwiegen betreten.

„War ihr Großvater in der Schweizer Armee?", fragte Catherine nach einer Weile. Deliege nickte müde. „Wann war das?" „Das muss in den 1930er Jahren gewesen sein. In welchem Jahr genau kann ich Ihnen nicht genau sagen." Erschöpft verschwand sie in ihrem Inneren und schien meilenweit weg zu sein. Sie antwortete auf keine weitere Frage. „Zeitweilige Amnesie!", stellte Leroux fest und ordnete eine vorläufige Unterbringung an.

„Meine Hunde", sagte Deliege plötzlich wie aus einer Trance erwachend. Panik trat in ihre Augen. „Wer kümmert sich um meine Hunde?" „Wir werden dafür sorgen, dass sie in geeignete Hände kommen", versuchte Catherine, sie zu beruhigen. „Nein. Das kenne ich. Sie werden sie einschläfern." Tränen liefen ungehindert über Delieges Wangen. „Die nette Dame aus der Nachbarschaft", stammelte sie. „Ich kann mich an ihren Namen nicht erinnern, ihr Hund heißt Juan Carlos, vielleicht kann sie meine beiden beschützen, bis ich wieder zu Hause bin." Ihr flehentlicher Blick tat Catherine in der Seele weh. „Ich versuche es", sagte sie leise. Danach ließ sich Deliege ohne jeden weiteren Blickkontakt abführen.

4

„Darf ich dich auf ein Glas Wein einladen?“, fragte Catherine.

„Im Petite le Crabe?“

„Du willst doch nicht fremdgehen!“

„Na gut, dann im Tabou!“, lenkte Joseph ein.

„Schon besser!“, grinste Catherine. „Marc und Hélène warten schon.“

„Du hast… ?“

„Ja, vorhin, per SMS.“

„Und Leonie?“

„Schläft im Kinderwagen.“

„Na, dann!“

Epilog

Eine vom Präfekten eingesetzte Untersuchungskommission stellte im Laufe des Jahres fest, dass Cécile Delige nachweislich in zweiundsechzig Fällen zuvor abgelehnte Bauanträge nachträglich genehmigt hatte. Man ging davon aus, dass sie je nach Fall und Höhe des Bauvolumens zwischen fünf- und fünfzehntausend Euro für ihre Unterschrift verlangt hatte. Im Zuge der Ermittlungen wurde eine Reihe von Bürgermeistern, die bei dem Betrug mitgemacht hatten, entlassen.

Danksagung und Allgemeines

Ich danke Markus Kiefer für seine önologische Beratung, Marie-Cécile Duclerq für einen Tipp, U.D. für seinen kriminalistischen Feinsinn, L. für ihre Anmerkungen zum (BD)SM-Bereich und Jan für seine unermüdlichen Korrekturen.

Jegliche Ähnlichkeit mit lebenden Personen ist rein zufällig.

Ich weiß, dass der ein oder andere Fehler in diesem Buch auftauchen könnte: Nehmen Sie es gelassen, ich tue es auch.

[1] Gehirnschmalz
[2] Unsere kleine Stadt
[3] Eine ungewöhnliche Felsformation in der Nähe von Montpellier.
[4] Schwertransport
[5] Die beliebte Jagd
[6] Es sind ungewöhnliche, teils bizarre Vorstellungen und Handlungen notwendig, um den Betroffenen sexuell zu stimulieren
[7] Ehre sei der Arbeit
[8] Cinq = Fünf
[9] „Ach du liebe Zeit!“
[10] Schalentiere
[11] Domina
[12] Der ‚Hausberg‘ von Montpellier
[13] Vereinigung der Jäger
[14] Centre d’Interprétation et de Documentation sur l’Exil et la Retirada
[15] Jagdgenossen
[16] Gedrehte Blätterteigstangen, reichlich mit Puderzucker, gemahlenen Mandeln, gehobelten Mandeln und Vanille gefüllt und bestreut. Diese Spezialität findet man in der Provence und besonders im Vaucluse (Gegend um Avignon), aber auch im Languedoc in kleinen Boulangeries.
[17] Installateur
[18] „Man erledigt seine Geschäfte nicht im Vorbeigehen“; im Deutschen würde man sagen: Gut Ding will Weile haben.
[19] Bretonische Buchweizenpfannkuchen.
[20] Französische Krimiserie
[21] Die französische Variante eines Sandwiches
[22] Ausdruck beim Boule: die soeben gespielte Kugel hat den Punkt gemacht.
[23] Die Zielkugel, auch das Schweinchen genannt.
[24] Sesselfurzer
[25] Wortwörtlich übersetzt: Totes Gewässer
[26] Mord
[27] Der Kater von Madame Martin.
[28] Beim Golfen werden Eisen (Schlägerköpfe) ab 58 bis 64 Grad Loft auch als Lobwedge oder Utility Wedge bezeichnet.
[29] Gruß aus der Küche
[30] Blätterteig-Cremeschnitte
[31] Diese Information darf mit ausdrücklicher Genehmigung der Familie Blumberg abgedruckt werden. Sie kümmern sich um das Leid der Galgos.
[32] Antik-Laden
[33] „Warum nicht?“

Kobaltblauer Himmel, grüne Pinien, Myrte- und Feigenbäume, umsäumt von prachtvoll farbenden Oleanderbüschen – zwischen ausgedehnten Weinbergen und Olivenhainen erhebt sich wie eingegossen in die Landschaft die Domäne La Lumière.
Jedes Jahr zieht das in geschmackvolle Gîte unterteilte Anwesen Golf- und Weinliebhaber, Ruhe- und Inspirationssuchende, wie die berühmte Sängerin Lisette Lalande und den gefeierten wie gefürchteten Modedesigner Jerome Magerbeck, in seinen Bann. Doch plötzlich fehlt ein Gast. Und nichts ist so wie es auf den ersten Blick scheint. Lieuntnant Leroux steht vor einem Fall, der ihn von Liebesirrungen und -wirrungen in noch ungeahnte Gefilde krimineller Machenschaften und Warentermingeschäften führt.
Lieutenant Leroux' erster Fall – ein Languedoc-Krimi.
Band 1, 177 Seiten, 12,90 Euro

Wild durcheinander gewürfelte Autoreifen, kaputte Holzkartons, verrostete Fahrräder, zerfetzte Fischernetze, Taue, verbogene Eisenrohre – und mittendrin das abgewinkelte Bein einer Frau. Es gehört der aus Bochum stammenden Annegret Meyer-Chevallier, einer ebenso ehrgeizigen wie hartgesottenen Staatssekretärin des Umweltministeriums. Joseph Leroux, der sich nach dem letzten erfolgreich aufgeklärten Mordfall in La Lumiére nun Capitaine Leroux nennen darf, bekommt in einem neuen Fall Verstärkung: Seine neue Assistentin, Catherine Rozier, erobert mit ihrer angenehmen Mischung aus Ernsthaftigkeit, Intelligenz und Humor schnell die Herzen der Leser. Neben Beatrice und Bernard Pelzer, den Eigentümern des La Lumiére, ist auch der sympathische Staatsanwalt Marc Majory wieder dabei. Und es wird klar, dass weit mehr auf dem Spiel steht, als die vermeintlich altruistischen Bemühungen um vertikale Windkraftanlagen glauben lassen.
Capitaine Leroux' zweiter Fall – ein Languedoc-Krimi.
Band 2, 184 Seiten, 12,90 Euro